Coleção MELHORES CRÔNICAS

Olavo Bilac

Direção Edla van Steen

Coleção Melhores Crônicas

Olavo Bilac

Seleção e prefácio
Ubiratan Machado

© Global Editora, 2005

1ª Edição, Global Editora, São Paulo 2005
1ª Reimpressão, 2012

Diretor Editorial
JEFFERSON L. ALVES

Gerente de Produção
FLÁVIO SAMUEL

Coordenadora Editorial
ARLETE ZEBBER

Revisão
CLÁUDIA ELIANA AGUENA

Projeto de Capa
VICTOR BURTON

Dados Internacionais de Catalogação na Publicação (CIP)
(Câmara Brasileira do Livro, SP, Brasil)

Bilac, Olavo, 1865-1918.
  Melhores crônicas Olavo Bilac / seleção e prefácio Ubiratan Machado . – São Paulo : Global, 2005. – (Coleção Melhores crônicas / direção Edla van Steen).

  Bibliografia.
  ISBN 978-85-260-1037-6

  1. Crônicas brasileiras. I. Resende, Beatriz. II. Steen, Edla van. III. Título. IV. Série.

05-7383   CDD–869.93

Índice para catálogo sistemático:

1. Crônicas : Literatura brasileira   869.93

Direitos Reservados

GLOBAL EDITORA E DISTRIBUIDORA LTDA.

Rua Pirapitingui, 111 – Liberdade
CEP 01508-020 – São Paulo – SP
Tel.: (11) 3277-7999 – Fax: (11) 3277-8141
e-mail: global@globaleditora.com.br
www.globaleditora.com.br

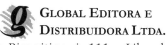

Obra atualizada conforme o
Novo Acordo Ortográfico da Língua Portuguesa

Colabore com a produção científica e cultural.
Proibida a reprodução total ou parcial desta obra sem a autorização do editor.

Nº DE CATÁLOGO: **2541**

Melhores Crônicas

Olavo Bilac

BILAC CRONISTA

Depois da poesia, gênero que o consagrou, a crônica foi a atividade literária mais importante e constante de Olavo Bilac. Para os contemporâneos, o prestígio do cronista comparava-se ao de Machado de Assis. Tanto assim que, no início de 1897, quando o feiticeiro do Cosme Velho deixou de escrever a crônica dominical da *Gazeta de Notícias*, o convidado para substituí-lo foi Bilac. Era o reconhecimento oficial do jornal mais importante do país.

Fundada por Ferreira de Araújo, em 1875, a *Gazeta* revolucionou a nossa imprensa com a introdução da entrevista, da reportagem fotográfica, da caricatura diária, da utilização da zincografia para a reprodução de ilustrações e, sobretudo, com a sua moderna filosofia de opinar e interpretar os fatos, um tanto ao estilo norte-americano. Foi ainda o primeiro jornal brasileiro a valorizar o jornalismo literário. A redação era formada pelo que havia de mais seleto na imprensa do país. Entre os colaboradores figuravam também autores portugueses, como Eça de Queirós e Ramalho Ortigão.

A meta suprema de todo jornalista era cruzar as "duas portas de ouro e da glória" da *Gazeta*, como afirmou Bilac. Localizado na rua mais chique da cidade, a Ouvidor, o jornal tinha uma certa semelhança com as lojas ali localizadas: era também uma espécie de grande vitrine, onde tudo que fosse exposto ganhava relevo extraordinário.

Nesta vitrine, pela sua repercussão junto ao público e aos intelectuais, a crônica ocupava um lugar de destaque. Era a sessão de honra, tribuna, editorial, ponto de bate-papo com o leitor, séria ou informal, lépida ou analítica, mas sempre atraente e instigante.

Durante a semana, as crônicas da *Gazeta* eram redigidas pelas penas mais brilhantes do jornalismo brasileiro: Ferreira de Araújo, Olavo Bilac, Medeiros e Albuquerque.

Para a crônica dominical, estampada na primeira página, com destaque, exigia-se o melhor entre os melhores. Durante quase cinco anos (de 24 de abril de 1892 a 28 de fevereiro de 1897) o posto foi ocupado por Machado de Assis, redator da seção "A Semana", na qual traçou um retrato animado e irônico dos primeiros anos da República.

A substituição de Machado por Bilac representou uma mudança sensível. Pondo de parte o domínio da técnica, a limpidez e elegância de linguagem, atributos de ambos, as diferenças eram notáveis. O vinho continuava da melhor qualidade, mas a mudança de sabor por certo não escapava ao paladar do leitor.

Observador arguto da atualidade política e social, conhecedor insuperável da alma humana, Machado lançava a sua rede no mar dos acontecimentos do dia, capturando peixes miúdos e graúdos, sobre os quais exercitava malícia, ironia e impiedade. Gostando de catar o mínimo e o escondido, tornava visível, muitas vezes de maneira cruel, o que passaria despercebido à maioria. Zombava de quase tudo e de quase todos. Nunca deixava entrever uma ponta de comoção.

Bilac não tinha o espírito de observação machadiano para os acontecimentos políticos e sociais, nem o gosto pelas minúcias. Não era um analista, mas um impressionista. Seu humorismo espontâneo e jocoso, com uma certa inclinação pela sátira, se diferenciava do humorismo amargo e intelectualizado de Machado. Um fazia sorrir, o outro queimava como ferro em brasa. Mas o que mais distinguia os dois cronistas era por certo a nota lírica, presente em tantas crônicas bilaquianas.

Na época, em plena maturidade, curtido pelos desenganos, Bilac olhava a vida sem ilusões e com acidez. Procurava contrabalançar o pessimismo com uma certa atitude de tolerância ante as fragilidades e burrices humanas, mas nem sempre conseguia conter a sua indignação. Numa espécie de síntese de sua posição diante da vida, a partir de certa época escolheu para a sua seção de crônicas o título de "Ironia e piedade". Não se tratava de piedade babosa, mas de um sentimento contido e enxuto, um gesto de compreensão nascido da tolerância. A ironia assemelhava-se à de Anatole France, escritor que tanto admirava, e cujas palavras poderia repetir:

> A ironia que invoco não é cruel. Ela não escarnece do amor e nem da beleza. É suave e benevolente. Seu riso acalma a cólera e nos ensina a zombar dos maus e dos tolos que, sem ela, poderíamos ter a fragilidade de odiar.

A crônica vivia então um momento de plenitude, com nomes como Machado de Assis, Carlos de Laet, Raul Pompeia e o próprio Olavo Bilac, com larga experiência no gênero, em jornais como o *Diário Mercantil*, de São Paulo, *Cidade do Rio* e *Gazeta de Notícias*, entre outros. Plenitude subentende renovação, choque com a tradição. Assim era. Em geral, o que se entendia por crônica era a análise dos acontecimentos da semana, fórmula tradicional, herdeira do folhetim romântico. O cronista pulava do último escândalo político para o livro da moda, da graçola do carnavalesco para a história dramática de uma família, e para costurar fatos tão diversos utilizava todos os tipos de linhas: humor, ironia, revolta, provocação, brincadeira, reflexões. Raramente atingia camadas profundas. Era a vitória da fugacidade, e nada mais se pretendia, apesar da alta qualidade literária de muitos desses textos. Foi a esse tipo de crônica que Bilac se referiu neste trecho:

> Os cronistas são como os bufarinheiros, que levam dentro das suas caixas rosários e alfinetes, fazendas e botões, sabonetes e sapatos, louças e agulhas, imagens de santos e baralhos de cartas, remédios para a alma e remédios para os calos, breves e pomadas, elixires e dedais. De tudo há de conter um pouco esta caixa da crônica: sortimento para a gente séria e sortimento para a gente fútil, um pouco de política para quem só lê os resumos dos debates no Congresso e um pouco de carnaval para quem só acha prazer na leitura das seções carnavalescas.

Mas, ao lado desta, há alguns anos vinha se afirmando uma nova modalidade de crônica, tratando de um único tema, não necessariamente preso aos acontecimentos do dia. Podia ser testemunho histórico, divagação lírica, retrato de uma personalidade, evocação de um caso pessoal ou o que se quisesse. Como exemplo pode-se citar, entre centenas de outras, as crônicas de Bilac sobre as cartomantes, os pássaros de Paris, a mania pelo piano na sociedade brasileira ou os perfis de Eça de Queirós e Ferreira de Araújo.

Essa nova crônica dava ao cronista extrema liberdade de criação e flexibilidade de construção. Muitas vezes permitia-lhe viajar até as fronteiras do conto. É o caso do texto intitulado "A canabina", publicado originalmente como crônica, na *Gazeta de Notícias* e que, ao recolhê-lo em livro, Bilac incluiu-o na parte de ficção das *Crônicas e novelas*.

Os horizontes eram infinitos e o desenvolvimento do gênero, ao longo dos anos, daria origem à moderna crônica brasileira, que muitos admitem não ter semelhante em nenhuma literatura atual.

Por suas obrigações profissionais, Bilac cultivou os dois tipos de crônica. Na primeira página da *Gazeta*, na *Bruxa* ou em *Kosmos* era quase sempre o analista dos fatos da semana, obedecendo ao comportamento tradicional do folhetinista. Mas foi a nova modalidade de crônica que iria constituir a parte mais valiosa de sua atividade de cronista. Assunto é o que não faltava.

A época vivida e retratada por Bilac foi rica de sugestões e inquietações. A sua geração assistiu à abolição da escravatura, à proclamação da República, delas participando ativamente, os primeiros governos republicanos e a consolidação do regime, por vezes com o uso e o abuso da força. Alguns acontecimentos assustaram o país, como Canudos, alertando para aspectos medievais da sociedade brasileira. Por outro lado, iniciava-se um processo penoso de modernização. Foi a época da construção da Avenida Central, no Rio de Janeiro, da vacina obrigatória. Do ufanismo. Da Europa curvando-se ante o Brasil, depois dos voos de Santos Dumont. Do prolongamento do clima de euforia do século XIX na alegria inconsequente da chamada *belle époque*, a exemplo do que ocorria na Europa, persistindo até a eclosão da I Guerra Mundial. De cada um desses acontecimentos, Bilac deixou o seu depoimento, entusiasmado, indignado, lírico, ou apenas irônico, em forma de crônica.

No plano internacional o mundo ia assistir a uma série de guerras, cada vez mais violentas: a guerra do Transvaal, no final do século XIX, a guerra russo-japonesa (1904), a guerra dos Bálcãs, a I Guerra Mundial. O cronista atento registrava aquele ruído incessante dos canhões, revelando as suas preocupações com os destinos da humanidade, o seu horror pela guerra e pelos regimes totalitários. Sob esse aspecto são muito reveladoras as suas crônicas sobre a revolução russa de 1917.

Guerras, revoltas, reis que morrem e presidentes que ascendem ao poder, alegrias e calamidades públicas, a riqueza inesgotável do cotidiano, tudo interessava o cronista, até mesmo as possibilidades do futuro. Aliás, neste aspecto, o cronista demonstrou uma notável capacidade de previsão. Apenas um exemplo:

> Talvez o jornal futuro – para atender à pressa, à ansiedade, à exigência furiosa de informações completas, instantâneas e multiplicadas – seja um jornal falado e ilustrado com projeções animatográficas, dando, a um só tempo, a impressão auditiva e visual dos acontecimentos, dos

desastres, das catástrofes, das festas, de todas as cenas alegres ou tristes, sérias ou fúteis, desta interminável e complicada comédia, que vivemos a representar no imenso tablado do planeta.

O texto, escrito em 1904, não é uma definição perfeita do jornal de televisão?

Mas os olhos e o coração do cronista estavam abertos sobretudo para a realidade cotidiana que o cercava. Apaixonado pelo Rio, Bilac tornou-se um dos grandes cronistas da cidade, na tradição iniciada por José de Alencar, passando por França Júnior e Machado de Assis. Alguns de seus flagrantes da vida – como "Gente elegante", "O namoro no Rio de Janeiro", "A dança no Rio de Janeiro", "A eloquência de sobremesa", "Os mordedores", "Os que veem...", "O jogo dos bichos", "A festa da Penha" – são deliciosos, com um fino senso de humor, ironia suave e irreverência galhofeira. Crônicas caricaturais, escritas com uma filosofia de vida bem carioca, mas sobretudo bem bilaquiana.

Nos últimos anos de vida, empenhado nas campanhas pela educação e pelo serviço militar obrigatório (vide biografia, no final deste volume), Bilac passa a utilizar a crônica como arma de propaganda. Através dela, procura difundir o amor pelo Brasil, luta pela implantação de uma nova mentalidade no país, alerta para a necessidade de forças armadas regulares e treinadas.

Podemos pois dizer que através da crônica Bilac expressou de forma exemplar o seu pensamento e os arranhões à sua sensibilidade, as suas perplexidades e revoltas diante dos desatinos humanos e do desconcerto do mundo. Mas também os seus sonhos de um país mais civilizado e de um mundo melhor.

Ubiratan Machado

CRÔNICAS E NOVELAS

MARÍLIA

Em Ouro Preto

A caminho de Vila Rica de outras eras, que é hoje um montão de ruínas, parei nas Lajes, em um sítio que demora a cavaleiro do antigo bairro de Antônio Dias, e de onde a vista, depois de abranger todo um imenso anfiteatro de montanhas verdes, queda, repousada e amorosa, no vale risonho que a gente do bandeirante de Taubaté povoou há dois séculos. Sobre uma pedra, quanto tempo fiquei a vê-las – as colinas amadas das musas, por onde, como um rebanho, pasceram os versos apaixonados de Dirceu, ao doce clarão dos olhos da sua Marília!...

Era por uma tarde enevoada e fria.

Um vento cortante assobiava; rodavam nuvens escuras no ar. E uma tristeza cobria tudo.

Por detrás de mim, a escarpa do morro subia, aspérrima, pontuada de pedrouços ferrugentos. Em cima, esse monte é um como sepulcro do passado, o Campo Santo de uma geração de aventureiros ousados: cobrem-no muralhas derrocadas, restos de casas nobres, alicerces sobre os quais duas juntas de bois podem passar à vontade; e, já do ponto em que eu estava, alcançavam meus olhos, no alto, na lombada da serra, massas informes de ruínas. E abrindo-se aos flancos da montanha, como feridas profundas, buracos enormes apareciam, assinalando os lugares em que a picareta e a pólvora dos exploradores sondaram as entranhas da terra, em busca de ouro.

À minha frente, uma paisagem rude se desenrolava, erriçada de colinas, atopetada de rochas, fechada ao fundo pelo Itacolomi cujo pico se encarapuçava de névoas.

À direita, os dois maiores edifícios de Ouro Preto levantavam a sua construção formidável – a cadeia e o palácio do Governo.

À esquerda, o Alto da Cruz. No píncaro, a grande cruz protetora da cidade abria sobre ela os braços negros, como a abençoá-la; e em torno daquele cume isolado qualquer coisa invisível pairava, um como recolhimento da natureza; a mesma névoa do céu naquele ponto se adelgaçava, franjando-se, rasgando no seu manto pardo uma nesga azul em que se emoldurava o símbolo solitário.

E, por toda a parte, de um e de outro lado, umas mais perto do céu, dominando o bairro todo, outras encastoadas humildemente no côncavo fundo do vale, as igrejas alvejavam.

Era, primeiro, Santa Ifigênia; em seu adro, antigamente, os negros, cujo trabalho se capitava nas minas de el-rei à razão de quatro e três oitavas de ouro por cabeça, vinham dançar, ao som confuso dos caxambus e dos xique-xiques, a *congada* selvagem. Era, depois, Mercês de Antônio Dias; depois, S. Francisco, de largas tribunas rasgadas para fora, e fachada em que esplendem as esculturas do *Aleijadinho* em pedra-sabão; depois, a matriz de Antônio Dias, o Carmo, e já meio encobertas, deixando apenas ver as torres altíssimas, S. José e Mercês de Ouro Preto.

Dos meus pés, numa descida abrupta, precipitava-se a escarpa, cheia de blocos de montanhas destacados de cima, até achar ao fundo as primeiras casas do bairro secular.

No último plano, mais escondida, mais humilde do que todas as igrejas, uma capelinha inacabada aparecia ao fundo de um cemitério pequeno: Nossa Senhora das Dores. São as economias dos presos que vão pouco a pouco, com dificuldade e fé, custeando a construção daquele cemitério, em que, isolados na morte como durante a vida, os corpos dos sentenciados repousam no seio misericordioso da terra, que, para acolhê-los, carinhosamente, não quer saber se os seus crimes a mancharam...

Por fim, as ruas de Antônio Dias, tortuosas, estreitas, rasgadas e edificadas ao acaso, à proporção que as correntes colonizadoras afluíam à povoação fundada pelo chefe da bandeira paulista. Vistas de cima, algumas casas que se sustêm a custo, pequenas, com o arcabouço roído aparecendo no desmantelamento do barro esburacado – parecem, descendo juntas e inválidas as ladeiras, uma procissão dessas velhinhas trôpegas e trêmulas, que as romarias atraem aos adros em dias de festa, dando-se amparo mútuo, na solidariedade do infortúnio e do medo das quedas...

E foi quando toda a minh'alma estava cheia das lembranças de outro tempo, diante daqueles despojos de que um cheiro de sepultura saía – que vi pela primeira vez a casa em que morou a Marília de Dirceu, e em cujas janelas o seu vulto, na brancura ofuscante das madrugadas nevoentas ou ao esplendor sanguíneo dos ocasos de fogo, costumava mostrar-se de longe aos olhos apaixonados do ouvidor-poeta, a quem a paixão obrigava a trocar a toga solene de juiz pela túnica de pano grosso de um pastor de Arcádia.

Casa nobre – que emerge de entre as vizinhas quase como um palácio, hoje toda azul, olhando para o bairro de Ouro Preto por oito janelas – foi nela que d. Doroteia de Seixas apareceu pela primeira vez ao poeta, e nela que a Musa, enquanto o seu cantor no degredo bárbaro enlouquecia e morria, viveu, monotonamente, até os 84 anos.

Ainda quando o inconfidente encarcerado alimentava a esperança de que a tirania o restituísse à liberdade, naquela casa tranquila, hoje toda azul, de oito janelas rasgada para o bairro de Ouro Preto, é que devem ter chegado aos olhos lacrimosos de Marília os versos em que o poeta cristalizava os seus desejos e a sua confiança ilusória nas justiças de Maria, a Louca. As mesmas colinas que ouviram as églogas do pastor da Arcádia Mineira repetidas pela voz da sua Musa devem ter ouvido por essa mesma voz repetidas as rimas doloridas, de anseio e de amor, com que Dirceu arquitetava no sonho um futuro que não veio:

> Ai minha bela! se a fortuna volta,
> Se o bem que já perdi, alcanço e provo,
> Por essas brancas mãos, por essas faces
> Te juro renascer um homem novo:
> Romper a nuvem que os meus olhos cerra,
> Amar a Deus no céu e a ti na terra...
> Nas noites de verão nos sentaremos,
> Com os filhos, se os tivermos, à fogueira;
> Entre as falsas histórias que contares,
> Lhes contarás a minha verdadeira...
> Pasmados te ouvirão: e eu, entretanto,
> Ainda os olhos banharei de pranto...

Em um de seus livros, Lopes de Mendonça, falando incidentemente de Gonzaga, revolta-se contra a apatia em que d. Maria Joaquina Doroteia de Seixas se deixou envelhecer burguesmente até à caducidade, na sua casa de Vila Rica.

A alma de Lopes de Mendonça, tomada de horror diante desse envelhecimento pacato, se rebela contra o espetáculo da decrepitude da Musa, de face engelhada, boceta de rapé em punho, babando-se toda de gosto ao rever-se nos netos, batendo chinelas pela casa triste, e arrastando através dessa vida sem poesia os seus achaques, as suas saudades e o seu tédio.

Na tragédia de Shakespeare, Hamlet, fora de si, pergunta a Laertes, que se desgrenha em contorsões trágicas e lamentações retóricas à beira da sepultura da formosa Ofélia:

> Que mais queres tu fazer, hipócrita, para ostentar o teu desespero? queres arrojar-te do alto do Ossa? queres engolir um crocodilo?

Naturalmente, o autor das *Recordações da Itália* não desgostaria de ver a Marília, desesperada pelo apartamento do seu cantor, cometer um desses atos de prodigiosa superexcitação. Queria o escritor português que d. Doroteia de Seixas se precipitasse, como uma Safo, na cascata do Tombadouro? que tragasse alucinadamente um *caitetu* vivo? que, com o volume das *Liras* na mão, se despenhasse do píncaro do Itacolomi?

A mim, confesso, deixam-me sem entusiasmo todas essas possíveis soluções estardalhaçantes para aquele idílio. Mais que o espetáculo de um fim trágico qualquer – o suicídio da Musa ou a sua morte fulminantemente causada pela dor da despedida – encanta-me esse modo, humano e singelo, por que Marília se deixou morrer na sua casa engastada no fundo do vale, vendo, pelas colinas que a cercavam, a descida dos rebanhos brancos que a sanfonina pastoril do seu Gonzaga celebrara.

Um certo mistério cerca ainda hoje a história desses amores. O que parece provado é que eles não foram uma dessas paixões que alucinam quando se não satisfazem, e em que a alma entra de parceria com a carne, ambas ansiosas, ambas exigentes, ambas humanamente excitadas.

Ainda nos mais apaixonados versos de Gonzaga, não palpita essa febre, essa ânsia de gozo e de posse, nem aparece uma nota qualquer capaz de provar que uma aproximação de sexos tenha naturalmente consagrado o idílio encantador a que a nossa poesia deve tantas páginas deliciosas.

Para o poeta que – depois de ouvidas as partes cujos interesses pendiam do seu juízo, se debruçava à janela devaneando diante da natureza – Marília era apenas, talvez, a figura encarregada de dar a nota humana à paisagem arrebatadora. Quando se leem os versos de Gonzaga, nota-se que o que quase exclusivamente os inspira é a beleza do campo, a serenidade da vida rústica, a bem-aventurança suprema da existência ao ar livre, mais perto de Deus porque mais perto das coisas e dos costumes simples.

Aqui, é uma ave que o filho aquece entre as asas. Ali, uma vaca que o novilho tenro lambe e afaga. Mais longe, árvores que bracejam sacudindo o orvalho que as molha. Adiante, escravos que cercam o rio, cavam a terra, colhem no fundo da bateia o cascalho rico em que o ouro vivo fulgura; capoeiras ainda novas que se queimam, ardendo nas quebradas; terras que se adubam, misturadas com cinzas, à espera dos grãos; caçadas alegres em que a vara envisgada espera o pássaro incauto; pescarias à hora da sesta; e campos cheios de papoulas, e cercas emaranhadas de rosas silvestres, e pedras donde salta a rama bruta das gameleiras robustas... Tudo isso não seria humano, não cantaria com tanta vida, não se abrasaria em tanta luz, se uma figura de mulher não pairasse sobre o canto, se um pouco de amor não viesse dar um perfume novo de poesia às descrições.

O próprio Gonzaga parece confessar, em verso, que não era junto de Marília que se aplacavam os ardores dos seus quarenta anos bem conservados:

> Eu sei, Marília,
> Que outra pastora
> Cega namora
> Ao teu pastor;
> Há sempre fumo
> Aonde há fogo...

E, nas *Cartas chilenas*, de *Critilo* (Alvarenga Peixoto?) lê-se:

> Aqui, meu bom amigo, aqui se passam
> As horas em conversa deleitosa.
> Um conta que o ministro em certa noite
> Entrara no quintal de certa dama;
>
> Diz outro que se expôs uma criança
> À porta de Florício, e já lhe assina
> O pai e a mais a mãe; *aquele aumenta*
> *A bulha que Dirceu com Lauro teve*
> *Por ciúmes cruéis da sua amásia.*

D. Maria Doroteia perdoava-lhe as infidelidades carnais, parece, contentando-se com a sua fidelidade espiritual. E nunca a paixão, a verdadeira paixão incendiária e violenta deve ter vindo perturbar a serenidade daquele amor honesto e comedido, nem perturbar a calma das horas inocentemente passadas em contemplações mútuas, olhares longos e sorrisos claros, trocados de janela a janela, por cima das flores que se abriam no vale, por baixo do céu que se cobria de estrelas.

Degredado o poeta, o tempo que apaga tudo – até as mágoas de amor, ai! de nós! – fez no coração de Marília o que costuma fazer no coração de toda a gente. E, à medida que os anos passavam, monótonos e regulares, as saudades também foram passando e minguando. Dizem que, da prisão, Gonzaga propusera à sua Musa o casamento. Mas santo Deus! a África ficava tão longe! Moçambique devia ser tão feia! a viagem tão longa, por águas tão ásperas, entre temporais tão rudes! A Musa ficou e o poeta partiu...

Silvio Romero, no capítulo consagrado a Gonzaga na *História da literatura brasileira*, escreve:

> No processo da Inconfidência, fala-se que o marquês de Barbacena se opunha ao casamento do poeta. Qual a razão?

A razão parece clara. Naquele tempo a investidura de magistrado nobilitava. Como magistrado, Gonzaga era nobre: e os nobres só podiam casar com licença da Corte.

Se o capitão-general de Minas, velho fidalgo, encarapuçado num orgulho indomável, se opunha à união do poeta e da Musa, é porque, provavelmente, o sangue de d. Maria Doroteia não era bastante azul para poder ligar-se ao sangue finíssimo de um magistrado de el-rei.

Seja como for, é lícito acreditar que não foi essa oposição do marquês a causa principal do malogro do casamento. Quero mesmo crer que só por um nobre sentimento de delicadeza pediu Gonzaga à namorada que o acompanhasse ao desterro, insistindo pelo casamento; julgou ele por certo dever essa homenagem ao bom nome de d. Maria Doroteia, para a não deixar comprometida, uma vez que a notícia dos seus amores era pública em Vila Rica. A prova disso é que, na África, consolou-se o poeta facilmente da recusa de Marília.

Antes de enlouquecer – e quem sabe se já não estava louco! – levou à sé matriz de Moçambique, à presença do juiz dos casamentos e do escrivão do juízo eclesiástico, uma jovem senhora Juliana de Souza Masquerenhas, filha legítima de Alexandre Roberto e sua mulher d. Ana Maria, de dezenove anos de idade e natural da freguesia da Cabeceira--Grande. A esses dezenove anos ardentes, desabrochados sensualmente ao sol africano, entregou ele a sua vida triste, a sua madureza de idade e as suas necessidades amorosas, dando à moça Masquerenhas, à face de Deus e dos homens, a mão e o nome de esposo: é o que consta de documentos publicados há algum tempo pela *Revista de Instituto*.*

Segundo esses documentos, o matrimônio foi celebrado a 9 de maio de 1793. Gonzaga, inquirido pelo juiz dos casamentos, depois de haver jurado aos Santos Evangelhos dizer a verdade, declarou:

> que se chamava Tomás Antônio Gonzaga, filho legítimo do desembargador José Bernardo Gonzaga e sua mulher d. Tomásia Chargue Gonzaga; que era natural da cidade do Porto e batizado na freguesia de S. Pedro do Reino de Portugal; *que tinha de idade 38* (?); que era solteiro e nunca fora casado; que residira na cidade do Porto, nas de Beja, Lisboa, Coimbra, Vila Rica e atualmente em Moçambique, passando a existência nas ditas cidades de mais de seis meses; *que nunca dera palavra de casamento a pessoa alguma*, nem fizera voto de castidade ou de religião, nem tinha impedimento algum para contrair o matrimônio que pretendia com d. Juliana de Souza

---

* *Revista do Inst. Hist. e Geog. do Brasil*, t. LV, 1892, p. 361.

Masquerenhas, a quem conhecia por tê-la visto de presente, com quem queria ser casado de sua livre e espontânea vontade, sem constrangimento de pessoa alguma. E mais não disse.

E como a menina Masquerenhas fizesse declaração idêntica e iguais desejos manisfestasse, as autoridades, sem mais delongas, a amarraram pelos laços matrimoniais ao cantor de d. Doroteia.

O que parece provar que nesse tempo o poeta já tinha o juízo desequilibrado pelos desgostos do exílio é o fato de haver declarado ao juiz de casamentos que tinha de idade 38 anos. Talvez, por um sentimento desculpável de gamenhice, quisesse ele parecer mais moço à noiva de dezenove anos. Seja como for, faltou à verdade. Em 1793, ano do casamento, o poeta das *Liras* estava já com meio século de vida sobre a alma, pois que nascera em 1744.

Teria a branca e sentimental d. Doroteia, em Vila Rica, notícia de que, na terra adusta da África, uma rival, provavelmente mestiça, conseguira saciar de beijos legitimados pela igreja a boca do seu ardentíssimo Dirceu?

Talvez não. E, se a teve, resignou-se; deu-se a amores menos platônicos, teve descendência farta, envelheceu, e, em 1853, fechou os olhos à vida, em um leito antigo que, como curiosidade histórica, no Rio de Janeiro, o conselheiro Viriato Bandeira Duarte conserva religiosamente.

A sua morte deve ter sido calma. Não creio que à beira do leito, na hora extrema, lhe aparecesse – esquálido, curvada a cabeça encanecida, ao peso da golilha, agitando tragicamente os braços com um tinido sinistro de ferros – o fantasma de Gonzaga. A alma da Musa devia agora estar livre do peso dessa recordação, como estava o seu corpo agora obeso, agora cheio de erisipelas, agora tristemente afeado pela velhice e pela agonia...

As confissões, as comunhões, os rosários lentamente rezados sobre as lajes da matriz de Antônio Dias, os jejuns, e as outras práticas religiosas, com que a velha e célebre senhora enxotava do espírito ideias profanas, não lhe permitiam tirar o pensamento da face e da essência do Senhor, para o fixar na memória do seu delambido cantor. Aos oitenta anos, as matronas podem dar para Teresa de Jesus; para Marília de Dirceu é que não dão, com certeza.

Já dezessete anos antes de morrer, havia d. Maria Doroteia feito testamento. E esse documento assinado pelo seu punho é frio, seco, incolor. É o testamento de uma beata vulgar, olvidada de amores, sem recordações, não tendo tempo para se lembrar de que já inflamou a inspiração de um poeta, porque todo o seu tempo é pouco para pedir a Deus um cantinho do céu e uma fatia do pão de ló da bem-aventurança eterna.

Aqui está o testamento, ao qual conservo a ortografia original:

> Bento Antonio Romeiro Veredas, escrivão da provedoria do termo da Capital do Estado de Minas Gerais, etc. Certifico que em meu cartorio existe o testamento com que n'esta cidade falleceu d. Maria Dorothéa Joaquina de Seixas, o qual é do theor seguinte: Eu Dona Maria Dorothéa Joaquina de Seixas achando-me em perfeita saude e entendimento, ordeno meu testamento na forma seguinte. Em nome da Santissima Trindade. Amen. Sou filha legitima do Capitam Balthazar João Mayrink e sua Mulher Dona Maria Dorothéa de Seixas, já fallecidos. Instituo por meus testamenteiros e universaes herdeiros a D. Francisca de Paula Manso de Seixas que vive em minha companhia e Anacleto Teixeira de Queiroga que ao presente é rezidente no Rio de Janeiro para que cada um de persí e in solidum possam ser meus testamenteiros, bemfeitores, administradores de todos os meus bens, e thé vender fóra de prassa para repartirem entre ambos a liquida heransa depois de pagas as dividas que ainda existirem de meu Tio o snr. João Carlos. Deixo em premio ao Testamenteiro que aseitar esta testamentaria sem mil reis e o praso de quatro

annos para a conta final. Declaro que deixo huma cedula a minha Testamenteira a qual não será obrigada a apresental-a em juizo e só com seu juramento se lhe levará em conta a despesa que com a mesma fizer. Deixo a eleisão da minha Testamenteira as dispozisoins do meu funeral e só recomendo que o meu corpo será sepultado em cova da Ordem de S. Francisco de Assis, e que por minha alma celebrem quantas missas de corpo presente cober no pocivel de esmolla de mil e duzentos cada uma e tambem quero que se digão as de S. Gregorio, e por esta forma hei por findo ao presente Instrumento por mim feito e asinado na cidade de Oiropreto a dois de Outubro de mil oitocentos e trinta e seis. Maria Dorothéa de Seixas. – Foi approvado pelo tabellião Antonio de Almeida Vasco em 16 de maio de 1840. – Foi apresentado ao Juiz e aberto por elle Dr. Eugenio Celso Nogueira em 10 de fevereiro de 1853 (pela morte da testadora). Foi acceito pela primeira Testamenteira em 21 do mesmo mez, perante o tabellião João dos Santos Abreu.

Ora, às imaginações escaldadas não parecerá com certeza digno do drama esse desfecho vulgar. A mim, porém, parece-me o único digno, porque teve a mesma simplicidade e a mesma naturalidade do drama. Este foi simples como a natureza e a vida rústica que lhe formaram o cenário: um poeta, uma mulher, duas janelas que se defrontam, alguns versos lindos, uma conspiração, um apartamento, muitas lágrimas, muitas saudades, e depois... filhos de parte a parte. Mais nada. Não nego que d. Maria Doroteia teria dado prova maior do seu amor acompanhando à África aquele que fez o possível para eternizá-la na memória dos homens. Mas que querem? as mulheres são assim... Quase sempre para ser amado por elas até à loucura, é necessário, antes de tudo, isto: não as amar.

Mas isso não altera o que fica escrito. A vida é a mesma, em Vila Rica como na China: é preciso aceitá-la sem a discutir. Demais, que temos nós com isso? – Temos os versos de Gonzaga: amemo-los. Temos a recordação de Marília: veneremo-la.

Porque – morta como Safo, tragicamente, ou, naturalmente, como qualquer burguesa – a mulher, cujos olhos inspiraram meia dúzia de versos perfeitos, é digna do carinho e do amor dos poetas que vieram depois, com a mesma aspiração de corporizar em sílabas medidas o doce luar que, em redor do seu infortúnio, espalha a presença da pessoa amada...

PADRE FARIA

Quem, vindo da episcopal Mariana, entra em Ouro Preto, encontra, antes do bairro do taubateno Antônio Dias – mais velho do que ele e por isso mesmo mais curioso –, o bairro do padre Faria, com a sua igreja simples plantada no fundo do vale e o seu grande cruzeiro de pedra rendada, de seis braços, à maneira das cruzes papais.

A pouca distância, mostram-se ainda os alicerces da casinha tosca em que o padre Faria assentou o seu presbitério, no coração do povoado que a sua gente fundou. Perto, porque já estamos no limite leste da cidade, ouve-se o barulho surdo das águas do Tombadouro. Lá em cima, vê-se a estrada, orlando o sopé dos morros de S. João e S. Sebastião que manchas negras de ruínas cobrem. E de junto da igreja sobe uma rua longa, calçada, toda cheia de destroços de casas.

Sentado ao pé da cruz, comecei a reconstruir em sonho um dia de festa religiosa no bairro do padre Faria, ao tempo em que ainda, saindo do seu presbitério, ele vinha, entre os fiéis ajoelhados, atravessando a larga ponte de pedra que dá acesso para o adro, oficiar no templo, a que concorriam nobreza e povo, contratadores e escravos.

Nesse tempo não teria eu podido, miserável plebeu, sentar-me num dos degraus de pedra do cruzeiro. Os nobres somente – nessa época em que el-rei era o filho mais velho de Deus e os fidalgos seus irmãos mais moços – podiam, sem ofensa à soberania divina, tocar com os fundilhos dos calções de veludo as pedras sagradas e aproximar da base da cruz os bicos finos dos sapatos, em cujas fivelas reluziam grandes crisólitas e turmalinas fulgurantes.

Mas os tempos mudaram. Um ervaçal rasteiro e mau acolchoou a terra em torno da igreja. Mordidos, aqui e ali, de liquens, que os mancham, os degraus do cruzeiro dormem abandonados.

E, só, debaixo do céu que a queda do sol ensanguenta, posso, deixando a alma fugir para o passado, ver, num sonho, a procissão dos fiéis que chegam. Oh! o belo sonho que me ofuscou os olhos com a faiscação de toda uma opulência extinta para sempre, e me embalou a alma na rede de ouro de uma fé, que morre à míngua de crentes e de poetas!

Na torre baixa, coberta de folhagens e de flores, o sino canta.

Nos morros de em torno, as minas descansam, sem trabalhadores. Às margens dos riachos, nas bacias que as enxurradas cavaram nas rochas, os gorgulhos repousam. Nem uma bateia se agita. Nem um almocafre trabalha, retinindo de encontro às pedras. Cascalhos ricos de ouro, dormi! ninguém irá hoje interromper o vosso sono sob as cobertas de desmonte e as ferragens inúteis que vos abrigam! Dormi! É dia de festa. O sino canta. Mineiros e garimpeiros correm à igreja. E a Terra toda, em silêncio, livre por um dia dos que lhe rasgam as entranhas, jaz num torpor inalterável.

O adro já está cheio. Em grupos, os fidalgos formigam, dando volta ao cruzeiro, que abre gloriosamente os seus seis braços de pedra no esplendor do dia.

Passam cabeleiras trançadas, de rabicho caindo sobre costas de compridas casacas amarelas, azuis, vermelhas e verdes, amplamente degoladas, com enormes canhões dobrados; coletes de cetim macau, bordados a lantejoulas, com abotoaduras fulgurando como estrelas, camisas de folhos sobre cujas rendas se agitam, à maneira de grandes borboletas brancas, as largas gravatas de lenço bordado; chapéus à Frederico, de três pancadas; calções de seda, sobre cujas fivelas de ouro roçam de quando em quando tilintantes bainhas de prata de floretes ricos. E, sobre as lajes, ritmando a cadência do passeio, batem grossos bastões, de castão recamado de gemas preciosas.

De vez em vez, um fidalgo para, e, consultando a hora, faz brilhar ao sol um relógio enorme, pendente de grossa cadeia de cornalina.

Junto à porta da igreja, estão imóveis as damas.

Sobre as cabeças, em tufos graciosos, arredondam-se-lhes as coifas de seda branca, brosladas a fios de ouro; e, de sob as coifas, lhes saem meneadas ao vento as cabeleiras polvilhadas de branco. Camisas de rendas arrufadas como espumas, apertadas ao pescoço, rutilam, duras de goma. E sobre os espartilhos fortes, de barbatanas, fazendo o peito alto, estiram-se os macaquinhos de veludo, em que ardem joias descomunais, corimbos de pedrarias em engastes de prata, toda uma constelação de diamantes. Ao peso das mesmas joias, arranjadas em forma de brincos, distendem-se os lobos das orelhas. E, trançadas nos braços, cheios de pulseiras pesadas, enrolam-se as caudas longas das saias de roda, de entre cujas dobras emergem as mãos brancas, de dedos finos, que desaparecem debaixo do fulgor dos grandes diamantes do Tijuco.

Postas numa atitude de estátuas, de fisionomia grave, a que a cabeleira empoada dá um ar picante de prematura velhice, as damas inclinam a cabeça, quando um cavalheiro, a passos miúdos e estudados de minuete, ensaia um cumprimento cerimonioso, em que toda a galanteria do fidalgo transparece.

Sobre tudo aquilo, sobre aquele torvelinho de sedas, de pedrarias, de veludos, um sol vivo se desata em raios alegres, e o sino continua a cantar as suas mesmas notas ardentes. Contratam-se figuras para as contradanças variadas, combinam-se passos para os requebros dos minuetes; e cada qual sorri à lembrança da animação que vão ter os fandangos aristocráticos, de cadência marcada pelo chocalhar dos xique-xiques de prata.

Mas, embaixo, sem transpor o espaço respeitável que o separa do lugar inviolável em que esplende a nobreza, fica o povo, a vil canalha dos africanos retintos e dos índios, cujos braços cavam a terra para dar aquele ouro aos bastões dos fidalgos e aqueles diamantes às arrecadas das fidalgas; fica a arraia-miúda, cujo suor sustenta as prodigalidades da corte real, essa mesma arraia-miúda que, daí a alguns anos, se há de transformar numa população irrequieta de brasileiros altivos, levantando motins diários contra a tirania dos impostos, contra o orgulho dos contratadores, contra as tropas de el-rei, até cercar o trono amedrontado com a alcateia rugidora dos seus brios longo tempo sofreados...

Mais pausado agora, desfaz-se o sino em uma revoada de notas serenas. É o padre que ali vem, de mãos espalmadas sobre o povo, numa grande bênção muda. Embaixo, prostram-se todos: e um rumor abafado de reza sobe da multidão ajoelhada.

Em cima, no adro, levantam-se os chapéus. As damas, numa rápida mesura, cumprimentam Deus que passa, com familiaridade e comedimento, como de igual para igual, sem as grandes expansões de fé e de humildade com que o cumprimenta o povo. Cala-se o sino. A música começa. E as próprias árvores, no ar sossegado, parecem levantar os galhos verdes, numa silenciosa prece...

Todo esse espetáculo me passava em sonho pelos olhos, quando, sentado ao sopé do cruzeiro do padre Faria, eu vivia a existência dos fiéis de outrora, e reconstruía os costumes perdidos, estudados na leitura daqueles que, como o ilustre dr. Felício dos Santos,[*] tomaram a si a tarefa de historiar o início da civilização mineira.

---

[*] Dr. Felício dos Santos, *Memórias do distrito diamantino*, Rio, 1868, p. 77 e seguintes.

Voltando a mim, vi que a noite descia. Algumas estrelas se acendiam no alto sobre a natureza adormecida, tauxiando o céu quase negro. Desci do adro e voltei para a cidade. Tudo deserto. Nem um caminhante acordava com as suas passadas o bairro secular do padre colonizador.

Mas, de repente, uma figura humana começou a avançar, em sentido contrário ao meu. Aproximava-se um rumor de passos. E, quando cheguei a ver o solitário transeunte, um horror grande me tomou o espírito, tão grande como o que estatelou Gautier, ao ver, na Grécia, junto do Partenon, um mascate, com as suas bugigangas espalhadas ao pé dos mármores divinos. O transeunte era um engraxate que recolhia da cidade!

Um engraxate! E, quando ele, com a sua caixa às costas, desapareceu na escuridão, ainda uma revolta me agitava a alma contra a brutalidade do encontro, vindo quebrar o encanto do meu sonho do passado com o aparecimento dessa prosaica instituição moderna...

s/d

S. JOSÉ D'EL-REI

S. José d'El-Rei, duas horas da tarde. Céu coberto de nuvens de chumbo. Estamos no coração da velha cidade colonial, em que por tantos anos viveu Tiradentes. Praça imensa, de chão atapetado de capim bravo.

No centro, o velho chafariz de 1749, despejando em larga bacia de pedra três jorros de água, pelas bocas de três vermelhas e hediondas caraças.

Acima das três bicas, um nicho modesto em que, até há bem pouco tempo, havia a imagem de S. José. Em torno de nós, fechando a praça, casarias lúgubres, pesadas, silenciosas, de sacadas de grade de pau-negro, de largas janelas fechadas. E ninguém... Nem um habitante aparece no longo trecho da cidade que o olhar abrange.

Um silêncio de cemitério amortalha S. José d'El-Rei: e parece que somente nós vivemos dentro dela – nós, e uma dúzia de bacorinhos trêfegos, pretos uns, arruivascados outros, refocilando na lama que se empoça de trecho em trecho no meio do capim.

Trouxe-nos até aqui, de S. João d'El-Rei, um trem especial. Ao galopar da locomotiva, vimos estender-se, enorme e clara, fugindo à vista para um horizonte sem limite, a Várzea do Marçal – admirável planície verde, ligeiramente ondulada, fartamente banhada pelo Rio das Mortes.

Às nove horas, munidos de archotes, entramos na famosa Gruta de Pedra, uma maravilha natural.

Dentro da gruta, um frio fino e cortante. Grandes salões, de cujo teto escuro pendem colossais candelabros de pedra, sucedem-se, unidos por galerias mudas, de chão úmido e escorregadio.

De quando em quando, o caminho sobe. E o visitante, surpreso, chega a uma nova sala, a um segundo andar da espantosa gruta. À luz do archote, que vacila e desmaia, resvalando pelas paredes rugosas, de anfracto em anfracto, de furna em furna – aparecem e desaparecem, como por encanto, abismos negros, vultos formidandos de penedos acastelados uns sobre outros.

Às vezes, de uma eminência, o olhar mergulha pelos corredores vagamente alumiados, e percebe ao longe – caída de uma fenda da rocha sobre um chão que brilha dubiamente – a luz do dia, incerta, azulada, fantástica. E, prestando atenção, num silêncio absoluto, ouve-se o *tic-tac* das gotas de água pingando sobre as lajes, filtradas pelas estalactites, continuando o trabalho secular da formação daquelas assombrosas colunas de pedra. Nos pontos raros em que a abóbada se rasga, deixando aparecer um palmo de céu azul, a claridade põe no solo úmido uma nódoa de cor indefinível.

Há um sítio, de que irrompe, em plena treva, em pleno subterrâneo, um tronco de árvore secular.

Há quantas centenas de anos terá ali caído, abandonada e triste, a semente que foi o berço daquele colosso? Sem ar, sem luz, o pequenino rebento cresceu talvez uma polegada de dez em dez anos. Subiu a custo, como uma cobra, pelas paredes da imensa caverna. Engrossou, desenvolveu-se, cresceu. E, já tronco, prosseguiu a sua viagem desesperada e heroica para a luz, para o ar, para aquele céu que adivinhava lá em cima...

Hoje, é curioso seguir esse percurso: o tronco vai de pedra em pedra, confundindo-se com a rocha, subindo sempre, acompanhando aqui uma anfractuosidade, galgando ali uma cavidade, até que emerge da treva por um buraco aberto no teto da gruta, e abre-se, e expande-se e pompeia, e triunfa, e irradia, e canta em plena luz, alastrando pelo ar a sua gloriosa copa verde, onde garganteiam pássaros, onde vivem ninhos e de onde pendem os grandes reposteiros fulvos das *barbas-de-velho*, como mantos régios...

Às dez e meia, saídos da gruta, almoçamos alegremente sobre a relva. Não havia sol. O céu enevoado era triste e frio. Mas não olhávamos para o céu... As *toilettes* frescas das senhoras fulguravam; o almoço, frugal e saboroso, desafiava a fome. E ríamos, e ríamos, em plena liberdade, sobre o relvado fresco, entre as cantigas das aves e o barulho de uma queda de água...

Agora, duas horas da tarde, sob um céu coberto de nuvens de chumbo, no coração da velha cidade de S. José d'El-Rei, amortalhada num silêncio de cemitério – sentimos a alma invadida por uma melancolia súbita.

Que silêncio, que tristeza, que morte! S. José d'El-Rei chama-se hoje Tiradentes. Quiseram com essa mudança de nome perpetuar a memória do grande Inconfidente, fechando-a numa sorte de sacrário imenso, em que ninguém possa entrar sem um grande respeito e uma comoção invencível. Conseguiram-no. Em S. José d'El-Rei, não creio que alguém tenha a coragem de rir. Aquilo é mais triste, mais horrivelmente triste do que um campo-santo. Não creio mesmo que o viajante, que percorre as ruínas de Pompeia desenterrada, sinta a impressão de tristeza inenarrável que senti, percorrendo as ruas dessa cidade morta, onde moram vivos, onde vão se vê ninguém, mas onde se adivinha que uma população melancólica e cheia de tédio arrasta uma vida muda de espectros...

As ruas, calçadas de pedras miúdas e avermelhadas, sobem e descem, desertas, cheias de casas a cujas janelas nem uma cabeça de ente vivo aparece. Os mesmos porcos que se encontram, de espaço a espaço, focinhando a terra, têm um ar tão aborrecido, tão meditabundo, que a gente chega a acreditar que os porcos possuem como nós uma alma acessível ao tédio e à misantropia...

Passamos pela casa da câmara, onde em 1827 se jurou a Constituição do império defunto – uma grande casa que vem quase até ao meio da rua, com varanda de madeira em cujos balaústres amarelecem editais – e pela casa em que morou Tiradentes – confortável vivenda que é talvez a melhor habitação da cidade.

A matriz está situada no alto, dominando toda a cidade, ao fundo de um terraço ladrilhado. Atentando no ladrilho, vê-se que é formado por lápides de tumbas. Um relógio de sol, velhíssimo, ergue-se a um canto do terraço.

Entramos. O velho templo é de uma magnificência e de uma suntuosidade indescritíveis. O teto, as paredes, as colunas desaparecem sob a pompa dos ornatos de ouro e sob as relíquias dos quadros sacros. O altar-mor fulgura, num deslumbramento. Grandes imagens pensativas, santas de espada cravada ao seio, Cristos ansiando sob o lenho, virgens de olhar azul erguido no céu, quedam imóveis nos seus nichos magníficos. E, ao lado do altar principal, estendem-se duas imensas e preciosas telas antiquíssimas, a *Ceia* e as *Bodas de Caná* – cujas tintas ainda conservam a primitiva e indestrutível frescura.

Subimos à torre. Fazemos vibrar o grande sino que tem esculpida no bronze a data – 1747. E, descendo ao coro, examinamos o órgão. É uma formidável almanjarra musical, instrumento primitivo, fabricado em 1798, com pinturas que nunca foram restauradas, e movido por dois poderosos foles, a cujas alavancas, para que o órgão possa tocar, se dependuram dois homens. Apresentam-nos o organista. Pedimos-lhe que toque alguma coisa. Ele, um velhinho trêmulo cuja velhice diz bem com a do órgão, faz-nos a vontade. Aproxima-se do vetusto instrumento com carinho e respeito. Limpa-lhe as teclas, comovido, e começa... Uma melodia arrastada, dolorida, tristíssima, sobe, espalha-se pelo templo, e, pelas janelas abertas, sai para o ar livre, e vai chorar sobre as ruas desertas – como o cântico fúnebre dessa cidade morta...

E, ainda, quando já longe de S. José d'El-Rei, atravessamos, a caminho de S. João, a risonha Várzea do Marçal – ainda essa música de agonia, banhada de lágrimas e cortada de soluços, enche-nos o ouvido e amarguradamente nos repercute dentro da alma...

s/d

CRÍTICA E FANTASIA

A FESTA DA PENHA

A Antiguidade era alegre, de uma alegria ingênua e ruidosa, que animava toda a face da Terra, e enchia o sereno céu de um ecoar de risos e cânticos. Os deuses gregos tinham paixões como os homens, seduziam mulheres, gostavam do bom vinho, da boa mesa, dos amores regalados, e ostentavam sem pudor fraquezas perfeitamente e legitimamente humanas.

Só poderia ter inventado esses deuses uma humanidade risonha e feliz, amando a vida e o prazer. Para essas gentes antigas, a vida era um longo festim, aberto a todos os apetites: – não um festim, como o compreendemos hoje, farto para alguns e nulo para muitos, e cujos melhores pratos somente são conquistados pelos fortes – mas um banquete que contentava todas as fomes... Nesse tempo, a Alegria era uma hóspeda da Terra: nós a pusemos daqui para fora, com uma brutalidade sem nome – e ninguém sabe em que seio dourado de outro mundo, de Sirius ou de Aldebarã, de Vega ou de Cassiopeia, andará ela atualmente, encantando a vida, de outra raça feliz...

Essa evocação saudosa da alegria antiga vem a propósito da festa da Penha, que começa hoje.

Há quem ache ruidosa demais, irreverente e escandalosa, a jovialidade dos romeiros que se emborracham em honra de Nossa Senhora. Por quê? Porque as religiões modernas vieram entristecer a Terra, e já não se compreende que haja expansões de júbilo vivo e de familiar carinho nas relações da Terra com o Céu, dos homens com Deus...

Para os antigos, os deuses eram uns bons camaradas, tolerantes e um pouco céticos, não ligando grande importância à sua divindade, e confundindo-se às vezes de boa vontade com os homens. Júpiter descia frequentemente a este baixo mundo, disfarçava-se em cisne, em chuva de ouro, em águia, em touro, em sátiro, em homem, e vinha meter-se em frascarias descabeladas; Juno, roída de ciúmes, desertava também o Olimpo, e descia até cá, no encalço do seu leviano marido e senhor; Minerva abalava muitas vezes do seu sólido augusto, e vinha fundar cidades cá embaixo, e dar conselhos paternais aos homens; Diana, cansada dos banhos de luz do Empírio, vinha banhar-se nas águas cristalinas do Eurotas e do Cefiso, onde a sua maravilhosa nudez ficava exposta à admiração do guloso Acteon; Vênus fugia quase todos os dias de lá de cima em companhia de Marte, e vinha correr com ele os albergues de Cnido e de Citera; deuses e deusas, enfim, amavam os homens, compreendiam e perdoavam os seus defeitos, e levavam a sua bondade até o ponto de ter vícios humanos, como querendo complacentemente demonstrar que nem sempre os vícios são crimes...

Para ver bem a ideia fácil e simples que a idade heroica fazia dos seus deuses, basta ler a descrição daqueles famosos *cortejos báquicos*, com que se celebravam as graças do deus do vinho e da alegria.

Baco infante não vinha, ali, de conquistar apenas as Índias; vinha de conquistar também uma dispepsia...

O jovem Lieu, patrono das carraspanas olímpicas e terrestres, passava, coroado de pâmpanos, gordo e vermelho, suando álcool e bom humor, empunhando a taça de ouro, de onde escorria o suco das uvas capitosas. Em torno dele, havia a marcha dos coribantes, em dança descompassada, agitando os tirsos sobre as cabeças engrinaldadas de folhas de parreira; vinham depois os sátiros caprípedes e as mênadas voluptuosas, e fechava a marcha o velho Sileno, com a boca lambuzada de mosto, oscilando molemente sobre o dorso do seu anafado jumento.

Ora, quem vê passar, ao cair da tarde, de volta da Penha, um carro de romeiros, ao trote dos muares enfeitados, compreende bem que essa festa popular, tão ruidosa, tão cheia de descantes de viola, de excessos de mesa, de tarraçadas de vinho, e de rega-bofes escandalosos, não é menos do que uma reminiscência, embora apagada, da antiga alegria religiosa.

As gentes rudes, cansadas da tristeza atual, procuram recuperar aquela intimidade, tão consoladora e tão boa, que mantinham outrora com as potestades divinas. Essas almas simples não podem compreender que Deus, e Nossa Senhora, e os santos da corte do Céu exijam delas, em troca do paraíso, o sacrifício do bom humor, do apetite, e de todas as coisas agradáveis da Terra. A festa de Penha é um sintoma: revela o cansaço da melancolia religiosa, e revela a ansiedade que há nas almas pelo regresso à alegria primitiva.

Foi a Idade Média – esse escuro e longo reinado da imundície e da aflição – que deu cabo das boas relações de carinho e franqueza, entre a Terra e o Céu. Os ascetas começaram a pregar a inutilidade dos esforços humanos: e a humanidade começou a viver dentro de uma espessa nuvem de terrores e de sobressaltos. Tudo, as guerras, as pestes, os terremotos, as secas – tudo era um sinal da cólera divina, tudo era um anúncio do próximo acabamento do mundo.

Deus ficou sendo um senhor cruel, tendo na mão um azorrague de raios, e com a boca cheia de maldições; os santos eram os prepostos desse déspota; os tetrarcas desse novo tirano, todos implacáveis, todos odiando a espécie humana; e até a Virgem-Mãe perdeu de todo a sua suavidade, transformando-se numa figura macerada e fúnebre, de ouvidos cerrados às súplicas dos pecadores, e nunca disposta a perdoar aos vermes da Terra as torturas infligidas ao seu divino filho. A alimentação ficou sendo um pecado; o banho ficou sendo um requinte abominável de sensualidade; o riso ficou sendo um crime perverso; e muito suja, muito faminta e muito triste, a humanidade só tinha um sonho: morrer.

O fato é que tudo isso já se abrandou: mas a religião ainda é uma escola de melancolia.

Ainda ontem, parando junto de uma vidraça de livraria, na rua do Ouvidor, vi uma edição nova, novíssima, da *Preparação para a morte*, de Santo Afonso de Ligório. E, hoje, abrindo um jornal, vi um anúncio dessa edição, com este aviso, em letras gordas: "a *Preparação para a morte* é um livro indispensável...".

Um livro indispensável! Não achais que muito mais indispensável seria o livro em que se ensinasse a "preparação para a vida"?

Mas voltemos à festa da Penha. Por que havemos de condenar o excesso de comida, de bebida, de gritaria, e não raro de rixas, a que se entregam às vezes os romeiros? A sua devoção não é menos sincera, por ser tão alegre. A Senhora da Penha lá saberá distinguir, no meio daquelas vivas, daquelas cantigas, daquele barulho de guizos e de pandeiros, as preces ardentes, a pureza das intenções, a franqueza das promessas. Pela peneira da sua misericórdia, ela passará todo aquele tumultuar de coisas boas e más: e, deitando fora os delírios báquicos, as extravagâncias pantagruélicas, os destemperos de estômago, de garganta e de língua, recolherá somente o que houver de puro na romaria tradicional.

Viva o bom humor! Se não chover, o dia de hoje será uma ressurreição, ainda que incompleta, da velha alegria humana. Pelas estradas, que levam à ermida branca, uma quinta parte da população carioca irá rezar e folgar lá em cima. Por toda a manhã e toda a tarde, ferverá na Penha o pagode; e, sentados à vontade na relva, devastando os farnéis bem providos de viandas gordas e esvaziando os "chifres" pejados de vinho, os romeiros celebrarão com gáudio a festa da compassiva Senhora. E, logo mais, às seis da tarde, sobre o seio da cidade desabarão os carros já desmantelados, trazendo a multidão dos crentes, carregando a custo os odres vazios, com os violões arrebentados, com as gargantas roucas de tanto cantar e as pernas bambas de tanto dançar.

Ao menos, no dia de hoje, essa gente pobre, que ganha com suor e sangue o pão que come, não se lembrará da carestia dos gêneros, nem do preço fabuloso que custa o aluguel de um quarto infecto na mais infecta das estalagens. Haverá quem possa condenar uma festa que é alegre, numa época tão fúnebre, e uma festa que dá aos pobres a ilusão da felicidade, sufocando-lhes na alma, durante doze horas, a recordação de todas as amarguras da vida?

Livre-nos o bom-senso de querer que as potestades divinas sejam hoje, para os homens do nosso tempo, precisamente, o que eram os deuses da Grécia heroica para os homens de então – uma caterva de numes desmoralizados, vindo confundir-se com os mortais em ambições, em conflitos, em interesses, em vícios e em pagodes! Mas não queiramos também que essas potestades só amem os macambúzios, os bezerros-humanos, os hipócritas e os casmurros – e não tenham jamais um pouco de condescendência para as fraquezas da carne.

Por mim, confesso que acho divinamente bela e divinamente encantadora aquela misericordiosa Senhora da Penha, com as mãos sobre o peito e os olhos levantados para o céu, ouvindo sem cólera as orações dos romeiros:

– Ave, Maria, cheia de Tolerância! as nossas almas viciosas estão prostradas diante de ti – pois que, mais condescendente do que os homens tartufos, permites que os nossos vícios, ao lado das nossas virtudes, se expandam à sombra do teu manto estrelado!

1902

HÁBITOS PARLAMENTARES

É vezo humano muito antigo o de procurar nos defeitos alheios a desculpa dos defeitos próprios.

> Consolo-me facilmente da minha perversidade, ou da minha preguiça, ou da minha miséria, quando reconheço que há pelo mundo vasto muitos homens mais perversos, ou mais preguiçosos, ou mais miseráveis do que eu

– dizia, com grande resignação, um filósofo grego.

Essa resignação é cômoda: mas não é nobre. O raciocínio inverso é que pode, nobremente, ser empregado por qualquer homem:

> por que não hei de procurar ser melhor do que sou, se há pelo mundo tantos homens menos perversos, menos preguiçosos e menos miseráveis do que eu?

Mas o desejo de melhorar demonstra uma energia moral, de que nem todos são capazes: ao passo que a resignação – sendo a renúncia da luta, o aniquilamento da vontade, a morte da ambição – é um recurso fácil, ao alcance de qualquer palerma.

No Brasil, a resignação é uma virtude (fresca virtude!) praticada em larga escala. Todos esses sintomas que vemos e estudamos de dia em dia: – a pobreza pública e a pobreza individual, a pachorra com que cada um se contenta com a mediania das condições pecuniárias e com a mediocridade das glórias, a indiferença diante das grandes batalhas intelectuais, o gosto decidido que todos temos pelo rastejar no chão e a nossa aversão profunda pelo galgar de alturas – tudo isso não revela otimismo nem bondade: revela achatamento moral e impotência. O Brasil é a terra dos resignados.

Ainda ontem, como, numa roda de amigos, comentássemos os escândalos da Câmara – um de nós estendeu sobre esses escândalos o manto de uma suave tolerância:

> isso é coisa que se vê em todos os parlamentos da Terra... Aqui está, para prova, este telegrama em que se conta o que houve na Câmara espanhola: Salmerón descompôs furiosamente Garcia Alix, e Garcia Alix arremessou-se como uma fera sobre Salmerón. Não nos indignemos: o nosso parlamento não é o melhor da atualidade, mas também não é o pior!

Ora, não há nada tão desmoralizador como essa resignação. Porque, enfim, sendo infinita a graduação entre o *melhor* e o *pior*, nós nos iremos resignando a ser cada vez piores, e iremos aceitando sem protesto esse rebaixamento contínuo – com a certeza consoladora de ser inatingível o pior absoluto... O que salva as nações e o que nobilita os homens é justamente a ambição. A nação que deseja ser a mais forte da Terra já revela com esse desejo uma força indomável e sagrada: o homem que procura ser o melhor dos homens já demonstra, com a manifestação desse propósito, possuir uma bondade admirável.

Dizer que os desmandos de linguagem da nossa Câmara são desculpáveis – porque não são mais escandalosos do que os das outras Câmaras – equivale a achar natural e humano o linchamento que houve há dois dias em Guarapuava, só pelo fato de haver todos os dias linchamentos na América do Norte...

Ninguém pode exigir que, ao entrar na Câmara, os deputados fogosos fiquem prudentes – depositando os seus nervos e o seu temperamento na antessala, juntamente com o chapéu e o guarda-chuva. Mas o que se pode exigir é que, reunidos em assembleia, os deputados conservem coletivamente a compostura e a boa educação que cada um deles mostra cá fora. Parece que não é pedir muito...

Mas é justamente o contrário o que se vê. Aqueles homens civilizados, bem-vestidos, barbeados de fresco, cheirando a água-de-colônia e a sabão fino, transformam-se, assim que transpõem o limiar daquela sala fatal, em canibais. E o seu canibalismo não é de ações; é de palavras. As ações, por mais violentas que sejam, têm uma vantagem: fulminam, ferem ou aleijam – mas não mancham. As palavras – essas mancham. Os conflitos armados, que se decidem pela brutalidade da força, têm nessa mesma brutalidade o seu corretivo e a sua desculpa. Mas os conflitos de palavras são intermináveis: bem diz o povo que palavra puxa palavra... E, como a riqueza do nosso vocabulário injurioso é inesgotável, nunca se pode encontrar injúria irrespondível: cada um dos doestos acorda outro doesto mais ferino – e a peleja só termina pela fadiga dos combatentes.

Não se diga que o efeito das palavras é nulo: nessa troca de ofensas, perde-se alguma coisa que vale mais do que um braço, ou uma perna, mais do que a integridade da pele, e mais do que a própria vida; perde-se a consciência do valor moral.

Pouco importa que, depois da contenda, os contendores troquem um aperto de mão e passem a tratar-se cá fora com a compostura e a urbanidade que não souberam ter lá dentro... Entre dois homens que uma vez se injuriaram quebrou-se alguma coisa que nunca mais pode ser soldada. Entre eles, poderá ainda haver simpatia – porque a simpatia é, como o amor, um sentimento que não raciocina; mas nunca mais poderá haver estima, que é sentimento melindroso e frágil. Das palavras acerbas alguma coisa fica sempre: ficam o remorso e a vergonha de quem as disse e de quem as ouviu –

porque o próprio ofensor acaba por sentir que metade da ofensa lhe coube em partilha.

No colégio em que estudei humanidades, tínhamos um parlamento em ponto pequeno, onde discutíamos, todas as tardes, à hora do recreio, coisas assombrosas – desde a imortalidade da alma até à flexão dos verbos. Havia um presidente e dois secretários, eleitos semanalmente. O regimento interno era feroz: qualquer desmando de linguagem era punido com a pena de expulsão perpétua do infrator, que nunca mais podia tomar parte dos debates. Era uma delícia a gravidade com que, pirralhos, de calças curtas, nós nos tratávamos por *Excelência* e trocávamos amabilidades e cortesias. Muitas vezes, o velho cônego Belmonte, diretor do colégio, vinha assistir à sessão – e, com as mãos postas em cruz sobre o vasto abdômen, com a face congestionada pelo trabalho da digestão, ficava ali maravilhado e pasmado diante daquela precocidade de eloquência e sisudez...

Uma tarde – lembro-me bem – discutia-se a ordem do dia: "Calabar foi ou não foi um traidor?". Falava um jacobino de doze anos, exaltando as virtudes do mestiço; um *colonial* da mesma idade dava-lhe apartes ferozes; a discussão azedou-se a tal ponto, que o orador exclamou:

– Peço vênia a V. Exa. para lhe declarar que logo mais tenciono puxar-lhe as orelhas!

E o apartista respondeu, com a mesma gentileza:

– E eu declaro a V. Exa., com todo o respeito devido, que, à hora da saída, pretendo quebrar-lhe a cara!

De fato, à hora da saída, os dois contendores atracaram-se no largo do Rocio, aos socos e aos pontapés: mas, dentro do colégio, no recinto augusto do parlamento, aqueles dois pedacinhos de gente contiveram a sua fúria e salvaram de um deslustre a dignidade parlamentar.

Não é extraordinário que, no Congresso, os parlamentares maiores de quarenta anos tenham um procedimento diametralmente oposto? Toda a sua amabilidade é reservada para a vida dos corredores da Câmara e das ruas das cidades. Cá fora, os deputados esquecem as suas divergências políticas, respeitam-se, cortejam-se, confraternizam civilizadamente: mas, uma vez lá dentro, no ádito solene da representação nacional injuriam-se tão atrozmente que... até as cadeiras ficam envergonhadas!

s/d

SANTOS DUMONT

Creio que teria dado conta do meu recado, se escrevesse aqui simplesmente: "a semana foi Santos Dumont!" – e fosse cuidar de outras coisas. Mas ninguém se contentaria com isso: todos se queixariam da decepção, e malsinariam o cronista inepto, bastante inepto para suprimir do *menu* o único prato cujo tempero lisonjeia atualmente o paladar do público. Santos Dumont concentra hoje a nossa vida: em torno desse foco luminoso, tudo se apaga, tudo esmaece, repelido para planos afastados. Aclamado "rei dos ares", atordoado pelas ovações, mais atropelado e contundido pelos abraços dos homens do que pelos ventos do espaço, o aeronauta anda numa roda-viva, do Rio para São Paulo, de São Paulo para o Rio – vendo bem, nesse entusiasmo, quanto a Terra lhe agradece o serviço de ter aberto as portas do Céu...

O último canto da *Legenda dos séculos* – desse maravilhoso poema em que o velho Hugo cantou a marcha penosa e lenta da humanidade desde a névoa da criação até a apoteose da suprema glória – é a profecia da conquista dos ares. O poeta descreve a profundidade infinita do firmamento, em que brilham os mundos; nessa profundidade, um ponto, quase invisível, aparece:

> *Dans l'espace, ce point se meut: il est vivant;*
> *Il va, descend, remonte; il sait ce qu'il veut faire;*
> *Il approche, il prend forme, il vient: c'est une esphère.*
> *C'est un navire en marche!...*

Mas esse navio aéreo não é uma criação da Fábula, não é uma condensação de relâmpagos, não é um fantasma do céu, não é a irradiação de um anjo, não é um sonho, nem uma maravilha do poder divino:

> Qu'est-ce que ce navire impossible? C'est l'homme!

Esse navio impossível é a grande revolta, é a chave do abismo azul, é a audácia humana, é o esforço do cativo, é o furor sagrado,

> C'est du metal, du bois, du chanvre, et de la toile,
> C'est de la pesanteur delivrée et volant,
> C'est la Force alliée à l'homme étincelant!

O que nós estamos glorificando em Santos Dumont é o começo da realização da profecia sublime. O homem já sabe o que faz no espaço, como já sabe o que faz na terra e no mar: o balão levanta-o nos ares, as hélices batem e aproveitam a resistência da atmosfera, o leme contraria os ventos; e as vagas impalpáveis do éter obedecem e sujeitam-se à sua inteligência, tão submissa como as vagas espumantes do mar.

É o primeiro passo. Virão depois os outros?

Não há horizonte fechado à ambição humana. Daqui a pouco, o homem não se contentará com o poder pairar perto da terra: quererá desaparecer na vastidão gloriosa, quererá chegar ao limite dos sessenta quilômetros de atmosfera, em que os cosmógrafos supõem envolvida esta bola errante que é o nosso mundo. Depois, quererá transpor essa meta assombrosa, e dispensará o ar, atravessará o vácuo, visitará o satélite, dará uma volta de olhos pelas civilizações dos outros planetas, prevenir-se-á contra os excessos do calor, roçará o sol com as asas e, farto de conhecer este nosso mísero sistema solar, irá estudar os outros – até chegar ao centro de todos eles, a esse centro a que Flammarion dá o nome de Deus, e

a que eu não dou nome nenhum, porque já estou com dor de cabeça e não quero ir dormir esta noite num manicômio...
Tudo isso é sonho, tudo isso é aspiração louca, tudo isso é desperdício da imaginação – mas tudo isso é humano.
Por um defeito de educação polissecular, o homem considera o planeta em que vive como uma habitação provisória, como uma residência de exílio, como um "vale de lágrimas", onde as provações apuram e desinfetam as almas, preparando-as para vidas futuras, incomparavelmente melhores. A Terra, esta boa mãe, tem, felizmente, uma insconsciência que a preserva do desgosto de sentir a nossa ingratidão. Desde o dia em que a bicharada humana, depois de um trabalho longo de fermentação, começou a viver sobre a crosta da Terra – o seu orgulho começou a desprezar aquela que lhe deu a vida. Nós colhemos os frutos que ela nos dá, gozamos a sua beleza perpetuamente renovada, vamos fruindo os prazeres que nos vêm da sua inesgotável generosidade – mas sempre com um mau modo desagradecido, sempre com uma careta de fastio, sempre com um dar de ombros de desprezo. O nosso estômago, os nossos nervos, os nossos sentidos estão com ela – mas a nossa imaginação está fora dela, sonhando vidas que nos parecem mais agradáveis talvez pelo único motivo de serem inacessíveis.
Todas as religiões têm mantido e desenvolvido esse desprezo das coisas e dos bens da Terra. Os gregos antigos sabiam amar a vida, vivendo numa terra linda, sob um céu puríssimo, num clima delicioso, prezando o amor e a beleza: mas esses mesmos não estavam contentes, e viviam a sonhar a delícia dos prazeres do Além...
A religião cristã foi sempre a grande inimiga da Terra. Todo o cristianismo repousa sobre a ideia da renúncia. Só será feliz quem desprezar a realidade da "cidade terrena" pela esperança da "cidade divina". É preciso andar pelo chão com os olhos no céu. Viver aqui embaixo não é uma ventu-

ra: é um sacrifício. O amor, a beleza, o gozo, a contemplação inteligente dos espetáculos da natureza, a agitação da alma em busca da comodidade do corpo – tudo isso é inútil, quando não é pecaminoso. Só é feliz quem logra assentar-se aos pés de Deus, na glória divina: e até os sofrimentos do purgatório são preferíveis aos encantos do mundo, porque aproximam o pecador da redenção...

São essas as nossas ideias, mamamo-las no berço, e ninguém é capaz de suprimi-las da nossa alma.

Ó grande, ó bela, ó generosa Terra! o que nós queremos é fugir de ti: a tua grandeza não nos basta, a tua beleza não nos contenta, a tua generosidade não nos sacia! O que nós queremos é voar, é quebrar estes grilhões, é trocar pela ventura problemática a escassa mas deliciosa felicidade que podemos gozar aqui embaixo. Fúteis e levianos, não vemos que há, neste suposto degredo, alguns momentos de supremo prazer, que valem mais do que eternidades de pasmaceira. Pode haver ventura maior do que a do artista, que se revê numa obra acabada e perfeita? pode haver beatitude comparável à de um pai que se mira na glória de um filho? pode haver êxtase mais alto do que o de um casal ardente e moço, que troca o seu primeiro beijo de amor? Todas essas felicidades da inteligência, do coração e dos sentidos são da Terra. Tudo depende da boa vontade e da atenção de quem vive: a Terra não possui apenas atoleiros; possui também devesas frescas e recantos perfumados, em que se pode fazer reviver a antiga ficção do Éden da Bíblia.

Quem assiste às festas delirantes com que o nosso amado e glorioso Santos Dumont é saudado pensa estar assistindo apenas a uma explosão do orgulho nacional. Há, de fato, muito orgulho nosso, e orgulho bem legítimo, nessa glorificação do brasileiro pertinaz que chamou para o Brasil a atenção de todas as gentes civilizadas. Mas não há somente isso. Não se trata de uma preocupação nacional, mas de uma preocupação humana. Todos os homens anseiam por essa conquista do Céu. A apoteose de Dumont é a apoteose do sonho libertador – é a apoteose da ingratidão humana.

O que se vê na vitória de Dumont é a vitória de Prometeu e de Ícaro, a derrota do mistério – a possibilidade de fuga, através do espaço, para alguma dessas outras vidas com cuja promessa os padres de todas as religiões e os poetas de todas as escolas vivem a embalar o nosso estúpido descontentamento. É próprio da estultícia do homem o andar procurando ao longe o bem que lhe está tão perto da mão. Esses sonhos estragam a vida: quem os alimenta dentro da alma não tem olhos para ver as coisas, tantas e tão amáveis, que estão por aí a oferecer-se ao apetite do mais exigente...

Boa e querida Terra! bem merecias um pouco mais de ternura e de gratidão!

Ainda agora, depois de ter deslumbrado os olhos e o espírito com a leitura de *Plein ciel* – desse luminoso surto lírico que o Poeta pôs como rebate à *Legenda dos séculos* – fui reler a primeira página do poema.

A última página é um hino ao Céu: a primeira é um hino à Terra. Aquela entontece, esta seduz; aquela fulmina, esta beija. Só não ama a Terra quem não a compreende. Ela é a harmonia, ela é o exemplo do trabalho, ela é a lição da ventura:

> *Ne frappe pas, tonnerre! Ils sont petits, ceux-ci.*
> *La terre est bonne; elle est grave et sévère aussi;*
> *Les roses sont pures comme elle!*
> *Quiconque pense, espère et travaille lui plait;*
> *Et l'innocence offerte à tout homme est son lait,*
> *Et la justice est sa mamelle...*

Nós a manchamos com os nossos crimes; nós abusamos da vida que ela nos dá; nós a infamamos com os nossos vícios; e queremos deixá-la, e queremos fugi-la, como se ela fosse a culpada dos nossos erros, e como se as aeronaves, que nos têm de levar pelos ares, não tivessem também, conosco, a nossa maldade e a nossa estupidez!

Felizmente para os que não desprezam de todo a Terra, as viagens aéreas ainda não passam de uma tentação afastada e nebulosa.

A Terra ainda poderá, por séculos e séculos, ignorando, na sua insconsciência, a ingratidão com que a desamamos, continuar a dar-nos prodigamente os seus bens, a formosura dos seus aspectos, o esplendor das suas paisagens, as suas flores e os seus frutos – a flor suave da Beleza, o fruto saboroso do Amor –, a abundância dos seus encantos materiais e morais.

Por mim, confesso que me agrada imensamente essa consoladora certeza de que a conquista definitiva do Céu ainda vem longe. Visto de perto, o Céu não deve ser tão belo como parece, de longe, à ansiedade dos incontentáveis. Quem sabe viver não se arrepende nunca de se ir demorando o mais possível pela Terra.

Hurrah por Santos Dumont, que nos deu uma grande glória! mas...

Mas, se é verdade que nas suas mãos está agora a chave do Céu, ele obedeceria a uma feliz inspiração se deitasse fora essa chave. O nosso cativeiro é tão bom!

1903

O BONDE

Não me faltariam assuntos com que atulhar o bojo de uma larga crônica, bem nutrida e bem variada, neste sábado em que escrevo – um sábado alegre e quente, um sol que cobre de tons de ouro e topázio os nossos feios telhados do século atrasado. Mas não quero outro assunto senão este: o bonde – o bonde amável e modesto, veículo da democracia, igualador de castas, nivelador de fortunas – o bonde despretensioso, de que, anteontem, festejamos o 35º aniversário natalício.

Natalício sim – porque, para o Rio de Janeiro, o bonde nasceu há 35 anos, somente. E a cidade está cheia de gente que se lembra das gôndolas pesadas e oscilantes, que se arrastavam aos trancos, morosas e feias como grandes hipopótamos.

O bonde, assim que nasceu, matou a "gôndola", e a "diligência", limitou despoticamente a esfera da ação das caleças e dos *coupés*, tomou conta de toda a cidade – e só por generosidade ainda admite a concorrência, aliás bem pouco forte, do tílburi. Em 35 anos, esse operário da democracia estendeu por todas as zonas da urbe o aranhol dos seus trilhos metálicos, e senhoreou-se de todas as ruas urbanas e suburbanas, povoando bairros afastados, criando bairros novos, alargando de dia em dia o âmbito da capital, estabelecendo comunicações entre todos os alvéolos da nossa imensa colmeia. São dele as ruas, são dele as praças, tudo é dele, atualmente. De dia e de noite, indo e vindo, ao ronrom da corrente elétrica, ou ao rumoroso patear dos muares sobre as pedras, aí passa ele, o triunfador – o servidor dos ricos, a providência dos pobres, a vida e a animação da cidade.

Haja sol ou chova, labute ou durma a cidade, o trabalho metódico do bonde não cessa: e alta noite, ou alta madrugada, quando já os mais terríveis notívagos se meteram no vale dos lençóis, ainda ele está cumprindo o seu fadário, deslizando sobre os trilhos, abrindo clareiras na treva com as suas lanternas vermelhas ou azuis, acordando os ecos das ruas desertas, velando incansável pela comodidade, pelo conforto, pelo serviço da população. Cheio ou vazio, com passageiros suspensos em pencas das balaustradas ou abrigando apenas dois ou três viajantes sonolentos – a sua marcha é a mesma, certa e pausada, num ritmo regular que é a expressão perfeita de regularidade da sua missão na Terra...

Trinta e cinco anos... Para celebrar esse aniversário, a Jardim Botânico, que se orgulha da sua decania, da sua dignidade de primaz das companhias de bondes, organizou festas alegres, com muita música e muita luz – e com muita satisfação dos empregados, que tiveram *lunch*, relevações de penas, pequenos favores amáveis, e até uma proclamação do gerente, falando em "vestais", em "fogo sagrado", e em outras coisas igualmente lindas e retóricas.

No largo do Machado, vi ontem um bonde, encostado ao jardim, fulgurante e garrido, emergindo de entre tufos de folhagens, constelado de lâmpadas elétricas, apendoado de flâmulas, e ressoante de músicas festivas. Confesso que gostei imensamente dessa apoteose do Bonde. Era bem justo que o glorificassem – a esse belo companheiro e servidor da nossa atividade. Naquela apoteose, vibrava a alma agradecida de toda a população.

Por mim, não me lembro das "gôndolas", nem do dia em que os primeiros bondes partiram da rua do Ouvidor. Nesse tempo, eu ainda era um pirralho de dois anos e tanto, mais ocupado em ensaiar a língua tatibitate do que em tomar conhecimento de progressos. Mas o *Jornal do Commercio*, esse venerando ancestral (que, se me não engano, em fins de abril de 1500, já dava minuciosa notícia da ancoragem da esquadra de Cabral em Porto Seguro), contou em 10 de outubro de 1868 o que foi a festa da inauguração.

> O trajeto (disse o velho *Jornal*) fez-se entre alas de povo, achando-se também as janelas guarnecidas de espectadores; os carros são cômodos e largos, sem por isso ocuparem mais espaço da rua do que as gôndolas, porque as rodas giram debaixo da caixa, e uma só parelha de bestas puxa aquela pesada máquina suavemente sobre os trilhos, sem abalo para o passageiro, que quase não sente o movimento.

Essas palavras podem parecer hoje frias e secas: mas, naquele tempo, escritas pela gente do *Jornal*, deviam ser o cúmulo do entusiasmo... Daquele reduto da Circunspecção, daquele templo da Prudência, só podiam sair louvores bem calculados e medidos. Tanto assim que o final da notícia revelava uma reserva cautelosa:

> Cumpre deixar que a experiência fale por si, mas, tanto quanto desde já pode conjecturar-se, o que devemos desejar é que a mesma facilidade da locomoção se estenda a outros arrabaldes da cidade.

Vejam só o que é o hábito! Naqueles primeiros dias da existência dos bondes tudo parecia bem: era um espanto ver que as rodas giravam debaixo das caixas, e que os carros não ocupavam mais espaço do que as gôndolas, e que uma só parelha de bestas bastava para puxar a pesada máquina, e que o passageiro quase não sentia o movimento!

Cotejam-se esses elogios com as queixas de hoje – e ter-se-á, mais uma vez, a confirmação desta grande lei, que é tão verdadeira para as coisas do espírito como para as coisas do corpo: "as exigências aumentam na razão direta das concessões". Se naquele tempo tudo parecia bom, hoje tudo parece mau: o movimento é moroso, os solavancos são terríveis, a luz é escassa, os condutores só merecem censura, os horários nunca são cumpridos, e tudo anda à matroca...

Tudo isso é natural: depois da luz do azeite, já a luz do querosene não nos satisfez, como depois da luz do querosene não nos satisfez a luz do gás, e a mesma luz da eletricidade já nos está parecendo insuficiente...

Mas que te importa que digamos mal de ti, condescendente e impassível bonde? Tu não dás ouvidos às nossas recriminações, e vais alargando o teu domínio, dilatando o teu aranhol, suprimindo as distâncias, confraternizando pela aproximação o saco do Alferes e Botafogo, a Vila Guarani e o Cosme Velho, e reinando como senhor absoluto e indispensável sobre a nossa vida.

E deixa-me dizer-te aqui, nesta coluna repousada, que não te amo apenas pelos serviços materiais que nos prestas, senão também pelos teus grandes serviços morais.

Tu és o Karl Marx dos veículos, o Benoit Malon dos transportes.

Sem dar mostras do que fazes, tu vais passando a rasoura nos preconceitos, e pondo todas as classes no mesmo nível. Tu és um grande Socialista, ó bonde amável!

Os ricos, atendendo à tua comodidade e apreciando a tua barateza, abandonam por ti as carruagens de luxo, e preferem ao trote dos cavalos de raça o trote das tuas bestas ou a suave carreira da tua corrente elétrica. Assim, nos teus bancos, acotovelam-se as classes, ombreiam as castas, flanqueiam-se a opulência e a penúria; sobre os teus assentos esfregam-se igualmente os impecáveis fundilhos das calças dos janotas e os fundilhos remendados das calças dos operários; e, nessa vizinhança igualadora, roçam-se as sedas das grandes damas nas chitas desbotadas das criadas de servir. Aí, ao lado do capitalista gotoso, senta-se o trabalhador esfomeado; a costureirinha humilde, que nem sempre janta, acha lugar ao lado da matrona opulenta, carregada de banhas e de apólices; o estudante brejeiro encosta-se ao estadista grave; o poeta, que tem a alma cheia de rimas, toca com o joelho o joelho do banqueiro, que tem a carteira cheia de notas de quinhentos mil-réis; aí a miséria respira com a riqueza, e ambas se expõem aos mesmos solavancos, e arreliam-se com as mesmas demoras, e sufocam-se com a mesma poeira... Tu és um grande apóstolo do Socialismo, ó bonde modesto! tu destruíste os preconceitos de raça e de cor, tu baralhaste na mesma expansão de vida o orgulho dos fortes e a humildade dos fracos, as ambições e os desinteresses, a beleza e a fealdade, a saúde e a invalidez...

E, além disso, amo-te porque és, juntamente com o café, o que era nas antigas povoações selvagens o *cachimbo da paz* – o veículo da hospitalidade e da sociabilidade.

Na roça, é tomando café que se estabelecem e estreitam as relações; na cidade, é viajando no mesmo bonde que se consegue isso.

O bonde é um criador de relações de amizade... e de amor. Há amigos inseparáveis, que se viram pela primeira vez no bonde, começaram por olhar-se com desconfiança, passaram a saudar-se com cerimônia, encetaram palestras frias, foram do *senhor* ao *você* e do *você* ao *tu*, e uniram-se para a vida e para a morte. E há casamentos felizes e amores delirantes, de que o bonde pachorrento foi o primeiro *onze-letras*.

De encontros fortuitos em bondes, têm saído negócios, namoros, combinações políticas e financeiras, empresas e bancos, e até... revoluções. O bonde põe em contato pessoas, que nunca se encontrariam talvez na vida, se não existisse esse terreno neutro e ambulante, em que se misturam diariamente todas as classes da sociedade. Às vezes antipatizamos com certo sujeito: um belo dia, esse sujeito sobe conosco para um bonde, paga-nos a passagem, ilude a nossa antipatia, conquista a nossa confiança – e daí a pouco sem saber como nem por que, estamos a contar-lhe toda a nossa vida, a dizer-lhe o nome da mulher que amamos, e a convidá--lo a vir jantar em nossa casa...

Ó bonde congraçador! tu fazes mais do que nivelar os homens: – tu os obrigas a ser polidos, tu lhes ensinas essa tolerância e essa boa educação, que são os alicerces da vida social...

E já agora, deixa-me dizer-te tudo. Tu és o grande amigo dos poetas! eu, por mim, devo-te grande parte dos meus versos, dos meus pensamentos, das minhas páginas de tristeza ou de bom humor... O teu suave deslizar embala a imaginação; o teu repouso sugere ideias; a tua passagem por várias ruas, por vários aspectos da cidade e da Vida – aqui ladeando o mar, ali passando por um hospital, mais adiante beirando um jardim, além atravessando uma rua triste e percorrendo bairros fidalgos e bairros miseráveis, e cruzando aglomerações de povo alegre ou melancólico – vai dando à alma do sonhador impressões sempre novas, sempre móveis, como as vistas de um cinematógrafo gigantesco. Tu és um grande inspirador e um grande conselheiro, um grande fornecedor de temas, de sensações, de emoções suaves ou violentas – ó bonde amigo dos que pensam, embalados de sonhos, resolvedor de problemas difíceis, amadurecedor de reflexões fecundas!

Nós todos dizemos mal de ti, porque conhecemos a tua bondade: se nos privassem do teu serviço, ficaríamos sem tino, estonteados e pasmados, por essas ruas, rodando à toa, como formigas de um formigueiro enlouquecido...

Ontem, quando te vi simbolicamente apoteosado, junto da estátua de Caxias, numa irradiação ofuscante – dei-te um longo olhar enternecido e grato. Emblema da simplicidade, imagem do congraçamento, veículo da democracia – tu bem merecias essa homenagem ruidosa!

Agora mesmo, quase ao terminar esta crônica, toda consagrada à tua glória, estou antegozando a satisfação que me vais dar daqui a pouco... Por esta linda manhã, tão cheia de sol, vais levar-me por aí afora, embebido na contemplação das coisas e das gentes, adormecendo com o teu brando movimento a recordação dos aborrecimentos que me oprimem, e oferecendo-me, em cada esquina dobrada, um espetáculo novo e um novo gérmen de sonhos consoladores.

Haverá alguém que te não ame, bonde carioca?

Vê lá agora se, inchado de orgulho com esta declaração de amor, vais ficar pior do que és. Porque, enfim, tu és bom, mas não és perfeito. E nada impede que te aperfeiçoes: podes muito bem livrar-te do sistema dos comboios, podes bem ter uma luz que não prejudique tanto os olhos de quem te frequenta à noite – e podes, enfim, andar um pouco mais depressa. Nem todos gostam de sonhar como eu: há quem goste de agir – e, para esses, tu ainda és quase tão moroso como a velha gôndola que destronaste...

1903

FERREIRA DE ARAÚJO[*]

Em vão, lá fora, o dia luminoso em que é escrita esta crônica se cobre das galas e dos risos da primavera próxima. O luto pesado que caiu sobre esta casa não nos deixa na alma um só minuto de repouso nem de atenção para as coisas do Céu e da Terra.

Com que palavras fixar a tua memória sagrada nestas linhas, grande e bom amigo, em cuja face, repousada e suave como a de um lago manso, nunca mais os nossos olhares poderão parar, vendo nela toda a serenidade da tua alma justa e toda a tolerância do teu vasto espírito?

Já aqui mesmo foi dito que tantas vezes, neste agitado ofício, abusamos das palavras – que, quando queremos pedir-lhes um dia a vibração e o ardor de uma grande amargura, elas ficam pálidas e frias como um mármore inerte. Lágrimas não falam, lágrimas não se alinham sobre o papel com a docilidade das frases banais; ficam requeimando os olhos, cáusticas e terríveis: e, recalcadas dentro do coração, quedam nele, invioláveis e perpétuas, longe da vista profanadora dos indiferentes.

Todos os mestres da imprensa já desfilaram diante da sepultura de Ferreira de Araújo, em funeral. Todos vieram

---

[*] Crônica publicada na *Gazeta de Notícias*, de que era diretor Ferreira de Araújo.

honrar a sua memória e dizer-lhe o adeus derradeiro. Que escrever ainda do fúlgido espírito, cuja amada luz o sopro destruidor da morte levou tanto tempo a apagar, como se hesitasse em cometer essa atrocidade sem nome? Mas o assunto doloroso encheu a semana. Foram as mãos generosas do Mestre que entregaram ao cronista esta coluna da *Gazeta*. Que ele ainda uma vez passe por aqui, evocado pela saudade do discípulo humilde que tanto conselho e tanto carinho lhe deveu...

Esse homem forte – cujo talento, tantas vezes manejado como um raio fulminador, feria de morte os erros mais empedrados e as mais resistentes perversidades – era, antes de tudo, um bom. Pudesse ele – e todas as conquistas da verdade e da justiça se fariam na Terra a beijos e bênçãos, sem que uma gota de sangue manchasse a Vida.

Era com um desafogado suspiro de alívio que o lutador despia a couraça com que se via forçado a sair à liça. Despia-a, colgava-a do galho verde de uma árvore, e volvia a amar e a perdoar. Dentro da armadura descansada, como numa improvisada colmeia, vinham zumbir e mourejar as pacíficas abelhas. Dourava-a o sol, perfumava-a o hálito das flores, limpava-a dos vestígios do combate o largo vento livre. Ele, sentado à beira do caminho da Vida, sonhava e ria.

Tinha o riso fácil e sereno dos justos, dos que não sabem o que é o veneno de um remorso na alma. Não tinha a seriedade taciturna, que é quase sempre a meia-máscara da hipocrisia. A vida encantava-o, não pelo seu cortejo de prazeres grosseiros, mas pela vasta série de gozos espirituais que nela se contém.

Compassivo e humano, de uma humanidade em que cabia o amor de todos os seres, dele se poderia dizer o que Eça de Queiroz diz, n'*Os Maias*, do velho D. Afonso: "era dos que se compadecem da sede de uma planta, e param às vezes na estrada para não esmagar um bando de formigas em marcha". Uma violência inútil exasperava-o. A força exercida contra um fraco feria-o como uma punhalada no próprio coração.

E que apaixonada e religiosa veneração das coisas da Arte! Amava os quadros e as flores, a música e os versos. Um período benfeito abria-lhe a alma em sorrisos. Quando um artista, em cena, encarnava genialmente a criação de um grande mestre do teatro, o seu prazer crescia até o delírio. Nenhum espírito humano foi mais apercebido, do que o seu, desta rara e venturosa faculdade de compreender a beleza em conjunto e em minúcia, com um só golpe de vista rápido e incisivo.

Era uma superioridade intelectual, ao serviço de uma superioridade moral.

Assim, nunca o azedume da inveja lhe turbou a vida. A sua grandeza de espírito e de coração, a alta posição gloriosa e incontestada que tinha na sociedade brasileira, a pureza imaculada do santuário do seu lar onde a sua alma extremosa se revia com orgulho na alma da prole estremecida, o respeito de que se via cercado, os aplausos que vinham de todos os extremos da pátria significar-lhe a admiração dos patrícios – tudo contribuía para lhe dar uma felicidade inalterável e perfeita. Mas Ferreira de Araújo não era dos que se trancam a sete chaves com a sua felicidade na torre impenetrável de um egoísmo feroz, com medo de que lha roubem. A sua felicidade, queria-a ele repartida por todos, com uma prodigalidade de nababo que não conta o dinheiro das esmolas que dá.

Era do seu lar que saía a ventura de muitos lares pobres: se todas as bocas cuja fome Ferreira de Araújo matou fossem beijar agora, no cemitério de S. Francisco de Paula, a pedra da sua sepultura, o mármore ficaria em breve desbastado pelos beijos...

A glória alheia redobrava a sua. Era um dos primeiros a sair à frente dos triunfadores da Arte, para os saudar. Quando um poeta, um prosador, um jornalista, um pintor, um compositor começava a romper às cotoveladas a massa espessa do anonimato, era ele um dos primeiros a desbravar-lhes o caminho, a pô-los ao sol, a empurrá-los para a evidência, a celebrar-lhes o valor; nunca receou que as árvores robustecidas pelo seu carinhoso trato pudessem fazer-lhe sombra...

E quem é que lhe poderia fazer sombra? Ele tinha força para carregar a pesada lira das altas ideias, como tinha delicadeza para tanger o brando alaúde das ideias suaves...

Quando passava pela rua do Ouvidor, a caminho ou de volta do trabalho, era uma satisfação ver aquele vulto de atleta que abrigava uma alma de criança. Um sorriso surgia em todos os lábios, todos os chapéus se levantavam, todas as mãos se estendiam para apertar a sua. É que toda a gente sentia que não ia ali somente uma cabeça que era uma glória do Brasil; ia um afeto vasto, ia uma soberana bondade, ia uma tolerância rara. O homem que passava era *um homem* – um daqueles em cuja formação o gênio do Criador se demora e esmera, como o gênio de um estatuário consciencioso se esmera e demora no polir das obras que deseja exemplares e eternas.

Grande e querido amigo! mestre cuja memória viverá perpétua no coração daqueles que o seu exemplo educou! – a última vez que ele passou pela rua do Ouvidor foi há cinco dias, naquela amargurada tarde de quarta-feira, molhada de tantas lágrimas e marcada nos calendários com a sombria cruz que assinala os dias de desastre e horror...

Passou, deitado no caixão que a piedade filial enchera de rosas e violetas, transformando-o num canteiro florido. Veio ainda depois de morto visitar a casa amada, que o seu talento e a sua alegria animaram outrora. E a cada um dos que trabalhavam sob a sua direção parecia um sonho, um pesadelo, um impossível, a ideia de que nunca mais Ferreira de Araújo entraria por esta porta, com um sorriso para cada companheiro, cercado daquela inefável atmosfera de meiguice e de bom humor, que se desprendia dele como o aroma se desprende de uma flor e a luz se desprende de uma estrela.

Nunca mais! A longa e terrível agonia, em que Deus quisera ainda mais apurar o seu espírito, findara. Com o olhar cravado no olhar da filha adorada – um olhar em que beijos, lágrimas, gemidos se atropelavam e ardiam –, caiu no pesado coma que é a antecâmara da morte. Deus, naquele momento, esperava a sua alma. Era demasiado sofrimento, para quem vivera a mitigar sofrimentos alheios. A alma, pura e casta como quando saiu da essência do Criador, tendo representado na Terra o papel que lhe fora dado, tendo cumprido até o fim a sua missão de manancial de benefícios de fonte límpida de exemplos morais, subia, subia, subia para a glória do repouso e da recompensa.

Subiu, caiu no ardente e radiante seio de Deus, dissolveu-se nele e começou a viver a sua verdadeira vida:

> *Ceux qui passent à ceux qui restent*
> *Disent: vous n'avez rien... vos pleurs l'attestent!*
> *Dieu donne aux morts les vrais biens, les vrais royaumes...*
>   *Vivants! vous êtes des fantômes...*
>   *C'est nous qui sommes les vivants!*

OS DOUTORES

A princípio, em menino, o título de doutor me sorria no futuro, como uma esperança e uma glória. Os Hebreus, no cativeiro, *sôbolos rios que vão por Babilônia*, não sonhavam com igual febre a doce terra prometida, a maravilhosa Canaã em que, para lenir as amarguras do longo exílio, deveriam achar deliciosos riachos de leite e de mel.

Quando um médico passava por mim, os meus olhos de criança comiam a pedra verde, a grande esmeralda que ele trazia no dedo, dentro de um círculo de brilhantes, num aro grosso em que duas cobras se enlaçavam. Depois, ai! de mim! perdi a esperança...

O mestre Machado de Assis tem um conto, em que a esperança do protagonista, que vai pedir dinheiro a um amigo, vai descendo e minguando, desde a fabulosa quantia de vinte contos até à ninharia de cinco mil-réis. E o mestre explica como a ambição do mísero – águia altiva em começo, roçando com as asas os cumes dos mais altos desejos – se transformara tristemente numa pobre franga rasteira, mariscando e bicando a estrumeira de um quintal.

Assim eu. Do ardente desejo de ser doutor, desci ao mais modesto, mas não menos ardente, desejo de ser bacharel.

Oh! simples bacharel, sem borla, sem capelo, sem teses, mas com anel! mas com diploma! mas com título! Mas com canudo!

E aí vieram outra vez as complicações da vida, e outra vez me esfarraparam o sonho. Ir a São Paulo ou ao Recife, que desarranjo! Cursar cinco anos uma Academia, que loucura!

Cheguei a pensar em ser um simples rábula, um humilde procurador de causas... Há muita gente que tem subido às mais altas posições, não sendo outra coisa... Mas houve uma revolta na minha vaidade: rábula não é título digno! ainda se soasse bem ao ouvido!...

E acabei por, desconsolado, abandonar o meu sonho: deixei-o finar-se como um tísico, pouco a pouco, à feição de uma candeia que se apaga à míngua de azeite.

Mas, um dia, abrindo um jornal, tive um sobressalto que me estremeceu o coração dentro do peito. O governo aprovara os estatutos de uma Faculdade Livre de Direito, instalada aqui mesmo, nesta cidade, dentro da circunferência em que se agitam os meus interesses, os meus negócios, os meus amores, os meus prazeres, as minhas obrigações... Injetei vida nova no meu sonho, levantei-o como um Lázaro do fundo da cova da desilusão, dei-lhe um banho de sol e de fé. E deliberei fazer-me bacharel.

Apenas, não quis ser o primeiro. Esperei que outros passassem antes de mim. Foi o meu grande erro. A modéstia em que me tenho imbecilmente embrulhado tem sido a causa mais séria dos meus desgostos. As violetas, com a sua humildade, escondidas no tapiz anônimo da relva, estão expostas a todas as injúrias do tempo e da criação: não há bota de homem que as não esmague sem piedade, como não há gato que não esguiche sobre elas uma injúria líquida. Ao passo que as palmeiras, arrogantemente levantadas no ar, afrontando as estrelas com empáfia, zombam dos temporais, e riem, como mulheres esbeltas e vaidosas que são, dos homens e dos bichos que andam cá por baixo... Ai! eu ainda hei de morrer, não de moléstia mas de modéstia – uma vez que não há meio de tirar da alma este grande defeito.

Assim, esperei. E comecei, com cuidado, a indagar do que se passava no interior da Faculdade Livre. E vai, de repente, aparece outra Faculdade, também Livre e também de Direito. Desconfiei: era esmola demais para um pobre tão pobre...

Mas começaram a sair das duas bacharéis a granel, como ninhadas de ratos. Não havia semana em que as duas fecundas escolas não atirassem ao Foro quatro dúzias de homens formados.

Conheci um moço que ganhava a sua vida como caixeiro de botequim. Travei relações com ele num dia em que me veio pedir com interesse que lhe escrevesse uma carta à família.

– Então, não sabe escrever?
– Nem ler!

Escrevi a carta, assombrado de tão espantosa falta de instrução, e passei um ano sem ver o meu conhecido. Ao cabo desse ano, fui ao júri, e vi-o, na tribuna da defesa, agitando gravemente no ar a mão espalmada, em cujo indicador fuzilava um formoso rubi. Houve um desmoronamento dentro de mim. Que era aquilo, Deus de Misericórdia? Esperei que o homem acabasse a sua arenga, vi-o descer da tribuna, abraçado e felicitado por vários colegas, e aproximei-me:

– Então? formou-se?
– É verdade! custou-me um pouco, mas enfim...

Depois, uma senhora do meu conhecimento, mãe de vários filhos pequenos, disse-me um dia:

– Olhe: Este é o mais velho, tem dez anos. Quero ver se aos doze está formado em Direito...

Todas essas coisas calavam profundamente no meu espírito, e dentro dele germinavam. Não quis perder mais tempo, e animei-me.

Então, começaram a aparecer nos jornais umas notícias misteriosas: "Consta que nos relatórios dos fiscais das Faculdades Livres fazem-se graves revelações" ou "diz-se que o sr. ministro do interior vai providenciar para que se cumpram à risca os estatutos das Faculdades Livres", ou etc etc.

Revelações graves?

E saí à cata de informações. Que horríveis, que indesculpáveis irregularidades se podiam ter dado no governo daquelas máquinas de fazer bacharéis?

Versões desencontradas choveram sobre a minha alma ansiosa. Nada apurei. O que sei é que receio e sinto no ar uma catástrofe. Vida minha! se fecham as Faculdades Livres, onde irei adquirir o cobiçado diploma?

Há quem diga (é esta a versão mais corrente) que o curso de ciências sociais e jurídicas se faz ali tão à pressa, que vários cidadãos já se têm formado no curto espaço de tempo que vai, num dia só, do almoço ao jantar. Mas onde o inconveniente disso? Eu já vim de Ouro Preto aqui em quatorze horas, porque vim pela estrada de ferro. Tiradentes veio em mais de dois meses porque veio a pé. Deixamos por isso de fazer a mesma viagem?

Objetar-me-ão que, com essa espantosa celeridade, uma criança de mama viverá brevemente no colo materno com um rubi de bacharel no dedo. Que tem isso? Há tantos casos de precocidade!... Olhe: Goethe escreveu o *Fausto* aos vinte anos. Pascal, o profundo – tão profundo, que acabou vendo sempre aberto diante de si um abismo que era talvez a imagem de sua própria profundidade – Pascal, aos doze anos, era um grande matemático; aos dezesseis, escreveu o *Tratado dos cônicos,* aos dezenove descobriu que a natureza tem o horror do vácuo... Isto é História, meus senhores: está no *Larousse,* que é a fonte anciã e respeitável da minha erudição.

Que inconveniência pode haver em que o Rio se encha de advogados-meninos?

Seja tudo pelo amor de Deus! o que há é que, lá no alto, no livro do Destino, está escrito que eu nunca serei bacharel! Morrerei virgem desta investidura gloriosa...

1893

O JOGO DOS BICHOS

Houve esta semana um caso tragicômico, que bem merece, não um, mas cem artigos.

Hilário, homem prudente e morigerado, sofreu um golpe terrível: morreu-lhe nos braços a mãe que idolatrava. Hilário, passadas as primeiras horas de dor absorvente e profunda, recordou que, se a primeira homenagem devida a um cadáver amado é a da lágrima, a segunda (infinitamente mais necessária) é a do enterro. Não é com soluços e gemidos que se pagam todas essas despesas de cova, de padre, de caixão, de grinaldas, numa terra em que a vida é cara e ainda mais cara é a morte. Hilário consultou as algibeiras, e reconheceu com grande terror que só possuía cinquenta mil-réis.

Ninguém se enterra com cinquenta mil-réis. Ainda há, neste abençoado Rio de Janeiro, casinhas decentes que se alugam por tão baixo preço. Covas assim baratas é que não há. Que havia de fazer Hilário?

Enxugou as lágrimas, deixou a morta em casa, serenamente repousando entre quatro velas acesas, fechou a porta e saiu. Veio pelas ruas cheias de sol e de povo, pensando, ruminando planos, esmoendo projetos e perguntando a si mesmo e a Deus onde encontraria o dinheiro necessário para o pagamento da última residência materna.

Ora compreendeis bem que, neste ano de 1895, duzentos ou trezentos mil-réis não brotam espontaneamente das calçadas, nem caem naturalmente do céu. Duzentos ou trezentos mil-réis... Creio que o próprio Tesouro Nacional nem todos os dias poderá agora ter em caixa essa fabulosa quantia.

E Hilário andava, Hilário olhava o chão, Hilário olhava o céu, e não via vintém...

Aqui interveio o Acaso, que foi, pouco a pouco, disfarçadamente, guiando os passos incertos de Hilário até à Rua Sete de Setembro.

Na Rua Sete de Setembro, Hilário, que suava em bica, parou para tomar fôlego, junto da casa que tem o número 240. Entrava gente, saía gente. E era tudo gente preocupada, monologando em voz baixa, fazendo cálculos, absorvida em raciocínios complicados, trazendo nas mãos papéis pequenos, todos rabiscados de algarismos, todos picados de carimbos. Hilário, embora absorvido na sua mágoa e na sua falta de dinheiro, não pôde deixar de reparar nesse desusado movimento de povo. Dois sujeitos pararam junto dele.

– Compraste no elefante? – perguntou um.

– Comprei no galo! – disse o outro.

Hilário compreendeu: a casa era o antro de um *bookmaker* de bichos. Na alma do filho atribulado, houve, a princípio, naturalmente, uma grande revolta. Hilário, certamente, pensou: "Tanta gente que tem dinheiro e que o esbanja no jogo! e eu, aqui, tendo de enterrar um corpo querido, e não acho dinheiro!". Foi então que uma ideia acudiu ao cérebro de Hilário e cavou-lhe na fronte a ruga das grandes cogitações...

Meteu a mão no bolso e lá encontrou a nota de cinquenta mil-réis. Ficou a amarrotá-la, a amarrotá-la com carinho, com delícia, e a pensar: "Jogando isto, ganho um conto de réis... Um conto de réis! Pago o enterro, pago o luto, e ainda fico com dinheiro para me consolar e divertir... Um conto de réis!...".

Ainda o bom-senso lhe segredou ao ouvido que não era certo ganhar... Mas a ambição, de olhos de esmeralda e sorriso de coral, murmurou: "Por que não hás de ganhar? Compra os cinquenta no gato! Compra os cinquenta no gato!"

No gato? Por que não? Hilário lembrou-se de que sempre fora muito amiga de gatos a velha morta... Lá estava ainda agora a *Mimi*, a gorda bichana predileta, a miar, a miar desconsoladamente, na sala silenciosa, em torno do cadáver da senhora... Quem sabe? Cinquenta mil-réis no gato... um conto de réis de lucro... o enterro pago... o luto pago... e ainda muito dinheiro no bolso, para o consolo e o rega-bofe... Viva o gato! E Hilário, decidido, meteu-se no corredor do número 240, cheio de muita gente que entrava, cheio de muita gente que saía...

O bom-senso – o eterno importuno – tornou: "Desgraçado! olha que tua mãe está apodrecendo! para que vais perder o teu único dinheiro, idiota? Do que tua mãe precisa não é de um gato *poule* que a enriqueça, mas de um gato-pingado que a enterre, maluco!". Hilário, amedrontado, ia recuar. Mas, nisso, um gato ruivo desceu a escada à disparada, embarafustou entre as pernas dos jogadores, e sumiu-se. Hilário não hesitou mais. Viu naquilo um aviso da Providência, um conselho da Sorte, uma indicação da sua Boa Estrela. Subiu, atirou sobre a mesinha do *bookmaker* a sua nota, recebeu um papelinho azul, rabiscado de algarismos, picado de carimbos, e desceu a escada, alegre, já trauteando uma cantiga, esquecido da morta, do padre, da cova, do caixão, das grinaldas, de tudo...

Um conto de réis! um conto de réis! – pensava ele. – Decididamente, não sei por que é que a polícia persegue o jogo! Pois eu não tenho o direito de gastar o dinheiro, que é meu, como e onde quiser? A proibição do jogo é um atentado à liberdade individual! uma violência feita à independência da minha vontade! uma infração dos preceitos constitucionais! Decididamente, a polícia não sabe o que faz, quando vareja as casas destes honrados homens que, em troca de uma nota de cinquenta, dão à gente duas notas de quinhentos!

E Hilário, com a alma alagada de um júbilo infinito, passeou, cantarolou, apreciou o espetáculo maravilhoso do céu todo azul, admirou as mulheres belas que passavam, parou longamente diante das vitrines de modas, fez tenção de comprar daí a pouco uma bela joia que viu, e assim foi matando o tempo, à espera da hora luminosa e bela, em que, vitorioso, tendo derrotado todos os outros 24 bichos do jogo, o gato viesse para ele, triunfantemente trazendo nos dentes as duas formosas notas de quinhentos mil-réis...

Às duas horas, Hilário correu ao *bookmaker:*
– Ganhou o gato?
– Não, senhor! Ganhou o burro!

O mísero e mesquinho Hilário cambaleou. Tudo – *bookmaker*, casas, gente que passava – tudo começou a andar à roda, diante dos seus olhos alucinados. – Hilário desmaiou.

Quando voltou a si, o desgraçado voou à Rua do Lavradio, entrou como um pé de vento pela repartição da Polícia, abalroou contínuos, pisou *secretas*, derrubou cadeiras e foi cair aos pés do dr. André Cavalcanti, dizendo-lhe que a mãe estava morta, que o gato não dera nada, que o jogo era uma infâmia, que havia um *bookmaker* que lhe roubara cinquenta mil-réis na Rua Sete de Setembro! Supôs a princípio o chefe de polícia que estivesse diante de um louco. Mas, quando conseguiu compreender as lamentações do jogador desiludido, mandou dar busca no nº 240 da rua Sete, apreendeu *poules*, multou o *bookmaker* e obrigou-o a restituir a Hilário os cinquenta mil-réis que o pérfido gato lhe comera.

E assim acabou essa aventura, que todos os jornais de ontem contaram...

Pobre Hilário! não merecias os remoques e as graçolas com que te frechou a imprensa alegre... O teu caso é um simples *sinal do tempo*, um sintoma. Hoje, no Rio de Janeiro, o jogo é tudo. Não há criados, porque todos os criados passam o dia a comprar bilhetes de bichos. Não há conforto nas casas, porque as famílias gastam todo o dinheiro do mês no *elefante* ou no *cachorro*. Ninguém trabalha! Todo o mundo joga...

Pobre Hilário! querias ao menos aproveitar o vício para um fim digno... Se o jogo serve para engordar tanta gente – por que não havia de servir para enterrar tua mãe?

O diabo foi o *gato* perder... Animal traiçoeiro!

1895

A CIDADE DO SILÊNCIO

Desde crianças, ouvimos falar nas sete maravilhas do mundo. E todos os que temos um pouco de imaginação já passamos alguns minutos, pelo menos, a pensar nesses sete assombros do engenho humano, cuja fama veio até nós, atravessando vitoriosamente os séculos.

Dessas maravilhas, ainda uma pode ser admirada, desde que haja um pouco de dinheiro: – as Pirâmides do Egito, que ainda as turistas inglesas não conseguiram destruir, picando-as em pedacinhos destinados a servir de "lembranças". Mas as outras desapareceram... Quem pudera ver-vos, jardins suspensos de Babilônia, floridos berços do devaneio de Semíramis! túmulo do rei Mausolo, levantado pelo amor da formosa Artemísia! templo de Éfeso, erguido à glória da caçadora Diana! estátua de Júpiter Olímpico, sonho de pedra, saído da alma de Fídias! colosso de Rodes cujo apolíneo olhar vigiava, a setenta côvados do solo, as planícies da pantanosa Ofiúsa! farol monstruoso de Alexandria, guiando pelas águas do Mediterrâneo as naves ousadas, que iam propagar o comércio e dilatar a vida! Todas vós, ó maravilhas da idade de ouro, vos sumistes na grande noite medonha que tudo devora...

Mas os *yankees* – que não hão de eles inventar, depois de ter inventado os trustes? – descobriram agora a "oitava maravilha do mundo". Ainda ontem, o *Jornal do Commercio* descrevia minuciosamente essa estupenda coisa.

A oitava maravilha do mundo apareceu em Alasca, para além da Colúmbia Britânica. É a "Cidade do Silêncio" – uma cidade de sonho e mistério, que nas claras manhãs de sol aparece, por uma estranha ilusão de ótica, assentada sobre as geleiras de Muir. Há quem atribua o fenômeno a um simples reflexo da velha Bristol americana. Mas, como essa urbe fica a 1.500 milhas de distância das geleiras de Muir, essa hipótese é afastada como absurda.

Por que seria? provavelmente foi por causa desta manhã, embrulhada em véus de gaze úmida, cheia de um suave mistério... Depois de lida essa notícia, o cronista não teve mais atenção possível para as coisas da realidade, e ficou com a alma presa à ideia dessa cidade irreal, sombra de sombra, reflexo de reflexo, criada e mantida por uma ilusão dos senti-dos, equilibrada sobre as neves de Muir por um capricho da Óptica.

Aquilo existe apenas na retina de quem o vê: todas aquelas torres de ouro e nácar que emergem do gelo, aqueles palácios que a miragem multiplica e espalha pelo pendor do monte, aquela vegetação de forma fabulosa coalhando os parques fantásticos, tudo aquilo engana e mente, como as promessas de uma fada escarninha. Mas é por isso mesmo que tudo aquilo encanta e deslumbra... ah! quem pudera viver em espírito – menos do que em espírito: em sonho, em mentira, em pura abstração! – dentro dos teus muros de névoa, para ser o teu cronista, Cidade do Silêncio, Capital do Mistério, Sede do Sonho e do Nada!

Para as cidades como essa é que foram feitos os poetas, que andam pela Terra como fantasmas, sonhando acordados, querendo dar uma alma a cada coisa e buscando interpretar o que diz – ou, antes, o que não diz essa grande alma universal e incompreendida.

Para os que nasceram com a felicidade de poder ver a vida como a vida é, não há impossíveis nem dificuldades. Para esses, todos os aspectos da Natureza são bons, porque são o que não podiam deixar de ser: nenhum deles estranha que haja um verme no cálice de cada flor e um micróbio na delícia de cada beijo...

Mas nem todos podem ter essa incomparável fortuna. Há quem tenha sido fadado, desde o berço, aos anseios imperecíveis, aos desejos irrealizáveis, às ambições impossíveis.

Lembram-se daquela meiga e dolorosa figura do velho Joyeux, no *Nababo*, de Daudet? O pobre homem vivia, fora da vida, entregue a um sonho sem fim; em casa, os filhos não tinham pão, e quem os servia à mesa, todos os dias, era a Miséria negra, enchendo de lágrimas os pratos vazios; mas, assim que saía, o movimento das ruas dava vertigens ao cérebro do pobre velho, e ei-lo soltava as rédeas ao divagar confuso: – e que triste a queda, de tão alto, ao voltar à casa, e ao ver a mesma hedionda realidade de sempre!

Há muita gente assim, por este velho mundo de Deus... Bem dizia aquele maluco, da anedota célebre:

> Aqui dentro do hospício está apenas o estado-maior: o grosso do exército anda lá fora em liberdade!

Sai a gente de casa, numa destas misteriosas manhãs de junho, e começa a ver a cidade por um prisma falaz. A casaria, que se vê a distância, sob a neblina argêntea, parece toda feita de mármore claro: rompendo o nevoeiro, o sol põe, nesses miseráveis telhados coloniais, tons quentes de ouro e topázio. Os pardieiros dos morros, vistos de baixo, parecem construções de um bairro mourisco, com terrados amplos e minaretes rendados.

E ai de nós! quando a névoa se dissipa de todo, o que se vê é como o interior de um sujo pátio, em que acaba de ser exibida a apoteose de uma mágica: bastidores velhos, frangalhos de panos imundos, caras pintadas de *cabotins* imberbes. E uma náusea nos sobe do estômago, e desejaríamos ficar cegos para que a horrenda verdade não nos furasse as pupilas torturando-nos os nervos ópticos.

E não se diga que somente esta feia cidade colonial dá ao espírito essa amarga impressão.

Todas as cidades se parecem: há um ponto de contato entre a mais rica e a mais pobre de todas elas – a podridão oculta que as está minando sob a sua aparência de luxo.

Dentro daquela imensa fábrica, cuja edificação custou milhões, vivem centenas de criaturas famintas que amaldiçoam a vida e se rebelam contra Deus; dentro daquela suntuosa igreja, em cuja nave silenciosa e solene parece morar a Bondade, vão arrastar-se corações cheios de ódio, inchados de pecado, agitados de cálculos sórdidos; dentro daquele sedutor palacete, sorrindo ao sol entre folhagens e flores – alaparda-se a tragédia doméstica, tecida de maldições e de prantos.

Tudo é falso e triste. Aqui vai, num bonde, embebido numa meditação profunda, um homem grave, de olhar amortecido entre pálpebras cansadas, de testa ampla cavada em rugas precoces. Pensa logo a gente que aqui está um pensador, um filósofo, um desses remexedores de problemas que honram a existência pelo trabalho e pelo amor do bem... Nada disso! este sujeito vai pensando no meio de enganar o sócio, ou de comprometer toda a praça com um golpe de Bolsa, ou de tirar o pão à boca de uma dúzia de órfãos e viúvas.

Ali adiante, vede aquela linda mulher que... Mas não revolvamos esse medonho caos de intrigas, de conflitos morais, de abomináveis traições, de cruciantes amarguras que constituem a vida real!

Ah! quem pudera ser o teu cronista, ó "Cidade do Silêncio", ó falaz cidade que te agitas e brilhas sobre o cimo gelado do Muir! Sendo tu uma abstração, uma abstração seria também o teu cronista: cronista sem existência e sem leitores, cronista de uma vida sem vida, iniciada e acabada no Irreal...

1902

O ESPERANTO

Creio que, numa época em que todos falam e ninguém se entende, *o Esperanto*, a nova língua universal, cuja propaganda já começou a ser feita no Brasil, é um assunto magnífico. E magnífico não só por isso – como também porque, não sendo assunto que possa ofender as suscetibilidades deste ou daquele partido, não expõe o cronista a receber sobre a cabeça uma chuva de batatas...

A aspiração é velha. Atravessar o mundo com o auxílio de um só idioma, dispensar os serviços dos intérpretes, que quase sempre não sabem língua nenhuma, ser tão facilmente entendido na França como na Polinésia, na Alemanha como na China, matar a florescente indústria dos *Manuais de conversação* que só servem em geral para gerar *quiproquós* ridículos e situações equívocas – tudo isso é um belo ideal encantador, que há muitos anos tenta os homens.

O *volapük* morreu, no meio da chacota universal: idioma *volapük* ficou sendo sinônimo de língua abstrusa; quando um crítico severo encontra na bagagem de algum escritor páginas nebulosas, cujo estilo desafia a perspicácia dos Champollion – nunca deixa de o acusar de escrever em *volapük*. E, em tal sentido, justo seria declarar que é essa a língua mais derramada no Brasil, tão atrapalhado e incompreensível é o modo de escrever que vemos por aí afora...

Mas o *Esperanto* não parece destinado ao mesmo triste fim. É uma língua simples, harmoniosa e dúctil, que já muita gente fala e escreve com muita facilidade na Europa: aqui mesmo já temos muitos *esperantistas*, entre os quais convém citar, logo em primeiro lugar, um sr. Caetano Coutinho, de Sete Lagoas, que é um propagandista fervoroso da *Lingua internacia*.

Resta saber se a adoção de uma língua internacional pode aumentar a felicidade humana...

Para os casos que mais de perto entendem com a nossa felicidade – o comércio e o amor – está provado que a uniformidade do idioma é perfeitamente dispensável. O valor do dinheiro e a delícia do beijo são coisas que se entendem perfeitamente sem o auxílio de gramática e de dicionários.

Quando Pedro Álvares Cabral chegou ao Brasil, e viu pela primeira vez na praia os naturais do país, rudes e nus, travou logo relações comerciais com eles. Houve permuta de alfaias, de bugigangas, de arcos, de miçangas, de flechas, de espelhos.

E, quanto ao amor, a facilidade da comunicação não foi menor...

Como se sabe, o almirante português deixou em Porto Seguro dois degredados, de cujo destino bondosamente se condói o nosso Varnhagen nestes dois períodos:

> Ficaram na praia chorando sua infeliz sorte, e acompanhando com os olhos as quilhas pátrias, até que elas já se haviam sumido no horizonte. Acaso as saudades dos que até ali eram seus carcereiros cresciam com o medo daqueles desconhecidos a cuja mercê ficavam.

Pois bem! Muitos anos depois acharam-se vestígios desses dois infelizes: não tinham sido comidos pelos selvagens; ao contrário disso, tinham contribuído para aumentar a população das tabas...

Como se houveram eles para cativar as índias? Não foi preciso para isso que as espertas caboclas aprendessem o português, nem que os desventurados ádvenas, naturais de uma terra em que o *derriço* medra com grande brilho, praticassem o idioma selvagem. O instinto fez ali o que a Natureza mandava...

Já se vê, portanto, que, para comerciar e amar, o *Esperanto* não é de todo imprescindível. Quem tem fome de pão é capaz de compreender e falar a linguagem dos monos no interior da mais espessa floresta; e quem tem sede de beijos é capaz de se fazer entender em todos os idiomas imagináveis – desde aquele em que conversam as formigas no fundo do formigueiro, até aquele em que trocam ideias as serenas estrelas, no infinito firmamento.

Mas, enfim, nem só de pão e de amor vive o homem. A civilização tem outras exigências imperiosas, outras necessidades iniludíveis. As relações políticas entre os povos não entrariam numa nova fase de concórdia, no dia em que todos eles se compreendessem, servindo-se de uma só língua, fácil e completa? Isso não serviria para apertar os laços da solidariedade humana – esses pobres laços que andam tão deploravelmente frouxos?

Certo poeta, amigo íntimo do cronista, tem uma opinião paradoxal sobre isso. Pouco importa que a opinião seja paradoxal, porque o paradoxo é o pai da verdade...

Ainda ontem, conversamos largamente sobre o caso:
– Para que uma língua universal?
– Para quê? Para que todos se entendam, e não haja mais conflitos, desgraças, desastres originados da lamentável confusão em que a diversidade das línguas põe os homens. Grandes guerras seriam talvez evitadas se os dois chefes inimigos pudessem, em meia hora de palestra amável, expor as suas razões e discutir as suas queixas. Uma confabulação calma é quase sempre uma ducha de água fria na fervura dos ódios mais ardentes.

— É um engano, isso. As guerras nascem justamente dos ajustes diplomáticos. O povo diz bem, com a sua profunda sabedoria, que "palavra puxa palavra" e que "se a palavra é de prata, o silêncio é de ouro".

— Mas diz a Bíblia que, antes de haver várias línguas, os homens eram felizes. Aqueles que partiram do Oriente e chegaram ao campo de Senaar, entendiam-se todos, como uma só família, e viviam em paz. Mas tentou-os o Diabo, que não gosta de ver a Paz imperar entre os homens, e aconselhou-lhes que ganhassem nome e fama, levantando uma torre, cujo vértice tocasse o céu. O Senhor Deus, cioso da inviolabilidade do seu domínio, não achou, para conter a audácia daqueles vermes, outro meio senão baralhar-lhes a língua, de modo tal, que não houve mais, entre eles, possibilidade de acordo. Quando o mestre pedreiro pedia pedra, o aprendiz trazia-lhe betume. E os homens foram obrigados a dispersar-se pela face da Terra: se ficassem juntos, devorar-se-iam uns aos outros, como bestas-feras.

— Não! o mal deles foi justamente o não terem ficado juntos... Se desde o começo não se tivessem entendido, não teriam tentado ofender o Senhor, afrontando-o com a sua audácia louca. Mas não percamos tempo. Quero contar-lhe o que se deu comigo mesmo, ainda não há muitos anos. Estava eu numa cidade da Europa, onde não conhecia uma só pessoa. Certo dia, entrando em um hotel para jantar, vi que só havia um lugar disponível, em uma pequena mesa, a que já estava abancado um sujeito espadaúdo, corado, louro. Sentei-me. Cumprimentei o sujeito. Ele cumprimentou-me também. Simpatizamos um com o outro, e ficamos logo amigos.

— Quem era ele?

— Não sei. O sujeito era russo, e só falava russo. Eu não o entendia, nem ele me entendia a mim; mas adquirimos o hábito de jantar juntos todos os dias, e fomos durante um mês os mais unidos companheiros do mundo!

— Mas... vocês não se falavam?

— Como não nos falávamos? Conversávamos horas e horas a fio! Ele falava russo, e eu falava português. E, como não nos entendíamos e tínhamos a certeza de que nunca nos entenderíamos, habituamo-nos assim a pensar em voz alta, com toda a franqueza. Eu contei-lhe toda a minha vida, com todos os meus segredos. Creio que ele fez o mesmo. E o mais interessante é que, ao cabo de alguns dias, principiei a divertir-me, dizendo-lhe os mais crespos desaforos que me vinham à boca.

— E ele?

— Ele, está claro, sorria e agradecia-me. E veja agora você: se nós nos entendêssemos, sabe Deus quantas vezes nos teriam irritado as dissensões políticas, as preferências, as discussões sobre este ou aquele molho, este ou aquele vinho, esta ou aquela mulher... Como não falávamos *Esperanto*, nada disso houve: no dia em que nos separamos, chorávamos, abraçados, como dois irmãos. Fique você certo de que os homens, quanto mais se entendem, mais facilmente brigam!

— Mas, então, acha que este estado de coisas é bom? Este bate-barbas, esta atrapalhação, esta confusão de gritos incoerentes que estamos ouvindo há dias? Acha que toda essa complicação política vai bem?

— Está claro que vai muito bem! Olhe! só tenha medo de uma coisa: é que toda essa gente comece a se entender... Vai tudo raso!

....

Quem sabe se não tem razão esse poeta amigo dos paradoxos?!

1898

A ESCRAVIDÃO

Bem mais feliz do que a nossa é a geração desses pirralhos que andam agora por aí a jogar a cabra-cega, a atirar pedras às árvores e a perlustrar os mistérios da carta do *abc*. É bem certo que os dias se sucedem e não se parecem. No maravilhoso tear em que uma alta Vontade desconhecida vai urdindo a teia das eras, há fios claros, de ouro e de sol, e fios negros, da cor da noite e do desespero. Depois das grandes crises, a vida repousa e adormece, refazendo forças; e há então esses largos períodos de paz e modorra, que dão aos espíritos otimistas, à moda de Pangloss, a ilusão de que foram contados e extintos os dias de sofrimento humano.

Esses meninos, que aí andam jogando peteca, não viram nunca um escravo... Quando eles crescerem, saberão que já houve no Brasil uma raça triste, votada à escravidão e ao desespero; e verão nos museus a coleção hedionda dos *troncos*, dos *vira-mundos* e dos *bacalhaus*; e terão notícias dos trágicos horrores de uma época maldita: filhos arrancados ao seio das mães, virgens violadas em pranto, homens assados lentamente em fornos de cal, mulheres nuas recebendo na sua mísera nudez desvalida o duplo ultraje das chicotadas e dos olhares do *feitor* bestial. Saberão tudo isso, quando já tiverem vivido bastante para compreender a maldade humana, quando a vida já lhes houver apagado da alma o esplendor da primitiva inocência; e, decerto, um frêmito de espanto e de cólera há de sacudi-los.

Mas a sua indignação nunca poderá ser tão grande como a daqueles que nasceram e cresceram em pleno horror, no meio desse horrível drama de sangue e lodo, sentindo dentro do ouvido e da alma, numa arrastada e contínua melopeia, o longo gemer da raça mártir – orquestração satânica de todos os soluços, de todas as impressões, de todos os lamentos que a tortura e a injustiça podem arrancar a gargantas humanas...

A distância, tanto no espaço como no tempo, atenua a violência das impressões.

Ainda há pouco tempo, em fevereiro, os astrônomos dos observatórios da Europa viram aparecer uma nova estrela, na constelação do *Aquarium*.

O astro novo brilhou alguns dias, com um intenso fulgor, e apagou-se logo. A explicação que a ciência encontra para esse fenômeno causa admiração e espanto. O que parecia um astro novo era realmente um velho astro, até então invisível para nós e subitamente incendiado, em uma horrenda catástrofe, por uma combustão química. Assim, o que aos nossos olhos se afigura o natal radiante de um astro, o desabrochar esplêndido de uma flor planetária, é, de fato, o funeral de um mundo, talvez igual, talvez superior ao nosso, e devorado e destruído por milhões e milhões de séculos de vida, naufragando agora no inevitável e irreparável desastre. Mas, a nós, que nos importa essa tragédia celeste, passada, tão longe da Terra, que a inteligência humana nem pode calcular a distância que nos separa do seu cenário? Estremecemos durante um minuto, e passamos adiante, sem mais pensar no astro defunto que se abisma no aniquilamento...

A distância no tempo tem o mesmo benéfico efeito da distância no espaço. Nós não podemos ter hoje uma ideia nítida do que foram, por exemplo, os pavores da inquisição: o ulular das vítimas do Santo Ofício atenuou-se e morreu, sem um eco. E o horror que hoje nos causa a leitura daquela infinita narração de atrocidades é um horror puramente literário. Longe dos olhos, longe do coração – diz o velho prolóquio; a distância é o pintor miraculoso que faz aparecer, no fundo do quadro, vagamente esfumadas numa névoa indecisa, coisas que, vistas de perto, só causariam repugnância e aflição.

Esses meninos, que nasceram depois de 13 de maio, pertencem a uma geração amada dos deuses. Quando saem de casa a caminho do colégio, com os livros na maleta e uma risonha primavera nos olhos e na alma, já não encontram pelas ruas, como nós encontrávamos, o doloroso espetáculo que nos estatelava de surpresa e assombro: – as levas de escravos maltrapilhos e chagados, que saíam das *casas de comissão*, manadas de gado humano consignadas à ferocidade dos eitos, pobres mulheres e pobres homens, que traziam no rosto uma máscara de ferro, como prevenção e castigo da intemperança; míseros anciãos cambaios e trêmulos, tendo a alvura da carapinha em contraste com a escuridão da pele, e já meio mortos de velhice e sofrimento, e ainda mourejando de sol a sol, com o cesto sujo à cabeça para o trabalho do *ganho*, molecotes nus e esqueléticos que chupavam seios sem leite; toda a vasta procissão, enfim, dos abandonados de Deus...

Aqueles de nós, que iam passar as férias nas fazendas, ainda estudavam de mais perto e com mais proveito a sinistra engrenagem do aparelho negreiro.

Lá, no esplendor perpétuo da natureza em festa, sob um céu todo feito de carícia e paz, na face da terra aberta em flores e frutos – estendiam-se os eitos devoradores de vidas, e a crueldade inventava requintes satânicos. Ao rumorejo suave das ramadas, e ao festivo clamor dos pássaros, casava-se, do romper do sol ao cair da tarde, uma cantilena melancólica que dava calafrios... Era o queixume dos que retalhavam a terra, enquanto os vergalhos dos carrascos lhes retalhavam as costas; era o guaiar da raça miserável que cantava o seu infinito desconsolo. E, no chão que o esforço dos escravos lavrava e fertilizava, corria o sangue dos mártires, pedindo misericórdia, clamando vingança, caindo sem cessar, gota a gota, dos corpos supliciados...

Ah! que felizes sois vós, meninos de agora! Já ao vosso inocente folgar se não vem unir a revolta instintiva, que nos envenenava a alma, naqueles duros tempos da nossa meninice... Quando nascestes, já essa nossa revolta explodira, terrível, rompendo contra todas as conveniências, contra tradições de família e de casta, para extinguir a aviltante vergonha; e agora podeis sorrir vendo o trabalho irmanar pretos e brancos, na terra amada que já não tem pústulas malignas no seio...

Mas das grandes desgraças sociais, como das grandes moléstias que longo tempo devastam o organismo humano, sempre resta alguma coisa que convém combater e afastar.

Em boa hora, lembrou-se alguém de pedir ao presidente do estado do Rio o perdão dos ex-escravos que cumprem sentença na penitenciária de Niterói.

Já se pode declarar vencida a campanha, porque o homem que está dirigindo o estado do Rio foi, pelo fulgor da sua pena e pela nobreza do seu exemplo, um dos mais ardentes apóstolos da abolição. Mas não basta que se use de misericórdia para os infelizes da penitenciária de Niterói. Por esse vasto Brasil, quantas vítimas da escravidão não estarão, ainda, no fundo dos calabouços negros, pagando crimes a que foram unicamente levados pelo rebaixamento moral e pelo irrefletido desespero a que os reduzia o egoísmo sórdido dos senhores?

Há uma lenda da Bretanha, cujo suave encanto vem agora à lembrança do cronista.

Diz a doce lenda que um dia, no fulgor incomparável da sua majestade, o Senhor Deus dos cristãos viu chegar à barra do seu tribunal supremo uma alma carregada de crimes torpes. O senhor Deus franziu o sobrolho e começou a invectivar a alma daninha:

— Tu roubaste, tu intrigaste, tu caluniaste, tu violaste donzelas, tu saqueaste as minhas igrejas, tu profanaste a terra com a tua presença, tu renegaste o meu nome!

A pobre alma, debaixo desse temporal de acusações tremendas, quedava calada e triste. E o senhor Deus clamou, com uma voz que abalou os céus:

— Que alegas tu em tua defesa, ó alma perversa?!

Então, a alma perversa disse, chorando:

— Senhor! eu nunca conheci mãe!

E o senhor Deus, comovido e aplacado, acolheu em seu seio o pecador...

Assim também, diante da justiça dos homens e da justiça de Deus, podem e devem comparecer sem receio aqueles que, quando escravos, cometeram crimes. Porque, quando os homens e Deus lhes perguntarem o que têm a alegar em sua defesa, eles responderão:

— Ó homens, nossos irmãos! e ó Deus, Nosso Senhor! Nós nunca conhecemos a Liberdade!...

1902

UM FANTASMA

No dia da inauguração das obras do porto, enquanto o povo, na Prainha, vitoriava o governo, eu andei, por muitas vielas e por muitos becos, acompanhando um vulto, invisível para a outra gente, mas bem visível para mim – um vulto merencório e fúnebre, que andava sem tocar o solo com os pés, esquivando-se impalpável entre os transeuntes, cosendo-se com as paredes, deslizando sem rumor e sem peso, como um fantasma que era...

Encontrei-o nas proximidades do Liceu Literário, perto do local em que se realizava a grande festa. Quando o vi, cuidei que fosse realmente um homem, de carne e ossos, vivo como eu – um ancião de cento e tantos anos, esquecido no mundo por um descuido da Morte, e desencantoado por milagre do seu plácido retiro para vir gozar o festival.

Era alto e corcovado, muito velho, magro como um caniço: a pele encardida e seca parecia um papiro polissecular; as longas pernas, finas e duras, anquilosadas pela velhice e pela reuma, abriam-se e fechavam-se sem flexão, como as duas hastes de um imenso compasso; e uma barba e uma cabeleira, curtas e ralas, de um branco amarelado, como o dos pelos das espigas de milho, enfeitavam o seu mento e a sua nuca... Trajava gibão de veludo escuro, já muito sovado e pelado; colete comprido, cobrindo todo o ventre; calções de belbute, com os fundilhos remendados; meias cerzidas e recerzidas de algodão.

– De onde saiu este velhote do século atrasado? – perguntei a mim mesmo.

Mas, de repente, notei um fato que me encheu de assombro: no meio daquela espessa multidão, o velhote marchava como se fosse feito de fumaça, deixando-se atravessar pelos corpos humanos que encontrava. Quando alguém o abalroava, a massa tênue e gasosa do seu corpo adelgaçava-se, remexia-se, enovelava-se, separava-se sem resistir ao choque, e, passado este, tornava a condensar-se numa figura humana...

– É um fantasma! – pensei arrepiado...

Houve um vasto clamor. As bandas de música romperam num estrugir selvagem, executando o hino nacional; estalaram girândolas; ressoaram exclamações; estavam inauguradas as obras da Avenida; o povo, num mar agitado, refluía para junto do Liceu Literário; e eis ali vinham o presidente da república, os ministros, o arcebispo, os convidados, sorrindo, apertados, rompendo a custo a multidão.

O fantasma estremeceu e ondulou no ar como um novelo de fumo sacudido do vento. E fugiu...

Deixei a festa, a alegria, o tumultuar do povo, o "copo de água" – e abalei atrás dele – intrigado e curioso. E começamos a palmilhar a cidade – eu, ansioso e suando –, ele, sereno e sem suar – porque fantasma não sua.

O velhote espectral entrou na Rua da Saúde, e começou a perlustrar as travessas e os becos do Morro da Conceição – e eu a segui-lo. Andamos, aos trancos, subindo e descendo vielas e betesgas, a Pedra do Sal, o Escorrega, o Sereno, o Jogo da Bola, o João Homem, o João Inácio, o Mato Grosso, o Valongo, o João de Gatinhas, as Escadinhas do Livramento e do Oliveira, a Madre de Deus, o Sem Saída, o Cleto, a Funda, o Adro de São Francisco, por todo aquele complicado e entontecedor labirinto de veredas escarpadas e sujas. O fantasma não parava: quando um dos becos o levava para o litoral ou para a cidade baixa, ele desandava, metia-se de novo pelas betesgas.

Oh! que jornada! no solo, apodreciam cadáveres de gatos e de cães, entre revoadas de moscas; decompunham-se ao sol os detritos vegetais, uma lama viscosa enchia os buracos; rios de água negra desciam espumando. As casas, encostadas umas às outras, amparando-se mal, abriam as janelas imundas, como bocas desdentadas; a gente, que chegava às portas, olhava-me com suspeita... E o espectro andava sempre, para diante e para trás, sem descanso. A tarde caía. Mas eu não desanimava...

Por fim, já na meia luz do crepúsculo, vi que o fantasma parou junto de uma furna, aberta na rocha. Parou, esteve um momento em reflexão com o queixo enterrado na cova do pescoço – e fez um movimento para entrar na caverna... Vi que me ia a escapar, e interpelei-o:

– Ó tu, que tens de humano o gesto e o peito!

Ele voltou-se, espantado, e aproximou-se:

– Isso é de Camões... – disse, com um fiozinho de voz que quase se não ouvia.

– É de Camões! – confirmei. – Mas tu, de onde és, e quem és, larva, lêmure, avantesma, avejão?!

E o fiozinho de voz murmurou:

– Eu sou a Tradição, eu sou o Passado, eu sou a Prudência! saí hoje da minha furna, para ver de perto o Progresso. Oh! o Progresso! Pobre desta cidade! pobres destas boas casas que morrem! pobres destas boas ruas que desaparecem! pobres das minhas alegrias que se esvaem! Esta avenida, menino, vai ser o caminho largo da Perdição! O caminho do Céu é estreito e feio como o Escorrega: o caminho do Inferno é que é amplo, rasgado, cômodo, bonito! pelas veredas apertadas só passam as almas puras, mas pelas avenidas largas passam todas as multidões pecadoras...

– Mas que fazes ainda na Terra, tu, que já devias estar no Céu ou no Inferno? e que te importa que tenhamos travessas ou avenidas, se já és apenas a sombra do que foste, a recordação de ti mesmo, alma penada sem descanso?

— Ah! eu só sairei daqui no dia em que puserem abaixo todas estas amadas casinholas do meu século, todos estes cochicholos que me viram nascer. Quero assistir ao sacrilégio final; só desejo verdadeiramente morrer, quando morrer o meu Tempo!

— Vai então fazendo desde já o teu último testamento, fantasma idiota! O que viste hoje foi apenas o prólogo do drama glorioso. Os dias das tuas casinholas e dos teus cochicholos estão contados. O drama vai ser luminoso e rápido. Daqui a poucos anos, o desfecho virá, com a grande apoteose da salvação... Dissipa-te já, desaparece já, vai-te já para o Céu e para o Inferno, espectro importuno!

— Não posso! eu sou a Prudência, eu sou o Juízo, eu sou o Protesto!

— Não! tu és a Porcaria, tu és a Preguiça, tu és a Moleza!

O fantasma teve um ríctus de cólera na boca sem dentes. Quis dizer alguma coisa, quis cuspir-me alguma injúria – mas não pôde: lançou-me um olhar de ódio – e enlapou-se na sua toca.

Anoitecera. Comecei a descer o morro sinistro. Perto de um paredão, detive-me um pouco – e mirei a cidade que se alastrava lá embaixo.

As luzes dos lampiões desenhavam as ruas estreitas e tortuosas, cruzando-se, emaranhando-se como lombrigas.

Em torno de mim, as velhas taperas, as medonhas bibocas no morro, fechadas, silenciosas, fúnebres, desfaziam-se em miasmas.

Mas o meu sonho animou tudo aquilo: comecei a ver, ao longo da cidade derramada aos meus pés, rasgar-se a grande Avenida; diante dos meus olhos deslumbrados relampejavam jatos de luz elétrica; e vi desenhar-se a cidade futura, resplandescente e rica, mais bela do que todas as suas irmãs, irradiante na glória da civilização.

– Ah! quem me dera vida para te ver e te amar nesses dias, cidade do meu amor!

E, tropeçando nos calhaus, tapando o nariz para não sentir a fedentina das vielas, vim descendo o morro.

1904

IRONIA E PIEDADE

RESSURREIÇÃO

Cantai, sinos vibrantes e alegres! Sobre os campos embalsamados e quietos, sobre os jardins cheios de flores, sobre as ruas fidalgas cheias de palácios, sobre os bairros pobres cheios de pardieiros – derramai a harmonia maravilhosa das vossas vozes concertadas, ó sinos da Ressurreição! À larga voz das grandes campanas severas, reboando com majestade, una-se a voz álacre dos carrilhões multiplicados; e toda a cidade acorre, ouvindo falar essa música sagrada, que é ao mesmo tempo a música da alegria e da tristeza, do luto e da festa:

Laudo Deum verum, plebem voco, congrego clerum,
Defunctos ploro, fugo fulmina, festa decoro...

Pouco importa que entrem no concerto as campas graves, que dobram a finados, e as sinetas melancólicas, que tocam a vésperas: a voz juvenil, ardente, fresca, luminosa dos pequenos sinos dos carrilhões dominará todas as outras, derramando uma alegria radiante sobre a Terra... Cantai, ó sinos da Ressurreição!

Ouvindo-vos, a vasta família humana há de congregar-se, na intimidade do ágape cristão, comendo o anho da paz: durante algumas horas, hão de suspender-se as dissensões que turbam os lares, as preocupações que entristecem a existência, as feridas morais que sangram sempre, os ódios e as invejas, as rivalidades e os ressentimentos. Porque a vossa larga voz, ó sinos da Ressurreição, vem dar aos homens todos um conselho amigo e generoso, uma lição fecunda e bela...

Aqui está o que dizeis aos homens todos, neste dia de concórdia e de esperança – ó bronzes da Igreja:

> Homens, a morte é uma ilusão! Só a vida é verdadeira e eterna! Nem só os deuses ressuscitam, à clara luz da manhã, depois da noite do suplício e do opróbrio... Todos ressuscitam e tudo ressuscita: deuses e vermes, criadores e criaturas, plantas e animais, estrelas e insetos, aves e pedras. Este, que, no dia de hoje, depois de morto e enterrado, apareceu a Maria Madalena, tocado de luz celeste, dentro de um nimbo resplandecente, sobre a pedra revoltada do sepulcro – este mesmo, quando reacendeu a chama da vida no corpo frio de Lázaro, quis mostrar-vos que a vida é eterna. Ninguém morre, enquanto ama e espera. Aquilo a que dais o nome de morte é uma síncope ligeira: também o sol desaparece todos os dias aos vossos olhos – mas não morre: vai deslumbrar e alegrar outros olhos. Homens, amai a vida, que é eterna! Se a morte não existe, também não existe a mágoa... Vós que sofreis, vós que vos rebelais, vós que amaldiçoais o dia em que nascestes, vós que vos tendes como os deserdados e os órfãos dos bens da vida – amai e esperai! Ninguém sabe quando virá a ventura: ela, porém, nunca deixa de vir, por este ou por aquele caminho, com este ou com aquele aspecto! Homens, a minha voz é a voz da eterna vida e da eterna esperança! reconciliai-vos, abraçai-vos, esquecei os vossos ódios e os vossos despeitos... Se sois ricos, não desprezeis os pobres; se sois pobres, não amaldiçoeis os ricos. Esta vida de hoje não é toda a vida: é uma das muitas vidas que formam as estações de parada da grande vida infindável. Risos e lágrimas, alegrias e tristezas, festas e lutos sucedem-se, equilibram-se, compensam-se. Nem sempre a águia há de ser águia, boiando na luz solar: nem sempre o porco há de ser porco, mergulhado no lodo. O que hoje vos parece desgraça é apenas o resultado do vosso erro e do vosso desatino. Para que uma alma seja radiantemente feliz, uma só coisa lhe basta: amar. Amar não é emprestar amor, nem trocar um amor por outro amor. Amar é simplesmente amar,

sem pedir pagamento, sem esperar indenização. Ser amado – é bom; mas amar – é ótimo. Amor é renúncia, é dedicação, é ternura instintiva, irresponsável, espontânea, universal. Só sabem verdadeiramente amar os que amam pela única satisfação que esse amor lhes dá. Em geral, todos os egoísmos são torpes: mas há um egoísmo sublime, que é esse egoísmo de amar pelo gozo do amor. Amai, e sereis felizes – porque, amando, não tereis lugar no coração para a inveja, nem para o despeito, nem para o desespero. Inveja, de quê? despeito, para quê? desespero, por quê? – os bens e os males são patrimônio comum: não há ventura que não tenha um dia uma lágrima, não há desgraça que não tenha um dia um sorriso. Nem as dores, nem os prazeres, nem os prêmios, nem os castigos são eternos: só é eterna a vida, que é uma infinita série de quedas e de ascensões, de desastres e de vitórias, de humilhações e de apoteoses; e nesse baralhamento de bens e males, desaparecem, confundidos, prazeres e dores, castigos e prêmios. Esse mesmo Judas que se aviltou na traição já está redimido ou esquecido... Homens! amai e esperai – isto é: vivei!

Assim fala a larga voz dos sinos da Ressurreição. Ouvindo-a, até os famintos, os nus, os chagados, os paralíticos, os inválidos, os galés, os escravos e os dementes sorriem e exultam. Rebenta uma flor de cada poça de lama; acende-se uma estrela no fundo de cada pântano; palpita uma esperança no seio de cada amargura...

1897

JÚLIO VERNE

Há poucas semanas, indo à Biblioteca Nacional reunir material de trabalho, fiquei sentado em frente a um mocinho imberbe e pálido, que devorava com os olhos e com a alma as páginas do livro que pedira.

Quando cheguei, já ele estava no fim do volume; e, a cada página voltada, uma vibração nova, de ansiedade, de supremo gozo intelectual, de infinito encanto de espírito, agitava a sua face de adolescente, sob a claridade crua da lâmpada elétrica. Os seus olhos, num movimento febril, iam do começo ao fim de cada linha, voando; os seus dedos torturavam a quina da folha, dobrando-a; uma ruga funda se lhe cavava na testa; e toda a sua cabeça palpitava no esforço da atenção. Havia, naquela atitude, um prazer tão agudo que já era sofrimento. Aquela alma inocente, de menino de treze anos, atravessava a crise de uma dessas tensões intelectuais, que já não são dadas a quem chega à idade madura tendo abusado da inteligência...

As últimas folhas do livro foram lidas em poucos minutos. Quando a última linha morreu sob o flamejamento dos olhos ávidos, houve na face do leitor um afrouxamento súbito da força vital – um como alívio misturado de tristeza –, alívio de quem se liberta de repente de um grande peso, tristeza de quem vê findar um sonho esfalfante e ao mesmo tempo suave. O mocinho ficou algum tempo imóvel, fixando na capa do volume um olhar indeciso e flutuante – um desses olhares "que olham para dentro"; depois, levantou-se, teve um espreguiçamento de todo o corpo; e saiu, lentamente, como ainda embalado pela última vaga da fantasia em que se perdera.

Curioso, ergui-me do meu lugar, e apanhei o livro, que ficara sobre a tábua da mesa. Era a *Viagem à roda da lua*, de Júlio Verne.

Oh! a saudade, a deliciosa e dolorosa saudade que então me apertou o coração! saudade dos meus treze anos, da minha inquieta e sofredora puberdade, agitada de sonhos que ninguém compreendia, de distrações que ninguém perdoava, de súbitos acessos de fervor de estudo e de preguiça, e das vagas torturas de uma imaginação que acordava e não se entendia a si mesma...

Agora, no lugar que estava vazio diante de mim, naquele lugar há pouco ocupado pelo leitor da *Viagem à roda da lua* – estava eu ainda vendo um mocinho pálido e nervoso, sonhando e sofrendo. Era o mesmo de há pouco? era e não era... Era o símbolo de uma idade: era um desdobramento de mim mesmo, era eu mesmo, era a minha pessoa recuada até a adolescência.

Que são os homens todos, nesta vida sempre vária e sempre imutável, senão formas diversas de uma mesma essência? Nós somos os espectros de outros homens: aquele velho que ali vem, coberto de cabelos brancos, vai, na escala das agonias e das esperanças, ser continuado e prolongado por aquele menino que passa por ele sem o ver, sem suspeitar que acaba de acotovelar a sua própria personalidade futura...

Quantas vezes, também, como aquele menino que saíra da sala da Biblioteca e ali gozara e sofrera tanto com a leitura de Júlio Verne – quantas vezes também, eu devi a esse grande encantador de almas o consolo único dos meus sofrimentos de criança!

Júlio Verne era um criador de mundos novos, que se rasgavam ante o meu espírito inquieto.

Como eu era criança, como ninguém sabia esclarecer a minha alma, como não havia quem me explicasse a vida, este mundo, em que eu vivia, só me parecia hostil e cruel. As injustiças que eu sofria – essas pequeninas injustiças que assombram a alma da criança e ficam eternamente doendo na alma do homem – tomavam um vulto exagerado, e afiguravam-se-me tremendas e monstruosas. Havia dias em que eu me considerava mais desgraçado do que os escravos, que via algemados e espancados, e do que os burros de carga, que encontrava na rua, ofegando sob as chicotadas. A minha puberdade (como a puberdade de quase todos os homens) foi um tecido de inquietações, de revoltas, de desesperos. E, para mim, esta vida era uma coisa torpe, um cativeiro ignóbil e torturante, em que tudo era severo e duro, e sobre o qual pairava ameaçadora, numa eterna inclemência, a sombra da negra palmatória do cônego Belmonte, meu mestre...

Graças, porém, a Júlio Verne, eu fugia, num surto vitorioso, deste mundo que me aborrecia, e entrava, cantando, vestido de luz, sorrindo, delirando, nos mundos radiantes que a sua piedade abria à minha imaginação.

No colégio, todos nós líamos Júlio Verne; os livros passavam de mão em mão; e, à hora do estudo, no vasto salão de paredes nuas e tristes – enquanto o cônego dormia a sesta na sua vasta poltrona, e enquanto o bedel, que era charadista, passeava distraidamente entre as *carteiras*, combinando enigmas e logogrifos –, nós mergulhávamos naquele infinito páramo do sonho, e encarnávamo-nos nas personagens aventureiras que o romancista dispersava, arrebatados por uma sede insaciável de perigos e de glórias, pela terra, pelos mares e pelo céu.

Oh! os homens e as coisas que vi, as paisagens que contemplei, os riscos que corri, os amores que tive, os sustos que curti, os combates em que entrei, os hinos de vitória que cantei e as lágrimas de derrota que chorei – viajando com Júlio Verne, conduzido pela sua mão sobre-humana!

Quase morri de frio no polo, de fome numa ilha deserta, de sede na árida solidão do centro da África, de falta de ar no fundo da terra, de deslumbramento na proximidade da lua!

Atravessei areais amarelos e infinitos, beijei com os olhos oásis esplêndidos, dormi à sombra das tamareiras da Síria e à sombra dos pagodes da Índia, contemplei o lençol intérmino das águas dos grandes rios, cacei tigres e crocodilos na Ásia e na África, arpoei baleias no mar alto, perdi-me em florestas virgens, naveguei no fundo do mar entre vegetações fantásticas e animais imensos, ouvi o estrondo da queda do Niágara, enjoei com o balanço de um balão no meio do céu formigante de astros, e quase fui comido vivo pelos Peles-Vermelhas!...

E, quando os meus olhos pousavam sobre a última linha de um desses romances, quando eu me via de novo no salão morrinhento e lúgubre, quando ouvia de novo o ressonar do cônego e as passadas do bedel charadista – havia em mim aquela mesma súbita descarga de força nervosa, aquele mesmo afrouxamento repentino da vida, aquele mesmo alívio misturado de tristeza, a que, há poucas semanas, na sala da Biblioteca Nacional vi sucumbido o rapazola que lia a *Viagem à roda da lua*.

Era o regresso à triste realidade, à tábua das logaritmos, à gramática latina, à palmatória da cônego, às charadas do bedel. Era o desmoronamento dos mundos, o eclipse dos sóis, a ruína dos astros: era o pano de boca que descia sobre o palco da ilusão, matando a fantasia e ressuscitando o sofrimento...

Nós todos, homens feitos ou já velhos, lendo a notícia da morte de Júlio Verne, sentimos que morreu o maior amigo e o maior benfeitor da nossa adolescência.

Nesta mesma hora, em que escrevo, quantas almas ardentes, na encantada e melindrosa révora da existência, estarão embebidas na leitura dos livros desse grande apóstolo da estrelada e consoladora mentira!

Há quem diga que a glória maior do talento de Júlio Verne consiste em haver vaticinado, sob a forma de sonhos, alguns sucessos e algumas conquistas que a ciência mais tarde realizou. Pode ser!... Mas, pensando bem, considero quanto seria preferível que todos esses sonhos permanecessem no estado de sonhos – e que Nansen nunca chegasse ao polo, e os submarinos franceses não tornassem exequível a utopia da *Nautilus*, e Santos Dumont não chegasse a aperfeiçoar o balão em que o alegre Joe atravessou a África.

O que eu venero e amo no homem, que acaba de morrer, não é o seu papel de precursor e de profeta: é o seu papel de enfeitiçador e consolador de almas, de fecundador de imaginações. Sobre os espíritos juvenis, a leitura de Júlio Verne tem a ação do sol sobre a terra: aquece as sementes que dormem, reforça dentro delas a vida, prepara-as para a germinação vitoriosa.

Todas as puberdades são tristes... Dir-se-ia que, ao chegar a essa idade perigosa, a criança tem uma antevisão e uma pré-sensação de que vai sofrer na vida: como que a sua alma se recolhe, hesitante, numa angústia vaga, numa timidez doentia, procurando alguma coisa que a proteja e console. Nessa crise do corpo e da alma, é preciso que o cérebro receba uma excitação saudável, que lhe ative a germinação da força criadora. A razão virá depois: nessa idade, o que precisa de desenvolvimento é a imaginação.

O que mais desenvolveu a minha imaginação, e o que consolou as vagas e indefiníveis tristezas da minha adolescência foi a leitura de Júlio Verne. Todos os homens da minha idade dirão o mesmo. E, daqui a anos, quando eu e os homens da minha idade já tivermos também entrado o escuro caminho por onde Júlio Verne penetrou na paz – outros homens dirão o mesmo, e abençoarão o nome desse criador de mundos maravilhosos.

1907

RIO BRANCO

Zola, em um dos mais fortes poemas da série dos *Rougon-Macquart*, pintou, com as tintas mais vivas, o *amor da terra*, o apaixonado fervor com que o homem, na Europa, se dedica de corpo e alma ao pedaço da miserável crosta do planeta que lhe pertence.

Para o campônio europeu, a terra vale mais do que pai, mãe, filhos, saúde: o seu ideal seria criar raízes no solo, aferrar-se a ele, sugar-lhe a seiva, viver dele e para ele, como as árvores... Arrancar a um europeu um pedaço de terra é arrancar-lhe um bocado da própria carne: o lugar, que ocupava o membro mutilado, fica eternamente sangrando, numa eterna e irremediável ruína.

E as nações conservam, infinitamente multiplicado, o ardor dessa religião dos homens. A fronteira, para qualquer país da Europa, é uma coisa venerável e inviolável – como o *zaimph* dos cartagineses, a pedra da Kaaba dos muçulmanos, o Santo Sepulcro dos cristãos: tocá-la é tocar o coração da pátria, é malferir a honra doméstica, é derrocar do sólio os deuses lares rebolcando-os no pó...

Não se diga que esse amor é apenas uma manifestação do sombrio interesse, da negra avidez. O amor da propriedade é também o amor da tradição. Conservar o que pertenceu aos avós é conservar o seu trabalho, a sua dedicação, as suas lições. Eles vivem, perpetuamente, nas terras que conquistaram pelas armas ou pelo talento: menosprezar a herança que deles veio é profanar a sua memória, e menoscabar o seu valor.

No Brasil não há ainda essa religião. Os ricos não amam, em regra geral, o que possuem.

Tal mancebo, tendo herdado uma vasta fortuna, entra a dissipá-la sem receio; por entre os seus dedos, virgens dos calos do trabalho, começa a escoar-se o dinheiro, em rios claros e livres, loucamente desperdiçado sem medida nem conta; não há cavalos de raça, nem alfaias de luxo, nem orgias sardanapalescas, nem amantes de alto coturno que lhe bastem: para que serve o dinheiro, senão para ser gasto? Mas lá vem um dia em que os rios de ouro, até então fluindo em grossas cachoeiras entre os dedos do pródigo, começam a enfraquecer, a afinar, a minguar, transformados de caudais impestuosas em ribeiros de vulto pobre, em arroios de miserável porte. Então, o alarmado mancebo aperta os dedos, reconhecendo que a nascente do ouro se estanca, e começa a gastar o dinheiro às gotas, a conhecê-lo, a prezá--lo, a adorá-lo...

Como há de o Brasil prezar os seus tantos milhões de quilômetros quadrados, se, do sul ao norte, da barra do Chuí à serra do Roraima, as suas posses são tão fartas que nem a matemática as pode calcular nem a imaginação as pode sonhar? Quase tudo isso virgem, quase tudo isso entregue à primitiva bruteza, apenas conhecido de Deus e das feras...

Moço rico, que não calcula a extensão da sua fortuna, o Brasil não ama aquilo que não conhece. Por isso quando lhe disseram que o barão do Rio Branco lhe restituíra a propriedade de um largo pedaço de terra, o Brasil não chegou a prestar atenção ao caso, murmurou um seco *obrigado*, e, dando de ombros, foi pensar em outra coisa...

No entanto, a publicação do mapa do Amapá foi uma revelação! Ninguém imaginava que se tratasse de tão longo, de tão farto, de tão esplêndido trecho do território brasileiro.

Ouvindo falar do Amapá, todos nós fazíamos a ideia de um pedacinho de terra bruta, cortado por alguns braços de água, e recheado de alguns punhados de ouro escasso. Quando os nossos olhos mediram a extensão do domínio restituído ao Brasil pelo talento de Rio Branco, foi que pudemos, ao mesmo tempo, medir qual seria a extensão da nossa vergonha, se, por inépcia ou incúria, perdêssemos uma propriedade tão indiscutivelmente nossa.

E era de esperar que de todos os pontos do Brasil rompesse no mesmo instante, cantado por milhões de bocas, o hino de gratidão e glória ao restituidor dos territórios, filho do libertador dos ventres escravos! Mas não! se não fossem os rapazes estudantes, nenhum eco das nossas aclamações chegaria ao calmo gabinete de Berna, onde Rio Branco, com a alma inundada de uma alegria rejuvenescedora, repousa agora das fadigas da sua rude campanha, ainda com os nervos sacudidos pelo entusiasmo com que se dedicou ao serviço da terra tão amada e... tão indiferente.

O glorioso brasileiro, porém, não guardará ressentimento disso: ele não é dos que se esfalfam no trabalho com o pensamento fixo no salário; é dos que lutam por amor da luta e sacrificam-se por amor do sacrifício. E com a sua tolerância de homem experimentado pelas coisas da vida, e com o seu profundo patriotismo em tantas ocasiões provado, lá está ele, Brasil, às tuas ordens, pronto a retomar a pena para te amar e servir.

Porque, enfim, não é difícil explicar a tua indiferença, Brasil...

Tu nunca pesaste, com gratidão e ternura, a quantidade de sangue, de lágrimas e de gotas de suor que os teus avós despenderam na conquista e na conservação deste vasto domínio. Sabes apenas que possuis uma pátria que se estica aí além, estendendo-se sem fim pela face do planeta, como todo um continente; sabes que tens rios e serras, portos que poderiam abrigar todas as frotas do mundo, vales fecundos que poderiam dar de comer a todos os povos da Terra...

Na Europa, as pátrias pequeninas, atulhadas de gente, estalam com o *trop-plein*, e conhecem o que é a fome, o que é o inverno que desguarnece os campos, o que são as inundações que devoram os trigais, o que são as guerras que desertam as cidades. Ali, perder uma jeira de Terra é perder cem vidas...

Em outro qualquer país, o homem que tivesse restituído à pátria algumas léguas de território (e Rio Branco acaba de prestar esse serviço ao Brasil pela segunda vez!) ouviria o seu nome soar por toda a parte, na vozeria de uma aclamação sem par. Aqui dois discursos, meia dúzia de foguetes, uma pensão de dois contos de réis parecem paga suficiente...

Se houve até quem se lembrasse de dar a Paranhos uma cadeira na Câmara! Felizmente a ideia morreu, abafada e sem eco: se tivesse vingado, seria o caso de aconselhar ao vencedor que morresse quanto antes, para se libertar do opróbrio da recompensa...

Ah! leviano Brasil! quando os homens encherem, com a agitação do trabalho, todos estes nove milhões de quilômetros quadrados; quando, nas vastas campinas e nas altas serras hoje desertas e mudas, cantarem os sinos, mourejarem as charruas, viçarem as famílias e sorrirem as colheitas; quando, conquistado e santificado todo o solo pelo labor humano, tu começares a sentir que já te não chega a terra, que hoje te parece tão grande – então, sim! Paranhos crescerá diante de ti, tapando o horizonte, como um grande ídolo sagrado – e a tua dívida será paga.

1901

"MENOR PERVERSO"

É este o título, com que aparece em todos os jornais a notícia de um caso triste – uma criança de três anos assassinada por outra de dez, em condições que ainda não foram bem tiradas a limpo. Diz-se que o "menor perverso" ensopou em espírito de vinho as roupas da vítima e ateou-lhes fogo. Propositalmente? Parece impossível... Mas nada é impossível na vida.

O fato é que, consumado o seu ato de perversidade (ou de imprudência?), o pequeno fugiu, e andou vagando pelas ruas, até que, já tarde, exausto, banhado em lágrimas, foi encontrado na Praça da República e conduzido para uma delegacia policial. E os jornais, terminando a narração do caso triste, pedem quase todos, em quase unânime acordo de ideia e de expressão, que "se castigue esse precoce facínora, cujos instintos precisam ser refreados".

Que se castigue, como? Metendo-o na Correção? mandando-o para o Acre? fuzilando-o?

A ocasião é oportuna para mais uma vez se verificar quanto estamos mal aparelhados para atender às múltiplas necessidades da assistência social. Um criminoso de dez anos não é positivamente um criminoso... Se é verdade que esse menino conscientemente praticou a maldade de que é acusado, o nosso dever não é castigá-lo: é salvá-lo de si mesmo, dos seus maus instintos, das suas tendências para o exercício do mal. Como? Naturalmente, dando-lhe uma educação especial, uma certa disciplina de espírito. Mas onde? Aqui que surge a dificuldade, e é aqui que somos forçados a reconhecer que, se estamos muito adiantados em matéria de politicagem e parolagem, ainda estamos atrasadíssimos em matéria de verdadeira civilização...

Já sei que há por aí uma Escola Correcional. Mas, ainda há pouco tempo, o que se soube da vida íntima dessa escola serviu apenas para mostrar que, lá dentro, os pequenos maus, pelo vício da organização do estabelecimento, estão arriscados a ficar cada vez piores. Tudo quanto se refere à assistência pública ainda está por fazer no Brasil: asilos, escolas correcionais, penitenciárias, presídios não têm fiscalização efetiva. Só pensamos nessas casas de beneficência ou de correção, quando um escândalo, dos que há dentro delas, faz explosão cá fora, comovendo-nos ou indignando-nos. Então, há uma grita convulsa, um grande espalhafato, um grande dispêndio de artigos pelas folhas e de atividade pela polícia; mas, logo depois, tudo volta ao mesmo estado... à espera de novo escândalo.

Tive muita pena da pobre criança de três anos, morta no meio de horríveis torturas. Mas tenho também muita pena dessa outra criança, que uma brincadeira funesta (ou uma inconsciente moléstia moral, perfeitamente curável) levou à prática de um ato tão cruel. Nesse pequeno infeliz, que os jornais consideram um grande criminoso, há um homem que se vai perder, por nossa culpa – porque lhe não podemos dar o tratamento que a sua enfermidade requer...

s/d

LUTÉCIA

Tarde triste, de céu fechado, pesando sobre os escuros casarões da velha Paris.

Saindo do Louvre, atravesso o rio, pela ponte das Artes, e piso a margem esquerda onde se refugiam, longe da vida tumultuosa dos grandes *boulevards*, o estudo e a pobreza, a vida tranquila dos que amam os livros.

Para lá da água turva do Sena fica a barulhenta Cosmópolis – sala de visitas da Europa e de toda a Terra –, centro de reunião de todos os povos, onde se encontram e baralham todas as nacionalidades, todas as raças, todos os idiomas, todos os costumes, na confusão de Babel. Aqui, porém, estamos na Lutécia secular e veneranda, de cujo seio ancestral já em 1200 tinha surgido a universidade, *alma mater* do pensamento moderno, onde todos os espíritos curiosos e ávidos de saber se vinham nutrir dos princípios da Escolástica.

Aqui nasceu, ou antes renasceu, dos destroços da civilização antiga, a civilização de hoje; aqui, a Loba Latina, que amamentou Rômulo e Remo, se veio abrigar, quando escorraçada, pelos bárbaros, do reduto das suas sete colinas sagradas...

A poucos passos daqui, na ilha da Cidade, eleva-se Notre Dame, como uma imensa nave ancorada no Sena, levantando as suas torres como esguios mastros, e esticando, à popa, como possantes remos de pedra, os seus góticos botaréus em arco recurvo. Mais longe, na outra margem, apunhala o céu a torre Saint-Jacques. E, encravada no Palácio da Justiça, dorme o vulto severo da Santa Capela... A vizinhança desses três monumentos, que são os remanescentes da Lutécia primitiva, dá a este lugar o caráter de um santuário. Santuário da tradição, da ciência, do estudo. A universidade fragmentou-se, segmentou-se em vários corpos distintos: mas o seu vasto corpo dividido não ultrapassou o rio.

A Sorbonne, os liceus, as faculdades, as escolas ficaram todas para cá do Sena, vivendo nos mesmos bairros pacíficos e silenciosos, nas mesmas ruas que serpenteiam entre edifícios negros, e cujo aspecto austero não é modificado pela alegria moça e irreverente dos estudantes e das *grisettes*.

A ciência é nova, como são novas as folhagens que em cada primavera rebentam dos castanheiros, e como são novos os amores que animam as trapeiras em que os rapazes pobres estudam, os *ateliers* em que os *rapins* trabalham, as cervejarias em que Mimi e Musette continuam a consolar e encantar os boêmios de Murger. Mas toda essa florescência jovem de ideais e de sentimentos vive ainda agarrada ao velho tronco sacratíssimo do passado.

A ponte das Artes enfrenta o Instituto de França. Os anos têm ido depondo sobre a face desse sacrário das letras francesas os sinais indeléveis da sua passagem. Pesado e lúgubre, coberto de uma fúnebre cor de velho chumbo, o instituto eleva no céu revestido de névoas a sua cúpula severa – a famosa cúpula em que se vêm cravar todos os dias as frechas da ironia dos *novos*, mas debaixo da qual não há, em toda a França, um só homem de letras que não ambicione obter uma cadeira... e a imortalidade.

Como sentinelas do sacrário, Voltaire e Condorcet, em bronze, sobre os seus pedestais de granito, cismam, imóveis e rígidos, com o olhar perdido ao longe: e, instintivamente, quem passa por ali diminui o andar e abafa o rumor dos passos para não perturbar a meditação dessas duas vedetas da inteligência francesa – desses dois demolidores do fanatismo e da intolerância...

Poucas carruagens, poucos ônibus vêm quebrar a quietude deste canto de Paris. Em frente ao Instituto, beirando o rio, partem, de um e de outro lado da ponte, os dois cais prediletos dos bibliófilos: o cais Conti e o cais Malaquais. É aqui o reino do *bouquin*, o império do livro. Sobre o largo parapeito dos cais alinham-se, a perder de vista, as caixas dos alfarrabistas. São feias e grosseiras caixas de madeira ordinária, pintadas de negro: mas já todas conservam apenas vestígios longínquos dessa pintura – como a vaga saudade do tempo em que eram moças...

Velhos, como elas, são os livros encerrados no seu seio, à espera da visita do estudante modesto que procura um compêndio barato, ou da operária que vem à caça de um romance sentimental, ou do bibliófilo monomaníaco sempre à cata de um volume único, de uma edição primeva, de um manuscrito comido de traças, de um breviário da Idade Média...

No bojo dessas caixas anciãs, dormem em santa paz, lado a lado, entrerroçando fraternalmente as suas lombadas sujas, os mais desencontrados e disparatados produtos de engenho humano: os versos de um cançonetista de Montmartre fazem cócegas no vasto dorso das *Tábuas de Callet*; um código antigo esmaga a prosa pretensiosa de Bourget; um missal, já sem capa, não cora com a vizinhança de um volume das *Memórias de Casanova*. E não raro, nesse misturado acervo de antigualhas e de novidades, aparecem verdadeiras preciosidades bibliográficas, transviadas por ali não se sabe como...

O revendão de livros é sempre também um homem velho, embrulhado em roupas incríveis, cheirando a mofo. Os fregueses – exceção feita dos estudantes e das *grisettes* – são todos figuras de outros séculos, trazendo sobrecasacas antediluvianas, cartolas fantásticas, cabeleiras grisalhas sobrando nas costas, sobretudos no fio, com as algibeiras pejadas de folhetos – como aquela imortal figura do *Colline*, de Murger, tipo clássico do erudito boêmio, que vive, envelhece e morre estudando, e de que são sem conta os exemplares espalhados pelo Quartier Latin.

O ar que se respira aqui, entre estes monumentos, entre estes prédios vetustos, entre estes livros empoeirados, não é o ar de Paris: é o ar de Lutécia.

Paris é a margem direita, com os seus palácios, com as suas avenidas, com os seus cafés refulgentes, com os seus hotéis luxuosos, com os teatros elegantes; Paris é o esplendor dos Campos Elísios, é o luxo do *Bois*, é a *blague* de Montmartre, é o delírio e a festa perpétua dos *boulevards*, é a futilidade do prazer, é a prodigalidade dos que vêm esbanjar dinheiro nessa vasta Feira das Vaidades...

Aqui, porém, vive e subsiste Lutécia, a cidade plantada à beira do *Sequanus* pela tribo dos *Parisii*, entre os quais já o conquistador Júlio César veio achar desenvolvido o amor das artes e das preocupações do espírito...

Passo a passo, numa lenta excursão respeitosa, sigo até o cais Voltaire; enveredo pela Rua da Universidade, pela Rua Jacob, pela Rua Dauphine, parando diante das escuras lojas onde se vendem gravuras amareladas, bronzes azinhavrados, móveis decrépitos, velharias de toda a espécie – circulo todo um largo trecho da urbe venerável, e venho parar de novo no cais Conti, diante da mole pesada e melancólica do Instituto.

A tarde vai caindo e morrendo, numa síncope lenta. Os alfarrabistas vão rareando.

O sol, quase a desaparecer, consegue romper as nuvens, e despeja um feixe de raios pálidos sobre a cúpula sagrada. Um bando de pássaros, destes alegres e familiares pardais de Paris, fugidos das Tulherias e do Luxemburgo, vêm revoar em torno do zimbório, e sobre as estátuas de Voltaire e Condorcet. E, seguindo o voo jovial das aves, na luz suave do dia moribundo, cuido ver, nessa revoada, a eterna mocidade, a eterna inquietação do espírito latino sobre a velhice de Lutécia...

1904

OS PÁSSAROS DE PARIS

O título é talvez mal escolhido. Em Paris, há muitas espécies de pássaros: há, além do pardal, o tentilhão, o melro, a toutinegra, o pintarroxo, o pintassilgo, e muitos outros, muitos outros... Mas, de todos, só o pardal é, propriamente, o "pássaro de Paris". Este é parisiense legítimo, parisiense irredutível, da gema, como Gavroche, como Mimi, como Musette.

Paris está engastada dentro de um círculo de parques. A cintura verde da cidade – Boulogne, Vincennes, Saint Germain, Montmorency, Fontainebleau – forma-se de vastas florestas, não florestas rudes, criadas pela força bruta da terra, mas filhas do trabalho do homem, civilizadas, plantadas e replantadas com amor e pertinácia, todos os dias varridas, plantadas, penteadas.

Nessas matas vivem multidões de inumeráveis sortes de aves. E como no interior da cidade não há bairro que não possua dois ou três parques, todas essas aves invadem comumente o domínio urbano e vêm espiar o que fazem cá dentro os homens. Mas esses melros, esses tentilhões, essas toutinegras, esses pintassilgos, esses pintarroxos são visitantes, são ádvenas, são forasteiros: o pássaro de Paris é o pardal.

O pardal nasce, canta, ama, envelhece e morre dentro da sua cidade amada.

O pardal não compreende a vida fora de Paris. O pardal, nascido em Paris, não conhece os pardais de outras paragens. Para ele, o universo é este bocado de terra, que fica para cá das primeiras fortificações: para além, fica o mistério, fica o deserto, fica o Nada. O pardal é *chauvin*.

Quando vem o inverno; quando as árvores despidas de folhas bracejam no ar, como fantasmas, dentro de neblinas; quando a neve começa a cair; quando gela a água dos lagos e das fontes – todos os outros pássaros fogem de Paris. Mas o pardal é como a *vieille garde*: morre, mas não se rende... nem foge.

Muitos não morrem: refugiam-se sob as telhas, sob as abas das chaminés, nas frinchas dos muros, sob a pala protetora das cornijas, nas rosáceas das igrejas, dentro das gárgulas. Passam miséria negra, fome atroz; as árvores estão nuas, as janelas estão fechadas, as crianças não vão merendar nos jardins... Mas há pardais que desbancam o dr. Tanner, o Succi, todos os profissionais do jejum – e que, à maneira dos faquires da Índia, conseguem vencer a animalidade, dominar as necessidades naturais, e viver apenas de resignação e esperança... Assim, enquanto a neve cai, e Paris, órfã da luz do sol, vive amortalhada nas névoas – eles, mártires do seu bairrismo, definham e sofrem... Mas, à primeira estiada do mau tempo, ao primeiro sorriso da primavera – que desforra! Ainda nos castanheiros não despontaram os primeiros gomos verdes, berços da folhagem futura –, e já os pardais, que resistiram ao frio, sacodem as plumas, abrem o bico, ensaiam o voo, e preparam-se para gozar, em redobrada ventura, a recompensa do que sofreram. Quanto aos que morreram – morreram como heróis, no seu posto: morreram, mas não desertaram, não abandonaram o seio da sua gloriosa e amada cidade!

Está claro que o pardal de Paris não ama Paris desinteressadamente.

O amor é uma gratidão. Todos os entes vivos são mais ou menos egoístas. O pardal não é um santo: é uma criatura como todas as outras...

O pardal ama loucamente Paris – porque Paris ama loucamente o pardal. Quando um parisiense diz *"nos moineaux"*, a sua fisionomia ilumina-se, a sua voz adoça-se, os seus olhos riem. Um parisiense nunca diz: *"les moineaux"*; diz sempre: *"nos moineaux"*.

O pardal é a ave tutelar de Paris; o pardal é o símbolo da alegria de Paris; e Paris tem mais do que o amor e o culto dessa ave: Paris tem "a superstição do pardal". Nunca se viu, – mas nunca jamais! –, entre os três milhões de criaturas, que aqui vivem, aparecer uma só capaz de atirar uma pedra contra um pardal: o energúmeno que fizesse isso seria aferrolhado dentro de um hospício – se não fosse linchado na praça pública.

Em todos os jardins de Paris, há pequenas barracas em que se vendem pães, biscoitos, guloseimas. Toda a gente vai gastar todos os dias um *sou* nessas barracas: é o imposto devido ao pardal, é a contribuição de cada um para a alimentação do pardal, é a oferenda sagrada que a "religião do pardal" impõe a todos os seus crentes.

Sobre os relvados de cada jardim, revoam a todo o instante nuvens dessas aves ditosas. Dizem as estatísticas que Paris tem três milhões de habitantes... Oh! a estupidez das estatísticas, que deixam de parte os pardais! Contando os pardais, Paris tem cinquenta milhões de almas! E é preciso contá-los: porque o pardal de Paris é uma criatura social, civilizada, que não foge ao convívio humano, que não tem medo do animal *homo*. O pardal sabe que, em Paris, a sua vida não corre perigo; e, em minha humilde opinião, em cada um dos pequeninos cérebros dessas aves existe a ideia fixa, inabalável, segura, da imortalidade, da soberania, da inviolabilidade, da supremacia da raça dos pardais.

O pardal de Paris tem um artigo de fé: "a Terra foi feita para uso e gozo dos pardais; e todos os entes, a quem a Natureza não deu a honra e a glória de ser pardais, foram criados unicamente para servir os pardais!".

Às vezes, cansados da frescura dos jardins, esses garotos alados vêm espairecer pelos grandes *boulevards*: visitam os castanheiros, pousam nos postes da iluminação elétrica e reúnem-se sobre os toldos dos cafés; de onde ficam a mirar a passagem dos carros, o desfilar dos ônibus, a ostentação das *toilettes* ricas... E, quando verificam que tudo vai bem, que os *boulevards* estão cheios de gente, que o dinheiro de toda a Terra continua a sustentar a prosperidade de Paris – voltam para as suas árvores, e para os seus canteiros, onde lhes não faltam pedaços de pão macio, de bolos açucarados, de frutas saborosas.

Há em Paris uma profissão singular: a "dos professores de pardais". Um desses sujeitos passa todas as suas tardes nas Tulherias, em companhia dos pássaros. Há outro que trabalha no jardim do Palais Royal, e outro que exerce a sua profissão no jardim do Luxemburgo.

Mas o das Tulherias é o mais popular. Esse homem é uma das curiosidades de Paris. Perguntar: "já foi ver o professor dos pardais?" é aqui tão comum como perguntar: "já foi ver o túmulo de Napoleão?" ou "já subiu à torre Eiffel?".

O professor dos pardais das Tulherias é um homem de cinquenta anos, mais ou menos, de fisionomia simpática, sob uma basta cabeleira grisalha. É baixo, magro, leve: o seu andar é miúdo e ligeiro – como um andar de pássaro; e há também alguma coisa de pássaro na sua face – no nariz adunco, no piscar dos olhos apertados, no queixo fugitivo. A convivência dos pássaros deu-lhe um caráter indeciso, intermediário, equívoco – entre homem e ave.

Não pode haver, para um poeta, espetáculo mais cativante e enternecedor do que o das relações desse homem privilegiado com os pardais.

Às três horas da tarde, pontualmente, o professor chega ao jardim e instala-se no seu posto habitual, não longe da dupla rampa que vai ter à Praça da Concórdia. Os seus amigos e discípulos, os pardais inteligentes e solícitos, acorrem todos para saudá-lo, numa revoada ansiosa. Forma-se logo, em torno do professor e dos alunos, um círculo de espectadores. E o espetáculo começa.

Cada um dos discípulos tem um nome. Este é *Garibaldi*, aquele é *Napoleon*, aquele outro é *Guguste*. Um é *Poil-au-bec*, outro é *Patte-en-l'air*, outro é *Piou-piou*. A brigada tem uma disciplina sem par. Quando o professor chama *Garibaldi*, é *Garibaldi* o único que se adianta, seguido pelo olhar invejoso de todos os outros. Quando o professor, atirando longe um pedacinho de pão, diz: *"voilà pour toi, Napoleon!"* – nenhum dos outros se atreve a disputar a *Napoleon* essa dádiva generosa do mestre. Depois, começam as evoluções militares: *"Poil-au-bec au centre! Guguste à droite! Piou-piou à gauche!"* – e todos eles, num pipilo inquieto, vão tomando seus lugares, em ordem, com uma concentrada atenção que lhes arrepia as penas. Depois, há um bailado. A principal figura é *Patte-grise*, que é mulher, e forma o centro da roda, dando uns saltinhos cômicos, que contrastam com a serenidade da sua face imperturbável... Depois, há a ordem de debandar e o rega-bofe: uma chuva de pedacinhos de pão, e toda a brigada, numa algazarra festiva, cai sobre o banquete opíparo, – enquanto o mestre, que também precisa de comer para viver, vende aos espectadores bilhetes postais ilustrados...

Os milagres do carinho, os prodígios que o amor e a paciência operam!...

Há em Paris cem mil indústrias e profissões. Mas não conheço outra indústria tão bela, outra profissão tão doce do que a deste adestrador de pardais, pedagogo das criaturinhas aladas – obscuro e humilde camelô em que vive a gloriosa bondade de um S. Francisco de Assis.

1904

O BURRO

O burro? Que ninguém se espante. O burro está na ordem do dia. O burro é o principal assunto. O burro já figura no *Diário Oficial*!

Quem há, por aí, que leia o *Diário Oficial*? Quase ninguém. Pois é pena. Quem fizesse anteontem o sacrifício de folhear as 24 páginas desse massudo repositório de decretos teria diante dos olhos os estatutos de uma companhia de seguros sobre a vida dos burros.

Dos burros, senhores! ninguém leu mal: dos burros!

Ó burro! ó doce e paciente animal, que já o meigo Anacreonte celebrava em versos de ouro, e que já todos os velhos gregos, na Arcádia, prezavam! só te faltava esta calamidade... Porque a idade moderna, ó burro suave, tem esquecido os teus méritos ingratamente, e ingratamente ofendido o teu nome...

Antigamente, não! Jacó, quando quis aplacar a cólera de Esaú, ofereceu-lhe um burro, símbolo da paz, da concórdia e da reconciliação. Quando Sansão quis exterminar os idólatras, não se serviu de uma queixada de cavalo, senão de uma queixada de burro. Qual foi o animal que reprochou a Balaão os seus pecados? Foi uma burra. Qual foi o animal que suportou o doce peso de Jesus, no dia de Ramos, quando o Salvador entrou as portas de Jerusalém? Foi um burro...

Que animal montava o deus Baco, quando se partiu a conquistar as Índias? – Um burro!

Isso para somente falar da idade bíblica e da idade mitológica... Mas, ó quase divino animal! o último homem que te tratou com carinho foi aquele faceiro, aquele fidalgo, aquele encantador amigo de todos os animais – que se chamou Buffon.

Esse, sentou-se um dia diante de uma bela folha de papel, ajeitou em torno dos pulsos os seus belos punhos de finas rendas, talhou a sua mais linda pena de pato – e, com um sorriso de bondade na face repousada, começou a traçar o teu retrato:

> Humilde e paciente, suporta com coragem os castigos, alimenta-se sobriamente de ervas... Quando tem sede, só bebe água límpida, em fontes e riachos que já conhece; não se espoja, como o cavalo, rebolcando-se na lama; até chega a ter medo de molhar os pés, e cuidadosamente evita as poças d'água... Ama com furor e defende a prole até a morte... É alegre, brincão e leve na mocidade: só fica teimoso e mau, quando o sofrimento lhe mostra, depois de muitas provações, que os homens são realmente maus...

Ah! depois dessa bela ode de Buffon, que é que tens tido, dos homens, ó paciente e humilde trabalhador? Chicotadas, murros, jejuns, desprezo, abominação e maldições... Onde se vai o tempo em que eras cantado pela musa de Anacreonte?

Os viajantes medrosos, temendo a altivez do cavalo e a sua independência, é sobre o teu dorso que viajam; e, como todos os covardes são maus, as tuas pobres virilhas sangram, esporeadas de minuto em minuto, e o teu pobre pescoço perde o pelo, à força de receber chibatadas... Depois, metem-te entre os varais de uma carroça, e matam-te a pancada... E ninguém tem pena de ti, quando comido de lazeira, e carregado de anos, de orelha murcha e focinho cheirando o chão, ficas abandonado no caminho; e ninguém te dá um pouco de capim fresco... ninguém te mitiga a sede de moribundo... e as crianças atiram-te pedras... E, ó cúmulo da maldade! os homens, quando querem dizer que um homem tem o cérebro tapado como um muro de enxovia – chamam-lhe... burro!

Agora, já te não falta calamidade nenhuma: já há uma companhia que te segure a vida e a saúde, em proveito... de quem te possuir. O carroceiro, agora, já nem terá medo de multiplicar sobre o teu pobre lombo as tagantadas: – saberá que, se morreres, uma companhia lhe pagará a tua vida em dinheiro.

Ah! desgraçado! até agora, quando morrias, estourado, o teu dono derramava lágrimas sobre o teu cadáver... Não eram as lágrimas da compaixão: eram as lágrimas do interesse lesado. Mas sempre eram lágrimas. Agora nem isso. Burro morto, burro posto. E assim como há quem ponha fogo às casas, para haver o dinheiro das companhias de seguro, haverá quem mate burros – porque haverá burros que mais valham mortos que vivos...

O burro no seguro! – não é verdadeiramente fim de século?

1896

CONTRA A ELETRICIDADE

Certo amigo meu odeia e amaldiçoa a eletricidade: abomina-a, como assassina da poesia, como distribuidora de uma luz excessiva e escandalosa, que já nos não deixa gozar a melancolia das penumbras, em que medra tão bem a delicada flor do sonho.

Foi anteontem, sexta-feira, que ele se desmanchou, depois de um calmo jantar, em invectivas contra a luz elétrica.

Sexta-feira agoniada, em que muita gente, forçada a sair à noite, teve de ressuscitar o uso daquelas lanternas de que se serviam os cariocas de 1820, quando, caso raro, tinham de atravessar a cidade depois do toque de recolher.

Jantáramos juntos, quatro amigos, num amplo terraço deslumbradoramente iluminado por festões de lâmpadas elétricas. Tendo começado a jantar ao cair da noite, não sabíamos que a cidade lá fora estava às escuras, amortalhada na treva espessa. Descemos, saímos: e doeu-nos nos olhos a escuridão, pondo-nos na alma um vago susto.

Seria uma revolução?

Raros lampiões estavam ainda acesos: um pequenino ponto luminoso, trêmulo e vago, piscando, de espaço a espaço, nas ruas lúgubres, cheias do espantado vozeio da multidão invisível. O céu, coberto de nuvens negras, pesava sobre a cidade. Trevas em cima, trevas embaixo; e cada rua era um túnel, onde os passos dos transeuntes soavam funereamente.

Somente a Avenida Central, região encantada, onde impera a Fada Eletricidade, conservava o seu habitual esplendor: e a faiscação das suas altas lâmpadas, e a ornamentação fulgurante dos cinematógrafos, que a bordam de um lado e de outro, contrastavam impressionadoramente com o negror do resto da cidade.

Toda a multidão afluía para a grande via esplêndida. A multidão tem medo da treva... Os cafés transbordavam gente; e, à porta de cada cinematógrafo, uma longa cauda de povo se formava, assaltando a bilheteria. Toda aquela turba queria ficar fora de casa: a casa, sem gás, é um túmulo.

Nós quatro, conversando, comentávamos o caso.

Não era a mazorca, felizmente. Havia, apenas, uma parede dos operários da companhia do gás. Parede pacífica e platônica, que bem depressa acabaria, como as outras, continuando os pobres trabalhadores a contentar-se com promessas, e prestando o Estado o auxílio da sua força ao Capital, como essa solidariedade que une todos os tiranos numa inquebrantável aliança ofensiva e defensiva...

Dos quatro, que passeávamos, um era um velho carioca, já cinquentão, e tão amigo da sua cidade que nunca daqui saiu – nem para ir a Mendes ou à Barra do Piraí.

E enquanto os outros, com entusiasmo, entoávamos um coro de louvores à Fada Eletricidade, ele caminhava, resmungando coisas incompreensíveis.

Louvávamos a grande Fada, que suspendia sobre as nossas cabeças aqueles globos fulgurantes, e estendia ao longo dos prédios aqueles pendões de luminárias brancas, amarelas, verdes, vermelhas, formando letras e dísticos, aglomerando-se em estrelas e crescentes, dando à Avenida um aspecto de zona de milagre, dotada de uma vegetação fantástica de flores e frutos de fogo.

Mas, levados pelo acaso do passeio, enveredamos por uma das ruas transversais, e de novo a noite nos cobriu, nos rodeou, nos embrulhou no seu manto sinistro. E foi então que o nosso companheiro cinquentão falou, combatendo o nosso entusiasmo:

– A eletricidade! Se vocês soubessem que alívio é para mim um passeio como este, por uma rua trevosa! Já estou cansado de tanta luz... Ainda sou do tempo dos lampiões de azeite. A cidade era pobre, paupérrima. E, como pobre, e honesta, não tinha luxos. Todos jantavam, em casa, às quatro da tarde. Depois, um pequeno passeio, uma partida de gamão e uma discussão política nas boticas, uma ou outra novena, uma ou outra visita, e, de longe em longe, um fogo de artifício. Jesus! atualmente, o fogo de artifício é cotidiano e perpétuo! Esta orgia de luz embebeda-me, alucina-me, cega-me! Abençoada seja esta parede, que nos vem dar um pouco de repouso aos olhos e às almas! Continuemos a passear por aqui, por estas calmas ruas que ainda os postes da Light não invadiram... Tenho a impressão de estar revivendo o tempo antigo. Antigamente, todo o Rio era assim...

Um de nós bocejou:

– Não sei que poesia se pode achar na treva...

O cinquentão inflamou-se:

– Quer você saber qual é o grande crime da eletricidade no Rio? Matou a poesia do luar! Os nossos luares, neste céu incomparável, sempre foram famosos. No inverno carioca, uma noite de lua cheia, no céu escampo, em que desfalecem e morrem todas as estrelas ofuscadas, é uma maravilha sem par, cuja contemplação dá poesia e imaginação a todas as criaturas – até aos muares das carroças do lixo e aos cachorros vagabundos. O luar do Rio! foi por causa dele que esta cidade teve tantos poetas, no tempo em que ainda havia poetas. Agora, há... cronistas e burocratas, como este que aqui vai conosco, e que é adorador da eletricidade. Quem faz caso do luar, hoje? Nem o podemos ver; nem levantamos os olhos para o céu; as avenidas e as lâmpadas elétricas cativam toda a nossa atenção; vivemos a olhar o asfalto ignóbil que calcamos aos pés. E ninguém mais vê o luar, quando ele cascateia em rios de prata pelo pendor das montanhas, e mergulha gládios rutilantes na face arrufada do mar, e chora chuveiros de pérolas entre os ramos das árvores. A eletricidade matou o luar!

Tínhamos chegado ao velho Largo do Paço. O jardim, Osório, o chafariz histórico, tudo dormia, sob a capa das trevas. Mas, de repente, rasgou-se uma larga brecha na muralha das nuvens que forravam o céu; e um luar admirável, límpido, de uma brancura e de uma maciez de arminho, suavemente se espalhou sobre a dormente amplidão dos canteiros, dos relvados, das calçadas de cimento. Os oitis animaram-se, bracejaram, vestidos de prata viva. Osório agitou-se sobre o cavalo de bronze, nessa existência fictícia que a fantasmagoria do luar dá sempre às coisas inanimadas. O mar, ao longe, resplandeceu, retalhado por uma larga faixa fúlgida e tremente. Ficamos os quatro extáticos, suspensos, gozando o espetáculo magnífico. E o cinquentão exclamou, abrindo os braços, com um ar de beatitude na face:

– Abençoada seja a parede dos gasistas, que nos permite ver em toda a sua majestade divina, sem o contraste odioso e concorrência indigna da luz artificial, a tua luz incomparável, ó Diana formosa, caçadora de estrelas, mãe de todos os sonhos, consoladora dos tristes!

Todos nós dissemos:
– Amém!

Cerrou-se de novo o véu das nuvens. Dura tão pouco o que é belo!...

Retrocedemos, e enfiamos os passos pela Rua da Assembleia, escuríssima; longe, irradiava o clarão da Avenida. E o nosso amigo, cerrando o punho, bradou, naquela mesma voz tonitruosa com que o padre Júlio Maria amaldiçoa o pecado e os pecadores:

– Maldita sejas, Fada perversa, inimiga do luar, Satânia abominável, filha de Belzebu!

1905

O VÍCIO LITERÁRIO

Um jornal assinalou ontem uma feição nova do Rio:

> O aspecto dos pontos urbanos em que se vendem jornais. Feição nova, não propriamente pelos pontos, que são antigos, mas pelo estoque exposto, que é agora mais volumoso. Com efeito, o Rio conta hoje nada menos de doze diários, sendo oito da manhã, três da tarde e um da noite. Assim, a exposição dos vendedores é mais vasta e as pilhas de folhas mais altas. E há ainda os semanários, que orçam por número equivalente, alguns jornais dos estados e alguns suplementos ilustrados de jornais estrangeiros.

Seria esta uma novidade consoladora, se não soubéssemos, como afirma o próprio jornal, que o número dos leitores dos jornais diários, no Rio, fica muito aquém de cem mil...

O forasteiro, que por aqui passasse, observando as nossas coisas pela rama, ficaria realmente admirando a nossa cultura: porque deveria ser intensamente culta uma cidade que sustenta oito jornais diários. Mas, se disséssemos a esse forasteiro que os analfabetos, na população desta cidade, estão na proporção de dois para um, o homem escancararia os olhos, não podendo compreender a simultaneidade e a coincidência dessa prosperidade da imprensa com a falta de instrução popular.

Para fazer cessar o seu pasmo, e restituir-lhe o equilíbrio cerebral, seria preciso que lhe explicássemos longamente muitas coisas – entre as quais esta, que é de explicação difícil: a prosperidade da imprensa é apenas aparente, e constitui somente um dos sintomas de certo vício, que é muito nosso – o vício literário.

Não é sem razão que se diz que "o mundo é malfeito". Muito malfeito! O homem é fraco, as virtudes são poucas, os vícios são muitos, o caminho que leva à felicidade é um só e escarpado, e as estradas que levam à ruína são várias e lisas...

Há mais vícios do que virtudes – e cada dia se inventam vícios novos. E, se é verdade que foi Deus quem fez estas e o Diabo quem inventou e inventa aqueles – é força confessar que o gênio do mal tem muito mais imaginação e muito mais fertilidade criadora do que o gênio do bem...

Mas, de todos os vícios velhos e novos da sociedade brasileira, estou em dizer que o mais espalhado e pernicioso é o literário.

Só quem vive rabiscando crônicas e notícias para os jornais é que pode saber como é espantosamente numerosa a produção literária no Brasil. Não há dia em que não cheguem a cada escritório de jornal três ou quatro volumes de versos e novelas. Vêm do extremo norte, do extremo sul, dos sertões, do centro, de todos os pontos do vasto país. Já houve uma semana em que recebi (não há nisto o menor exagero!) dezoito livros de poesias!

"Publicar um livro!" – é o sonho de todos os adolescentes, e até de todos os homens maduros, nesta harmoniosa terra em que todos os sabiás são poetas e todos os homens são sabiás.

E todos esses livros são editados pelos próprios autores! E, quando se pensa no resultado prático e benéfico, que para a indústria, o comércio, a lavoura, as ciências, as artes, e a instrução do povo, se tiraria de uma outra e melhor aplicação do tempo, do dinheiro, do esforço intelectual, da energia moral, da paciência, da esperança que se gastam inutilmente com a concepção, a composição e a impressão de todos esses folhetos líricos – não se pode deixar de sentir certo rancor contra os velhos poetas e os velhos críticos que, afirmando ser a nossa raça a mais lírica de toda a Terra, injetaram em nós este terrível e avassalador veneno da mania literária!

Verdadeira mania, verdadeira doença... Compreender-se-ia bem a nossa superprodução literária, se neste país houvesse leitores. Mas não há. As edições dos livros e folhetos que se publicam não saem das tipografias: o autor manda brochar cem ou duzentos exemplares que dá aos amigos; e o resto da tiragem é dado em pasto às traças vorazes, quando não é vendido a peso, para embrulhar manteiga...

Mas o mal não seria grande, se essa mania apenas se manifestasse por meio da publicação contínua e torrencial de folhetos de versos e contos...

O que há de terrível neste vício é que fazemos literatura em tudo, e a propósito de tudo, em todas as idades, em todas as classes, em todas as profissões. É um horror! Há literatura nas mensagens presidenciais, nos relatórios dos ministros, nos artigos de fundo, nos noticiários, nos anúncios, nos compêndios de matemática, nos tratados de anatomia, nos códices de farmácia, nas teses de doutoramento, nas balas de estalo, nos anais do parlamento, nas revistas científicas, nos manuais de escrituração mercantil, nas tábuas de logaritmos, e até nos quadros estatísticos!

Ainda há poucos dias, tendo necessidade de verificar alguns apontamentos sobre a meteorologia do Rio de Janeiro, consultei um livro de demografia, escrito por um "homem prático", por um "homem de ciência" – desses que têm a vida regulada como o movimento de um cronômetro, e declaram sempre desprezar a poesia, preferindo passar um ano no hospício entre malucos a passar uma hora num café entre poetas.

Pois aqui tendes a frase que encontrei no livro desse homem; aqui a tendes, sem a alteração de uma vírgula nem de uma letra:

> A cidade é sempre *suavemente acariciada* pelas brisas; de manhã, e à noite, há os *zéfiros chamados terrais*; e, quando, à tarde, eles deixam de *amenizar a temperatura*, aparecem *as auras consoladoras do mar...*

Os zéfiros chamados terrais! as auras consoladoras do mar!

Fechei o livro – e fui procurar informações meteorológicas... nas *Liras* de Dirceu.

O fato de existirem tantos jornais em uma cidade em que quase ninguém lê jornais é uma das consequências desse vício literário.

Ainda no colégio, fundamos jornaizinhos manuscritos, em que ensaiamos o primeiro voo. Não há liceus, nem escolas, nem faculdades superiores, nem clubes literários que não tenham os seus jornais. Agora, até as tavernas e os armazéns de secos e molhados têm jornais: *O Farol do Barateiro, A Atalaia dos Fregueses, O Bom Mercado, A Estrela do Bom Toucinho, O Arauto da Carne-Seca...*

Quem é capaz de dizer quantos jornalistas há no Rio de Janeiro? O jornalismo é a baía salvadora em que vêm ancorar os náufragos de todas as outras profissões. Todo o homem que não pode aqui intitular-se outra coisa logo se lembra de intitular-se jornalista. As confeitarias, os botequins, os teatros, os clubes de dança, as casas de jogo, todas as casas e todas as ruas da cidade estão cheias de jornalistas!

Mas, enfim, quem lê todos esses jornais? Lemo-los nós, que os fazemos – assim como também os livros de versos são lidos pelos autores. É um caso de... Não! não posso escrever a comparação que o caso me sugere!

E, enquanto isso – nada se faz para criar um público. O analfabetismo progride, engrossado pelas levas de imigrantes que nos chegam da Europa. De onde vêm os povoadores que atrai a Diretoria do Povoamento? Não vêm da França, nem da Suíça, nem da Inglaterra, nem da Alemanha do Norte, nem da península escandinava, onde não há homem adulto ou adolescente que não saiba ler e escrever: – vêm das penínsulas meridionais da Europa, e da Polônia, e da Armênia, onde há aldeias inteiras que nunca viram uma carta de *abc*...

Como se o número dos analfabetos nacionais não fosse considerável! Ainda ontem, ao jantar, como falássemos dessas coisas que sempre me preocupam, disse-me um amigo: "Quer você horrorizar-se? Pois, ouça isto! Há algum tempo, estive, em Minas, em uma pequena povoação chamada *Os Teixeiras*, a quatorze léguas de Belo Horizonte, no município de Itaúna, perto do Rio Paraopeba. Essa aldeia tinha 237 habitantes – e desses 237 habitantes apenas dois sabiam ler!".

Não tratamos de criar um público – nem de criar um povo livre. Estamos criando um povo de escravos.

E fundamos jornais, e publicamos livros de versos e de novelas, e de dia em dia nos dedicamos com maior ardor ao vício literário...

E esse vício é mais enganador e mais alucinador do que o do ópio, porque até nos dá esta ilusão de delírio vesânico: a existência de uma literatura nacional em um país que não sabe ler!

1905

ALMAS PENADAS

Outro fantasma?... é verdade: outro fantasma. Já tardava. O Rio de Janeiro não pode passar muito tempo sem o seu lobisomem. Parece que tudo aqui concorre para nos impelir ao amor do sobrenatural: o aspecto melancólico da cidade, estas ruas estreitas, estas casas baixas, e, sobretudo, este resíduo de carolice e de *bigotismo* que a educação portuguesa nos deixou na alma.

Agora, já se não adormecem as crianças com histórias de fadas e de almas do outro mundo. Mas, ainda há menos de cinquenta anos, este era um povo de beatos, de papa-santos e jacobeus. Que os homens maduros, que lerem estas linhas, se recordem das lendas ouvidas quando meninos...

Hoje, era a complicada história de um lobisomem,

> filho nascido depois de uma série de sete filhas, que todas as terças e sextas-feiras saía, pela calada da noite, a correr o fado, visitando sete adros, sete vilas, sete partidas do mundo, sete outeiros, sete encruzilhadas, até que uma alma caridosa dizia sete vezes *Ave-Maria*, e ele rebentava dando um grande estouro...

Amanhã, era o caso de uma pobre alma penada, condenada a viver no gonzo de uma porta; depois, o estranho sucesso de uma casa cujas janelas se abriam e fechavam por si mesmas, ou cujos corredores se enchiam de repente do retinir de correntes invisíveis. Enfim, todo um mundo de tolices e de fantasias.

Os tempos melhoraram, mas guardam ainda um pouco dessa primitiva credulidade. Inventar um fantasma é ainda um magnífico recurso para quem quer levar a bom termo qualquer grossa patifaria. As almas simples vão propagando o terror, e, sob a capa e a salvaguarda desse temor, os patifes vão rejubilando.

O novo espectro que nos aparece é o de Catumbi. Começou a surgir vagamente, sem espalhafato, pelo pacato bairro – como um fantasma de grande e louvável modéstia. E tão esbatido passava o seu vulto na treva, tão sutilmente deslizava ao longo das casas adormecidas – que as primeiras pessoas que o viram não puderam em consciência dizer se era duende macho ou duende fêmea. Alguns juraram ter visto sobre o peito branco do trasgo espessos rolos de veneráveis barbas; outros falavam de pálidas feições de mulher moça; outros afirmavam ter percebido, entre as dobras de um capuz alvo, as rugas e o nariz adunco de uma face de mulher velha. O fantasma não falava – naturalmente por saber de longa data que pela boca é que morrem os peixes e os fantasmas... Também, ninguém lhe falava – não por experiência, mas por medo. Porque, enfim, pode um homem ter nascido num século de luzes e de descrenças, e ter mamado o leite do liberalismo nos estafados seios da Revolução Francesa, e não acreditar nem em Deus nem no Diabo – e, apesar disso, sentir a voz presa na garganta, quando encontra na rua, a desoras, uma avantesma...

Assim, um profundo mistério cercava a existência do lobisomem de Catumbi – quando começaram de aparecer vestígios assinalados de sua passagem, não já pelas ruas, mas pelo interior das casas. Não vades agora crer que se tenham sumido, por exemplo, as hóstias consagradas da igreja de Catumbi, ou que os empregados do cemitério de S. Francisco de Paula tenham achado alguma sepultura vazia, ou que algum circunspecto pai de família, certa manhã, ao despertar, tenha dado pela falta... da própria alma. Nada disso. Os fenômenos eram outros. Desta casa sumiram-se as arandelas, daquela outra as galinhas, daquela outra as joias... E a polícia, finalmente, adquiriu a convicção de que o lobisomem, para perpétua e suprema vergonha de toda a sua classe, andava acumulando novos pecados sobre os pecados antigos, e dando-se à prática de excessos menos merecedores de exorcismos que de cadeia.

Dizem as folhas que a polícia, competentemente munida de bentinhos e de revólveres, de amuletos e de sabres, assaltou anteontem o reduto do fantasma.

Um jornal, dando conta da diligência, disse que o delegado achou dentro da casa sinistra – um velho pardieiro que fica no topo de uma ladeira íngreme – alguns objetos singulares que pareciam instrumentos "pertencentes a gatunos". E acrescentou: "alguns morcegos esvoaçavam espavoridos, tentando apagar as velas acesas que os sitiantes empunhavam".

Esta nota de morcegos deve ser um chique romântico do noticiarista. No fundo da alma de todo repórter há sempre um poeta... Vamos lá! nestes tempos, que correm, já nem há morcegos. Esses feios quirópteros, esses medonhos ratos alados, companheiros clássicos do terror noturno, já não aparecem pelo bairro civilizado de Catumbi. Os animais, que esvoaçavam espavoridos, eram sem dúvida os frangões roubados aos quintais das casas...

Ai dos fantasmas! e mal dos lobisomens! o seu tempo passou. Hoje, quando aparecem, dispostos a visitar "sete adros, sete outeiros e sete partidas do mundo" arriscam-se – tarefa muito menos bela! – a visitar... sete estações policiais...

1902

FORA DA VIDA...

Perco-me muitas vezes, por dever profissional, visitando escolas, no alto destes morros que intumescem de espaço a espaço a topografia do Rio de Janeiro – Conceição, Pinto, Livramento, confusos dédalos de ladeiras íngremes, em que se acastelam e equilibram a custo casinhas tristes, de fachadas roídas e janelas tortas, cujo conjunto dá a impressão de um asilo de velhas desamparadas e inválidas, encostando-se e aquecendo-se umas às outras.

É uma cidade à parte...

O Rio já é uma aglomeração de várias cidades, que pouco a pouco se vão distinguindo, cada uma adquirindo uma fisionomia particular, e uma certa autonomia de vida material e espiritual. O bairro de Copacabana, por exemplo, um bairro nascido ontem, já tem a sua população fixa, o seu comércio, os seus passeios, os seus clubes – e até o seu jornal, *O Copacabana*, uma folha diária cujos redatores escrevem gravemente "os interesses de Copacabana", como escreveriam "os interesses de Roma, ou de Berlim, ou de Nova York"...

Mas de todas essas cidades, que formam a federação das urbes cariocas, a mais original é a que se alastra pelos morros da zona ocidental, e onde vive a nossa gente mais pobre, denso formigueiro humano, onde habitualmente se recruta o pessoal barulhento das bernardas, de motins contra a vacinação obrigatória, contra o aumento do preço das passagens dos bondes, contra a fixação do peso máximo das carroças.

É essa a mais original das nossas subcidades. A mais original e a mais triste. Algumas ladeiras desses morros não conheceram nunca, por contato, ou sequer de vista, uma vassoura municipal. Em muitas delas, apodrecem lentamente ao sol, durante semanas e semanas, sob nuvens de moscas, cadáveres de galinhas e de gatos. E as faces humanas que por lá se encontram têm quase todas esse ar de asiática indiferença que vem do largo hábito da miséria e do desânimo.

Indiferença por tudo, pelo prazer e pelo sofrimento, pela vida e pela morte...

Há nesses morros muita gente que nada sabe do que se passa cá embaixo, e cujo espírito só tem como horizonte vital o espaço limitado por duas ou três ladeiras tortuosas e sujas.

Há poucos dias, no Morro da Conceição, lá no alto, encontrei uma velha mulher, lavadeira, que não vem ao centro da cidade há 33 anos! Trinta e três anos – toda uma existência!

Foi ali morar, em 1874 e ali tem vivido, sem curiosidade, sem desejos, sem aspirações, ganhando o minguado pão, vendo todos os dias as mesmas pessoas, dormindo todas as noites o mesmo sono, sem compreender a significação do barulho que estronda na planície – conflitos, festas, tragédias, apoteoses, revoluções, lutos, glórias, desgraças... Fizemos cá embaixo a Abolição e a República, criamos e destruímos governos, passamos por períodos de vacas gordas e por períodos de vacas magras, mergulhamos de cabeça para baixo no sorvedouro do Encilhamento, andamos beirando o despenhadeiro da bancarrota, rasgamos em avenidas o velho seio urbano, trabalhamos, penamos, gozamos, deliramos, sofremos – vivemos. E, tão perto materialmente de nós, no seu morro, essa criatura está há 33 anos tão moralmente afastada de nós, tão separada de fato da nossa vida, como se, recuada no espaço e no tempo, estivesse vivendo no século atrasado, e no fundo da China ou da Austrália...

Não sei se é desgraça ou felicidade, isso. Talvez seja felicidade: vibrar é sofrer; quando não é sofrer, é fazer sofrer; e essas criaturas apagadas e tristes, apáticas e inexpressivas, que vivem fora da vida, se não têm a glória de ter praticado algum bem, podem ao menos ter o consolo de não ter praticado mal nenhum, consciente ou inconscientemente...

1908

TIPOS DA RUA

Desapareceu o último dos nossos velhos "tipos da rua". Já lá se foram o "Vinte e Nove", o "Tangerina", o "Pai da Criança", o "Caxuxa", sem falar dos velhíssimos, como o "Castro Urso", o "Natureza" e o "Obá", que os mancebos de hoje já não conheceram. Dos mais recentes, o único sobrevivente era o "Grito de Sogra", bufarinheiro de bonecos e dixes, que também já está a esta hora, no outro mundo, a fazer companhia aos seus companheiros de celebridade barata.

Vi o "Grito de Sogra", pela última vez, na Avenida, ao sol da tarde, muito velho, muito sujo, muito murcho, vendendo balões de borracha. Mas já não os apregoava: já não tinha voz. E os balões de borracha estavam também velhos e murchos como ele... Creio que foi essa a única vez que o pobre homem apareceu na Avenida: ficou tonto e apavorado com aquela amplidão, com aquele barulho, com aquela luz – e, sentindo-se um anacronismo, desapareceu para sempre. Daqui a pouco, aparecerão outros: não há cidade que possa viver sem os seus "tipos da rua", sem as suas celebridades grotescas... ou sérias.

Não riamos da celebridade dos "tipos da rua"! É uma celebridade de motejo e assuada, mas, essencialmente, vale tanto quanto as outras de entusiasmo e aplauso. Todas nascem de um capricho, e todas morrem por outro capricho do acaso. A moda não regula e governa apenas a largura das calças dos homens e a forma do penteado das senhoras: regula e governa tudo.

Há famas que enobrecem e famas que aviltam. Mas, como quem dá a fama é a multidão ignorante e inconsciente, tão pouco vale a fama que provoca a inveja, como a fama que provoca o riso. Felizes os que aceitam a notoriedade somente como um acidente inevitável na vida, e não fazem dela toda a sua preocupação e todo o seu cuidado. Mas quais são e onde estão esses felizes? Nós todos damos o pão da boca e a tranquilidade do coração por uma hora de popularidade...

Tipo da rua ou magnata do pensamento, da palavra ou da ação – o homem célebre nunca se deveria orgulhar muito com essa glória, conferida pela tolice da multidão, que tanto prestigia os vendedores de balões de borracha como os servidores da ideia e do belo.

E, afinal, as celebridades grotescas, se duram pouco, não duram muito menos do que as outras. Celebridades políticas, literárias, artísticas passam, também, dissipam-se, extinguem-se. Daqui a um mês, já ninguém se lembrará do "Grito de Sogra": daqui a cem anos, já ninguém se lembrará de nós – ó meus companheiros de fugaz nomeada, ó poetas, ó políticos, ó artistas, ó agitadores de ideias! Umas celebridades morrem em trinta dias, outras morrem em um século: que vale essa diferença, diante da eternidade do tempo, que não teve princípio e não terá fim?

Carlyle escreveu, no prefácio d'*Os herois*, que "a História é a biografia dos grandes homens". Mas um grande homem, um verdadeiro "grande homem" só aparece na Terra de século em século. E, às vezes, o intervalo é muito maior: entre Sófocles e Dante foi de dezesseis séculos...

Não riamos da celebridade dos "tipos da rua"! É uma celebridade como qualquer outra...

1909

NO JARDIM BOTÂNICO

Tive saudade de uma velha amiga: a formosa palmeira-real de d. João VI. E tive saudade do velho Jardim Botânico, em que pompeia aquela rainha, gloriosa anciã sempre moça, mãe dos milhares de palmeiras que verdejam e sorriem no Rio de Janeiro.

Fui encontrá-la, no recanto do parque em que vive desde 1809, com o sopé do caule protegido por um gradil de ferro, mais bela e jovem do que nunca. Levantei os olhos. Pelo espique acima, viçam os liquens, as úsneas, os epidendros de verde desmaiado – multidão de seres fracos que se agarram à pele rugosa do colosso, vivendo à farta da seiva generosa que nela circula. Lá em cima, a 35 metros do solo, balança-se a copa rutilante, como o cocar de um cacique monstruoso, movendo brandamente na luz os seus grandes leques abertos.

As plantas, que se agacham aos pés da rainha, timidamente, se prostram como um bando de escravas. E a palmeira-real, altíssima e soberba, domina todo o Horto. Devem ter ciúmes, devem invejá-la os coqueiros indígenas, as mangueiras de coma alastrada, as gameleiras cobertas de barbas-de-velho, as soqueiras de bambus que gemem com o vento, os gigantescos eucaliptos, e a velha jaqueira a cuja sombra, como reza a tradição, costumava repousar frei Leandro do Sacramento, organizador e primeiro diretor do Horto Fluminense.

Mas, com certeza, quem mais deve odiar a palmeira de d. João VI é uma certa árvore, que está logo à esquerda do portão principal do jardim: segundo Barbosa Rodrigues, essa planta é o único representante, hoje existente, da floresta virgem que cobria outrora a região. É um itó, uma relíquia de outra eras, um companheiro remanescente da raça livre e selvagem que desapareceu. À noite, quando o vento o sacode, quem sabe se o barulho das suas folhagens não é o dizer de uma queixa? Talvez o velho itó esteja dizendo:

> Por que aqui me deixaram abandonado e feio, a mim, filho da selva primitiva, que dei agasalho e sombra aos tamoios, que tantas vezes escutei o rumor da poracé bárbara, que tantas vezes fui testemunha das batalhas, das festas e dos sacrifícios das tribos – por que aqui me deixaram para assistir, humilhado, ao triunfo irritante dessa pedante estrangeira, vinda da ilha de França? Sozinho, de toda a minha raça, aqui vejo a forasteira desmanchar-se em filhos: todos os anos, abre-se a sua longa espata, carregada de sementes; e eu, deserdado e infecundo, sem beleza e sem descendência, vejo de junto deste portão estender-se diante de mim, a perder de vista, a imensa alameda das filhas da pérfida usurpadora...

Mas a palmeira-real, se ouve e compreende essa queixa, deve sorrir com desdém. É ela a rainha! para ela, o primeiro beijo do sol, quando todos os canteiros e todas as moitas, embaixo, ainda estão cheias de sombras; para ela, o primeiro raio de prata da lua; para ela, a primeira carícia das asas dos pássaros, que a madrugada acorda; quando anoitece, quando a treva pesa sobre a face dos lagos, ainda o seu cocar está lá em cima recebendo o adeus da luz derradeira; e é ela, alta noite, no silêncio e no recolhimento da natureza, quem mais de perto fita o formigamento esplêndido da Via Láctea...

Foi d. João VI quem a plantou com as suas mãos reais, em 1809. A planta bem-fadada ficou sendo, desde logo, a menina dos olhos do administrador Serpa Brandão. O extremado carinho agravou-se em avareza. Quando a rara planta floresceu e frutificou, o administrador, zeloso do tesouro, colheu e queimou as sementes da magnífica olerácea; e, por anos adiante, perseverou na aturada precaução, impedindo que a formosa palmeira se vulgarizasse em muitos exemplares. Haverá alma em palmeiras? Se há, imagino que esta deveria indignar-se contra a sovinice de Serpa Brandão, contra aquele crime que a condenava a uma infecundidade egoísta... Mas os escravos do Jardim Botânico tinham fome, não tinham dinheiro, e não eram incorruptíveis; e cedo viram que aquelas sementes lhes dariam uma pequena fortuna. Assim começou o furto, assim começou a escalada noturna, às ocultas, enquanto o astuto Serpa dormia o sono da inocência. Os escravos subiam pelo espique, colhiam os frutos, e iam vendê-los. É de crer que a palmeira, agradecida, amorosamente balançando os leques verdes sobre os propagadores da sua suprema beleza, abençoasse o furto...

Grande palmeira de d. João VI, é espantoso que, nesta terra de tantos poetas, ainda ninguém celebrasse a tua glória centenária!

1896

AS CARTOMANTES

Os jornais publicaram, há dias, uma longa lista de nomes de homens e de mulheres – principalmente de mulheres – que se dedicam ao estudo e à prática da quiromancia, da cartomancia, do sonambulismo, e não sei se também da lampadomancia, da alectoromancia, da hidromancia, e de outras das inumeráveis subciências em que se divide a grande ciência da *mântica*, a cujos sacerdotes Severiano de Rezende dá o nome, admiravelmente bem achado, de "Charlatãs do Além".

Parece que a polícia, depois de organizar o catálogo estatístico dessa gente, vai persegui-la sem piedade, devassando-lhe os antros proféticos, varejando-lhe as cavernas sibilinas, vascolejando-lhe as criptas misteriosas, opondo ao Tarô o Código e à trípode de Delfos o banco dos réus.

Dir-se-á, sem maior exame, encarando a coisa pela rama, que a polícia se vai assim empenhar num simples e fácil trabalho de saneamento moral, perseguindo algumas dúzias de exploradores da credulidade pública, com o mesmo direito com que persegue os passadores do "conto do vigário" ou de notas falsas.

Não há tal. O que a polícia vai fazer é pôr a sua mão imprudente numa tradição multissecular, numa eterna e indestrutível mentira, criada pelo medo ou pela curiosidade dos primeiros homens e sustentada pela irremediável tolice de todos os outros que lhes sucederam e lhes hão de suceder no gozo e no sofrimento dos bens e dos males da vida. Querer destruir uma mentira, que há de viver perpetuamente, e combater uma tolice, contra a qual nunca se há de achar remédio, é a preocupação mais vã de quantas podemos ter neste mundo vão. E desde já podemos lamentar que a polícia vá perder nesse trabalho ingrato e inútil um tempo preciosíssimo, que poderia ser benéfica e providencialmente aproveitado em outras empresas muito mais fáceis e urgentes.

A superstição é velha e eterna como a inteligência.

Que fez a inteligência, assim que desabrochou, como uma flor luminosa, no primeiro cérebro humano? Quis saber o que era ela própria, e o que era a humanidade, e o que era a Terra, e o que era o universo. E endereçou então a tudo essa grande pergunta ansiosa e dolorosa, que ainda não teve resposta...

Naturalmente, a primeira interrogação foi dirigida ao céu distante e profundo, onde os astros esplendem, na sua eterna viagem, cegando-nos com o seu brilho e intrigando-nos com o seu segredo inatingível; nasceu assim a astrologia. Depois, a pergunta foi dirigida pelo homem a si mesmo, aos seus pensamentos, aos mistérios da sua vida fisiológica: aos sonhos, às linhas da mão, à configuração da face, à faculdade da visão, à loucura, à epilepsia, ao sonambulismo. Depois, o eterno curioso interrogou os acidentes físicos do meio que o cercava: o fogo, a luz, o ar, o curso dos rios, a inquietação do oceano, as correrias das nuvens pelo céu. Passou depois a investigar todo o reino animal: e foi assim que se fundou a classe dos arúspices que procuravam ler o futuro nas entranhas dos animais, no voo dos pássaros, no rastejar dos répteis, no canto dos galos, nos círculos que as aves de rapina traçam no céu, no grunhir dos bácoros; depois chegou a vez do reino vegetal, do reino mineral: examinavam-se a forma e a direção dos ramos, o barulho dos galhos sacudidos pelo vento, a forma e a estrutura das folhas e das flores, o peso e o brilho das pedras preciosas, o fulgor e a dureza dos metais; fundou-se uma ciência, a *aleuromancia*, sobre o estudo da farinha! o âmbar foi adorado como uma divindade! e milhões e milhões de cérebros arderam e estouraram no trabalho vão de criar a pedra filosofal!

Tudo foi inútil; mas a inteligência não desesperou. Não há século que não veja nascer uma nova religião; e as superstições, suas filhas, nascem todos os dias – e às vezes nascem por si mesmas, espontaneamente, por um processo de autocriação; há ateus, ateus convencidos, inimigos e negadores de todas as religiões, e, entretanto, profundamente supersticiosos: não creem em Jeová, nem em Brahma, nem em Júpiter, nem em Ísis – mas creem na fatalidade da concorrência de treze convivas à mesa, ou na influência do mau-olhado dos *jettatores*, ou na ascendência nefasta dos sapatos que se deixam no chão com a sola para cima.

Há quem pense que, com o progredir da civilização, diminui o número dos supersticiosos. Completa ilusão. Nunca houve tantos supersticiosos e tantas superstições como agora. A civilização causa o naufrágio e a bancarrota das religiões, mas não aplaca essa sede de saber e essa ânsia de compreender que ainda não foram satisfeitas. Morrem e sucedem-se as religiões, mas não se altera o instinto religioso; reformam-se as superstições, mas a Superstição é eterna.

Todos nós costumamos rir das crendices... É um riso exterior e postiço, com que mascaramos o nosso medo. É de crer que, para não perder o seu ganha-pão, os delegados de polícia, obedecendo às ordens do chefe, varejem as casas das cartomantes; muitos deles, porém, cumprirão esse dever com um certo terror. E até o chefe... quem sabe que superstições terá o chefe? a investidura de tão alto cargo não destrói dentro da alma de um homem as estratificações de preconceitos que séculos e séculos de humanidade e de fraqueza têm deposto nas almas de todos os homens.

Eu, por mim, confesso que não creio na ciência das cartomantes. Mas...

Foi há muitos anos – há 22 ou 23 anos, se me não engano. Fui consultar Madama X, cartomante famosa, que tinha a sua trípode assentada num sobradinho da rua de S. José. Não sei por que lá fui: provavelmente para rir dela... Subi uma escada íngreme, andei por um corredor escuro, bati a uma porta, entrei em uma saleta quase sem luz. E, ocupando uma vastíssima poltrona, vi a profetisa; quarentona gorda e vermelha, de mãos papudas e colo enorme estalando o corpete. Recebeu-me com um sorriso cativante, e indagou logo o que ali me levava: – tinha perdido alguma coisa? ia casar? queria conhecer o autor de alguma carta anônima?... Expliquei que não: queria conhecer o meu futuro, queria espiar por uma fresta dessa janela sempre fechada que deita para o porvir. Ela examinou, primeiro, as linhas da minha mão esquerda, palpou-me longamente as falangetas – e, tomando o baralho, misturou as cartas, remexeu-as, estendeu-as em leque sobre a mesa – e, antes de falar do meu futuro, começou a falar do meu passado.

Não posso aqui reproduzir tudo quanto me disse. Vinte e dois anos de vida varrem na memória da gente coisas tão sérias, que pareciam eternas!... como não hão de varrer futilidades e tolices? Lembro-me só que a anafada senhora me disse tantas coisas falsas e absurdas, que desatei a rir perdidamente.

Ela, apoplética, indignou-se. Labaredas de cólera crepitaram nos seus olhos, entre as pálpebras gordas. Mas conteve-se, antegozando a vingança: e, fixando os olhos nos meus, principiou a falar do meu futuro. Já eu não ria... O futuro!... todo o terror, toda a curiosidade, todo o sofrimento da ignorância dos meus brutíssimos avós do período mioceno despertavam na minha alma: e foi com um frio agudo na medula que eu ouvi a profecia tremenda. Combinando as revelações do Tarô com uma certa interrupção da linha da vida na palma da minha mão, disse-me a sacerdotisa da rua de S. José: "O senhor há de morrer de morte violenta: desastre, assassinato ou suicídio!".

Paguei à cartomante, sorrindo – com o sorriso exterior dos fortes – e saí. Mas, ao descer a escada, vim pisando cautelosamente os degraus com medo de alguma queda. No Largo da Carioca, esperei que passasse um bonde que ainda vinha longe. Aproximou-se um cão: encolhi-me. Vi um andaime: afastei-me... E assim vivi alguns meses, sempre sorrindo da profecia, e sempre pensando nela. Já lá se vão 22 ou 23 anos! ainda não me assassinaram, nunca me vi a braços com um desastre sério, e nunca pensei (como espero que nunca hei de pensar) no suicídio. Mas, às vezes – como agora – penso na face gorda da adivinha, nas suas mãos papudas, nos seus olhinhos coléricos, e sinto de novo na medula aquele calafrio sinistro.

Por Apolo! para que vai a polícia perseguir as cartomantes? Para dar cabo da cartomancia? Seria preciso, primeiro, dar cabo da tolice humana – e o raio capaz de fulminar essa tara hereditária e perpétua não há de ser forjado na Rua do Lavradio!

É bom notar que a cartomancia é uma das mais velhas superstições, porque é filha legítima e direta da astrologia. Essas madamas que deitam cartas são sucessoras daqueles sacerdotes da Caldeia que vaticinaram a Alexandre a conquista da Ásia. O Tarô, com as suas 78 cartas, é uma astrologia simplificada: a cartomante acredita ler nas cartas, como o astrólogo acreditava ler nos astros.

É possível que a polícia esteja segura de matar uma imbecilidade e uma especulação que há quarenta séculos se mantêm?

O "conto do vigário" nasceu ontem, e a polícia ainda não conseguiu extingui-lo. O "jogo do bicho" é um vício infante, e a polícia ainda nada pôde contra ele. Por quê? porque não é difícil prender e castigar o passador do conto do vigário e o banqueiro do jogo do bicho; mas é impossível exterminar a raça dos tolos; e, enquanto houver tolos que queiram ser enganados, eles próprios inventarão quem os engane.

Não perca a polícia o seu tempo, que é contado, e aproveite-o em coisas úteis. Porque, sem ter deitado as cartas, e sem acreditar muito na cartomancia, já sei qual será o resultado da perseguição: em vez de cinquenta ou sessenta cartomantes, teremos cinco ou seis mil – e até as autoridades policiais comprarão baralhos de Tarô, e começarão a estudar a ciência perseguida...

1901

GRAMÁTICOS

Noticiavam há dias as seções telegráficas dos jornais que houvera, em Belém do Pará, entre jornalistas, um grave conflito, provocado por questões políticas. Era um equívoco... A verdade dos fatos foi hoje estabelecida pelos correspondentes. Houve realmente conflito, e conflito grave, entre jornalistas, mas provocado por questões... gramaticais. Não se sabe se o ponto controverso, em que se estabeleceu a contenda e de que se originou a pancadaria, foi a colocação dos pronomes pessoais, ou o uso do infinito impessoal dos verbos, ou o apassivamento obrigatório das orações em que entra o reflexivo *se*. Sabe-se apenas que a pugna foi devida a uma discussão gramatical – e isso basta para explicar a ferocidade com que os adversários se esbordoaram; porque a gramática, sendo apenas, segundo os léxicos, a arte que ensina a falar e escrever corretamente, é, segundo a observação de todos os dias, a arte que mais ferozes, intolerantes e ásperos artistas produz...

Não sei se no resto do planeta se observa a mesma coisa. Mas aqui, no Brasil, as inimizades entre gramáticos são as mais terríveis. Não há aqui discussão filológica que não degenere em descompostura, se não em vias de fato. Não conheço dois gramáticos que sejam amigos: até os que mais amigos parecem mantêm entre si relações desconfiadas e precavidas, e vivem em pé de guerra, conservando, dentro das luvas da polidez, bem açacaladas as unhas para o ataque e a defesa.

Naturalmente, têm a mesma intolerância os gramáticos de todos os países. E essa intolerância não é apenas a mesma em todos os países: tem sido a mesma em todos os tempos.

Já Diógenes, há 24 séculos, dizia que os sacerdotes da gramática, no seu tempo, só pensavam nos erros do estilo, esquecendo os erros da alma...

Bayle, o autor do precioso *Dictionnaire historique et critique*, narrando uma famosa contenda gramatical, que houve em 1622, no Palatinado, escreve que "*ces messieurs les philologues et grammairiens sont très faciles à se fâcher, et très difficiles à apaiser*". Essa luta gramatical, que ficou célebre nos anais da descompostura, teve como protagonistas os gramáticos Felipe Pareus e João Gruterus. Começaram os dois a discutir um verso de Plauto, irritaram-se, escaldaram-se e esvaziaram os sacos das injúrias. Diz Bayle: "*ils se traitaient de mulet, de verrat, de bélier, de bouc, de porc, et de stercoreus gramaticalis celloe inquilinus...*". Enquanto eles discutiam, os espanhóis cercavam a cidade de Neustad. Todos tremiam, todos choravam. Mas, indiferentes ao perigo, Pareus e Gruterus não deixavam de insultar-se. A cidade foi tomada de assalto, saqueada, incendiada; e, sobre as suas ruínas fumegantes, os dois comentadores de Plauto continuavam a brigar, até os invasores os separarem às pauladas...

1908

O CAFÉ-CANTANTE

Nestes últimos dez anos, quantas manias temos visto desabrochar, viçar e morrer, nesta versátil e inconsequente cidade! Passageiras, precárias manias... ficam tão pouco tempo no coração da cidade, quanto no coração da mulher duram esses amores, que parecem eternos, e são, afinal, mais fracos do que a vida de uma borboleta.

A princípio, tivemos a mania das corridas de cavalos. Lembram-se?

Às quintas-feiras e aos domingos, abriam-se ao povo três, quatro, cinco prados de corridas. Os bondes levavam gente nos bancos, nos estribos, nas plataformas, nos tejadilhos. As locomotivas da Central arrastavam comboios de dez e doze vagões atulhados de uma multidão risonha e bulhenta. E era ver o espetáculo do prado – as arquibancadas, como vastos canteiros de flores humanas, pompeando ao sol o esplendor das claras *toilettes* de verão, num delírio de cores, num emaranhamento deslumbrante de fitas, de plumas, de rendas; o recinto da pesagem, cheio da turba dos *sportmen* suados e ofegantes, discutindo, rixando, berrando; e os bolos de gente ávida, junto dos guichês, disputando as *poules* a murro e a pontapé; e os botequins reboantes de clamores, de tinir de copos, de estalar de rolhas; e a raia, embaixo, lisa, batida, inundada de luz, por onde os cavalos voavam em nuvens de poeira dourada, entre as aclamações delirantes!

Era uma coisa assombrosa! Todo o mundo falava a gíria do desporto. Todos os homens usavam na gravata o alfinete clássico da ferradura. As fazendas, em que as senhoras cortavam os seus vestidos, tinham estampagens de chicotes, de loros, de *casquettes* de *jockey*. E se acontecia adoecer um cavalo dos bons, dos gloriosos, dos que mais vivamente mereciam o amor dos entusiastas – que mágoa, que terror, que consternação na cidade!

Depois, o *bookmaker* matou o hipódromo; outra mania... O sujeito, que apanhava meia dúzia de contos de réis, alugava uma loja da Rua do Ouvidor, e começava a aceitar apostas.

Depois, veio a mania do jogo da pela. Um frontão em cada bairro. Às duas horas da tarde, o povo desertava a Rua do Ouvidor, e ia apinhar-se junto das canchas amplas, em cujo cimento batiam as pelotas leves, e por onde, em saltos felinos, desnudando ao sol os braços peludos, de bíceps inchados, os *pelotaris* iam e vinham na azáfama da *quiniela*, surdamente ferindo o solo com os chinelos de trança.

Depois, surgiu o jogo da bola. E a gente ia pasmar diante da larga tábua em declive, por onde, impelidas por marmanjos em camisa de meia, as bolas vinham rolando, no meio de um silêncio comovido, rolando, rolando até que destroçavam o batalhão dos marcos de pau.

Mas apareceu logo o ciclismo. E isso é que foi um delírio! Não houve mancebo que se não adestrasse no dar de pés ao pedal das máquinas voadoras. As ruas ressoavam com o campainhar frenético dos tímpanos; ainda assim, que atrapalhação! ia um homem descuidadamente, pensando nos seus negócios, nas suas dívidas ou nos seus amores... e trac! desabava sobre ele uma dessas aranhas de aço. Moças do tom não hesitaram em vestir pantalonas fofas, sacrificando a compostura e as saias ao gosto do pedalar. E houve até matronas anafadas, carregadas de anos e de tecido graxo, que seguiram o exemplo das raparigas, e cavalgaram velocípedes de duas rodas... para provar à evidência que essas máquinas são capazes de suportar sem perigo o peso de três mil libras de carne.

Por fim, chegou o *bicho*, e matou tudo. Tem sido essa a mania de mais pertinácia no viver. E provavelmente não será vencido pela mais recente, pela de agora, pela do café--cantante.

Tereis notado, certamente, que, em menos de seis meses, o Rio de Janeiro ficou abarrotado de teatrinhos equívocos. Não tratemos dos dois ou três bem montados, que aí estão funcionando, com plateia, com orquestra, com palco, com bastidores, e com um pessoal, mais ou menos bem sortido, de estrelas de primeira ou... de nenhuma grandeza.

Esses não são novidade: desde o tempo de ouro do *Alcazar* da Rua da Vala, a boa gente carioca tem o amor da cançoneta picante e do tango maroto...

Tratemos dos outros, dos que brotam não se sabe como, à feição de cogumelos, da noite para o dia.

Tu estás habituado, leitor pacato, a comprar fumo, ou velas, ou papel em certa loja de certa rua. Uma noite, levam--te a essa loja os teus passos já afeitos ao caminho. Pasmas, ouvindo dentro da casa, tão tua conhecida, a voz fanhosa de um piano, o canto escorchador de uma guitarra, o garganteio esganiçado de uma mulher... Entras. E, em lugar do teu charuteiro ou do teu merceeiro, encontras uma rapariga que te oferece um chope. A tua loja é uma cervejaria! Ao fundo, com um estrado velho, improvisou-se um palco. À beira dele, um piano inválido desmancha-se em lundus e em chibas. E eis ali surge, de saias curtas, uma cantora a chalrar...

Não há rua, por mais esconsa, por menos frequentada, que não possua atualmente o seu café-cantante.

Há quem se arrepele por causa disso; há quem, enchendo os olhos de lágrimas de profunda agonia, brade e soluce contra essa pouca vergonha, que afasta o povo dos teatros sérios, e que pouco a pouco lhe envenena o corpo com a calamidade da cerveja mal fermentada e o espírito com a desgraça das modinhas indecentes... Vamos lá! por que se há de privar o povo daquilo que ele prefere, da arte barata, que lhe dá no goto, da cerveja ruim que lhe espanta as mágoas?

Além disso, esses cafés-cantantes de baixa qualidade vieram prestar um serviço: arrebanharam os cantores populares, de que já ninguém tinha notícia.

Oh! o nosso tipo clássico de trovador da rua, tão perseguido da polícia que já nem tinha a ousadia de sair à meia-noite, levantando à fria claridade da lua a gaforina inspirada, arranhando com as unhas longas as cordas gemebundas do violão, e perturbando o sono casto dos casais burgueses com o choroso quebro do

> A brisa corre de manso
> Por entre as trevas de além,

ou com o riso brejeiro do

> Eu adoro uma iaiá,
> Que, quando está de maré,
> Me chama muito em segredo
> Para me dar cafuné!

Por onde andava ele, o cantor de Elvira e de Ursulina, o mártir de amores vários, que, antigamente, depois de haver toda a noite quebrado o coração em gritos de afeto e ciúme, acabava sempre quebrando o violão na cabeça de algum companheiro de infortúnio e de serenata?

Agora, aqui o temos, modificado no vestuário e nas maneiras, mas sempre o mesmo na essência, no lirismo, na malícia e nos pés quebrados dos versos. Aqui o temos, na cervejaria-cantante, alegre e pernóstico, dando com as suas modinhas um sabor novo à cerveja que escorre pela goela do freguês.

Já não traz o antigo violão clássico, companheiro querido das noitadas sem destino, passadas em claro pelas ruas dormidas, ao acaso dos cruzamentos de esquinas; agora, o trovador popular canta ao piano, ou com acompanhamento de orquestra, como Paulus (*excusez du peu!*); agora, o vagamundo chega sorrindo à beira do estrado, saúda o público, com um faceiro meneio de cabeça, pigarreia, e principia:

> Bem sei que tu me desprezas...

Que importa? é sempre o mesmo... E confessemos que ouvir um capadócio carioca da gema cantar com a sua simples brejeirice nativa o "Quisera amar-te, mas não posso, ó virgem" ou o "Nas horas calmas do cair da tarde" sempre é mais divertido do que ouvir os *couplets* franceses, mais ou menos avariados, de cançonetas já sovadas por dez anos de uso em todos os *boulingrins* de Paris.

Ai! vamos ver quanto há de durar a nova mania! E, depois desta, que outra virá?

1900

VOSSA INSOLÊNCIA

EÇA DE QUEIRÓS

Foi numa fria noite de dezembro de 1890 que o escritor desta crônica teve pela primeira vez a ventura de apertar a mão de Eça de Queirós. Deram-lhe essa ventura Domício da Gama e Eduardo Prado, levando-o à pequena casa do bairro dos Campos Elísios, em Paris, onde Eça, casado e feliz, criara para gozo seu e gozo dos seus amigos um encantado recanto de paz e trabalho no meio da tumultuosa agitação da grande cidade.

Era um consolo – deixar as amplas ruas de Paris, cheias de uma multidão que patinava na lama gelada, falando todas as línguas, ardendo no fogo de todas as paixões, arrastada a todos os prazeres, e chegar ao tépido ninho do Amor e da Arte, e encontrar ali dentro a língua natal, o carinho meigo daquele grande espírito, e o sossego daquele lar português que a presença das duas senhoras iluminava e perfumava.

Por todo esse duro inverno [***] 91, o obscuro poeta brasileiro [***] no torvelim de Paris, foi muito [***] à casa de Eça de Queirós [***] de felicidade.

Com o esguio corpo dançando dentro da vasta sobrecasaca inglesa, Eça, nas deliciosas noitadas de conversa íntima, ficava encostado ao para-fogo de seda chinesa, junto da lareira em que um lume alegre crepitava. Era ele, quase

---

*** Trechos ilegíveis.

sempre, que falava. Não que tivesse a preocupação de se tornar saliente – porque nunca falava de si, e tinha, por assim dizer, um recatado e melindroso pudor de virgem, um retraimento envergonhado, sempre que, ao acaso da palestra, um de nós se referia ao seu alto mérito de escritor... Eça falava quase sempre, porque era um conversador inimitável, porque gostava de conversar, porque se deixava levar pelo curso das próprias ideias.

Quem se atreveria a embaraçar, com uma palavra importuna, a correnteza daquela caudal?

E que conversador! os seus gestos tinham a expressão das mais cálidas palavras: a mão escorçava, desenhava, coloria no ar o objeto, a pessoa, a paisagem que a frase descrevia. Cenas da morrinhenta vida das aldeias portuguesas, da Palestina, das Canárias, das grandes capitais da Europa iam passando, vivas e palpitantes, pela teia daquele animatógrafo surpreendente. E, mais clara, mais viva do que o talento do artista, avultava a bondade do homem, naquelas horas de liberdade de espírito e de meias confidências veladas...

Alto e magro, com o olhar ardente nas órbitas encovadas, sobre o forte nariz aquilino; com o queixo saliente entalado no alto colarinho; de uma sóbria e fina elegância de gentil-homem, sem uma nota espalhafatosa no vestuário, sem uma afetação no dizer – o criador d'*Os Maias* já não era, naquele tempo, o leão da moda, célebre pelas suas gravatas e o *blagueur* impenitente, célebre pelos seus paradoxos.

Eça varrera da sua *toilette* os requintes que escandalizavam a gente pacata como varrera do seu estilo os galicismos que escandalizavam Herculano...

A vida de Paris, com o seu esplendor de feira do Gozo, não fascinava o espírito do artista. Quando saía, era para fazer uma ronda lenta pelos alfarrabistas do cais do Sena, uma rápida visita a uma livraria, a um museu, a um salão de pintura. Amava o seu lar, os seus livros, a sua mesa de trabalho e, principalmente, a sua profissão de escritor, o seu paciente e sublime ofício de corporificador de ideias e de desbastador de palavras.

Em 1890, já o amor e a felicidade doméstica haviam transformado o espírito do prodigioso escritor. Ainda, é verdade, nas *Cartas de Fradique Mendes*, aparecia, relampejante e mordaz, aquela luminosa ironia, que golpeava sem compaixão os ridículos da pátria, dando piparotes nas orelhas dos cretinos políticos, pondo rabo-leva nos janotas delambidos e crivando de bandarilhas o cachaço da imbecilidade triunfante. Mas a Pátria já não era então para ele "uma vasta choldra organizada em paz", povoada só de Basílios peraltas, de Acácios asneirões, de enfatuados Gouvarinhos e de ignóbeis Damasos. Já era mais alguma coisa, já era tudo: era o sacrário em que se guardavam as tradições da raça e da religião e, principalmente, onde se guardava esta fina e adorada relíquia – a doce língua de Bernardim Ribeiro.

Em um estudo recente sobre o romancista português, Eduardo Prado dizia que "Deus entrara em casa de Eça com o primeiro filho".

Deus – e a tolerância. A imbecilidade já lhe não merecia apenas sarcasmos e cólera. O longo conhecimento da vida dera-lhe a faculdade de se compadecer da miséria humana; e a decadência moral da moderna sociedade portuguesa, devorada, como todas as outras, pela politicagem asinina e pelo amor imoderado do dinheiro, já lhe não inspirava nojo e indignação: inspirava-lhe piedade. Ele compreendera que os povos são todos na essência os mesmos, com maior ou menor brilho nas exterioridades. E compreendera ainda que, quanto mais baixo cai um povo, tanto mais amor e tanto mais carinhoso apoio deve merecer daqueles filhos seus que são superiores pela inteligência e pelo caráter ao nível geral dos outros.

Então, cansado de chasquear da irremediável tolice das gentes de hoje, Eça deliberara servir ao seu país dando-lhe livros de puro ideal, que contribuíssem para salvar, no futuro, de um possível naufrágio completo, o nome português. Que é feito desse *São Cristóvão*, que, segundo se diz, estava ele escrevendo? Quanta obra-prima deve haver no espólio opulento do maior romancista de Portugal!

Mas o que mais se modificou ultimamente no inesquecível homem de letras foi sem dúvida a sua maneira de escrever. *Pour épater le bourgeois*, Eça timbrava a princípio em desarticular e apodrecer a língua sagrada que praticava. Os seus galicismos, principalmente – *cigarreta, ar gôche, degringolada* –, ficaram célebres. Não parecia isso o desespero de um grande artista, condenado a escrever numa língua fadada a desaparecer e vingando-se assim cruelmente dessa fatalidade?

De 1890 para cá, nestes dez anos que o maravilhoso escritor do *Crime do padre Amaro* ainda viveu sobre a face da Terra, o seu estilo – sem perder a vivacidade que fez imortal a figura do Ega n'*Os Maias*, e sem se despojar do colorido quente e vibrante que torna indestrutíveis as páginas do "Sonho de Teodorico", em *A relíquia* – passou por uma transformação profunda, repeliu do seu seio os barbarismos e, fazendo uma reversão à primitiva pureza dos clássicos, transmudou-se em um estilo de ouro puro, trabalhado como uma custódia de Benvenuto Cellini, mas guardando uma sobriedade que só os escritores de gênio podem ter. Que linguagem! que maravilha de precisão e de pureza!

A *Gazeta de Notícias* teve a honra de publicar, em primeira mão há poucos anos, a mais notável, talvez, das criações de Eça, na sua última *maneira*. Foi *O defunto*, essa obra-prima que bastaria, em qualquer literatura antiga ou moderna, para dar a um escritor o bastão de maioral das letras.

Toda essa novela admirável é animada de um vasto sopro de gênio. Os personagens ressaltam vivos da urdidura do estilo impecável; o entrecho, simples e humano, flui sem rebuscamento, sem uma contradição; e que forma! nem todos os esmerilhadores de defeitos, nem todos esses caçadores de senões, que passam a vida, como eunucos literários, a catarem imperfeições nas obras-primas como quem anda a catar caramujos em rosais – nem todos eles trabalhando juntos poderão achar nas páginas d'*O defunto* um vocábulo que possa ser substituído por outro...

Ali, naquela Bíblia da moderna língua portuguesa, quando um verbo chama o substantivo, e se amalgama com ele na estrutura da oração – logo um adjetivo, o próprio, o verdadeiro, o *único*, aparece a ocupar o seu lugar. Tudo aquilo é firme, é miúdo, como a trama de uma seda de Macau.

Para escrever assim, é preciso pensar, sofrer, suar e gemer sobre o papel, numa agonia inominável; é preciso matar os olhos e espírito no labor acurado, como um lapidário os mata no desbastamento das 66 faces de um brilhante. Quando o escritor é medíocre, a obra que sai desse trabalho insano é um monstrengo arrebicado, suando afetação por todos os poros. Mas, quando o lapidário se chama Flaubert ou Eça de Queirós – o filho de todo esse pertinaz e sobre-humano esforço parece ter sido conseguido e gerado de um golpe, tão esplêndida se nos revela a sua aparente simplicidade!...

Se a primeira *maneira* de Eça de Queirós se pode caracterizar pela nobre ousadia, pelo atrevido e brilhante arremesso com que o escritor se insurgiu contra a apatia de sua gente e os preconceitos da sua terra – a segunda se caracteriza pelo culto fanático do estilo, pelo amor sem termo da Forma, pelo meticuloso trato da língua querida. *O defunto*, "Frei Genebro", "Civilização", "O suave milagre", "A perfeição", "José Matias" e roda a riquíssima coleção das crônicas publicadas pela *Gazeta de Notícias* e pela *Revista Moderna* são páginas imorredouras. Em sua primeira fase, Eça tinha um quê de cavaleiro andante, saindo à liça, contra abusos que nunca ninguém corrigiu, e nunca ninguém corrigirá. Em sua segunda fase, Eça foi o artista, na única e nobre acepção da palavra, artista-sacerdote, artista-asceta, artista divino...

Suave Mestre! nunca, com tão grande amor e com tão arrebatado entusiasmo, amou alguém, como tu, o idioma português! Quando a morte te veio buscar, não tinhas arredado o pé de junto do tear maravilhoso em que urdias, dia e noite, o teu estilo impecável... Ah! quem pudera ler já, Mestre querido, para as regar de lágrimas de admiração e de saudade, as últimas linhas que trabalhaste!

Dorme, adorado! morreste, sacerdote da mais nobre e da mais bela das Artes, como uma vez disse que queria morrer José Maria Heredia, e como devem querer morrer todos os artistas, *"ainsi que fit fray Juan de Segovie/Mourir, en ciselant dans l'or un ostensoir..."*.

1900

JOSÉ DO PATROCÍNIO

À pequena distância do Méier, encravado num vale, entre montanhas verdes salpicadas das manchas brancas da casaria, assenta um vasto galpão, sempre fechado, num ar de sono e mistério. Quem passa por ele vê, através da larga abertura que o areja na parte superior, um emaranhamento rutilante de hastes metálicas que brilham como prata; só de muito perto, aplicando bem o ouvido, se pode perceber lá dentro o ruído de malhos sobre bigornas, um rumor confuso de trabalho, que é como o respirar sossegado do casarão; e só um fio de fumaça, que do seu dorso sobe para o céu azul, denuncia dia e noite a vida operosa que anima o seio daquela vasta mole de ferro e de telhas.

Ali dentro, o gênio humano está armazenando forças para alcançar uma nova conquista; ali fermenta e ferve uma ideia imensa, ali cresce e se empluma, para a grande viagem da luz, um sonho radiante. E quem vê o pesado bonachão, que parece calmamente dormir, sob a soalheira ardente do dia ou sob a paz estrelada da noite, não pode imaginar que assombroso e misturado mundo de esperanças, de desesperos, de desenganos, de surtos de fé, de assomos de coragem, de sacrifícios, de desilusões, de milagres de pertinácia e de prodígios de trabalho está vivendo e palpitando entre aquelas quatro paredes mudas...

É aquele o hangar da aeronave Santa Cruz – o ninho em que se abriga, ainda desprovido das asas que vão tentar a conquista do céu, o condor gigantesco gerado do cérebro de Patrocínio; dali, se Deus quiser proteger até o fim a sagrada coragem do grande brasileiro, há de em breve levantar o voo a ousada nave dos ares, encarregada de espalhar em pleno voo a glória do nome do Brasil.

Há em uma das salas do museu de Londres, atravancando o espaço, a reconstrução, escrupulosamente feita, do arcabouço ósseo de um mamute. Medindo seis metros de altura, recurvando no ar os formidáveis dentes de quatro metros de extensão, o esqueleto do *Elephas primigenius*, remanescente da idade quaternária, assombra a vista pela sua desmarcada grandeza: e o visitante, pasmado, começa a imaginar o que seria a força desse animal primevo, de que o elefante de hoje é apenas uma imagem reduzidíssima.

Imaginai agora um esqueleto de alumínio, que mede 45 metros de comprimento, 22 de largura, nove de altura, equilibrado no ar, à espera da seda que se há de adaptar, como uma pele resistente, à sua prodigiosa ossatura metálica. As longas hastes de metal rebrilhante recurvam-se como costelas de um monstro nunca sonhado, alongam-se aqui, arredondam-se ali, casam-se e ligam-se mais adiante, desenhando todo o corpo da ave maravilhosa. Um homem, posto ali, ao lado da portentosa construção, desaparece como uma formiga... É isso o esqueleto do Santa Cruz.

Mais adiante, em frente a uma das portas do galpão, aprumam-se as imensas turbinas também de alumínio: e a viração da tarde bate nas suas asas convolutas, e elas giram, com um gemido longo e contínuo – como hão de girar mais tarde, quando, adaptadas ao corpo do monstro voador, captarem os largos ventos, aproveitando-os e transformando-os em força e velocidade. Mais adiante ainda, outros membros do prodigioso animal descansam, fundidos e prontos, à espera do dia em que se tem de dar a última demão ao invento. E todas essas peças enormes, rutilando, enchendo o vasto hangar de uma fulguração viva, dão à gente a impressão de estar dentro de um laboratório fantástico onde um semideus, cioso de sua força, prepara empresas sobre-humanas, como a que causou o suplício de Prometeu, encadeado à rocha do Cáucaso...

Mas a imensidade da construção não dá, como o mamute do museu de Londres, uma ideia esmagadora de peso e volume. A impressão, que predomina, é a da esbelteza da nave, toda arquitetada em linhas de graça e harmonia. Aquele colossal esqueleto é feito de um metal levíssimo, leve como o mais leve papel. Uma criança pode sem esforço levantar, com uma só mão, qualquer das costelas daquele tórax monstruoso. E, parada, suspensa no ar, a mole prodigiosa já parece palpitar num ensaio de voo, ansiosa por sair da imobilidade, rompendo as paredes do galpão, que a encarceram e abafam...

Mas a atenção de quem tem a felicidade de ser admitido a visitar o galpão Santa Cruz não pode ficar monopolizada pelo esqueleto da aeronave. Em cada canto do galpão, trabalha uma turma de operários. O ar está cheio de um barulho de trabalho, de febre, de vida. A colmeia da Glória moureja. Dentro daquele amplo ventre fecundo, todas as forças se empenham configuradas, colaborando na gestação do prodígio.

Aqui, junto do fogo, que crepita em [***], os ferreiros caldeiam o metal candente; ali, os carpinteiros reforçam estrados e esteios; acolá os maquinistas experimentam as máquinas aquecedoras do ar; mais adiante o engenheiro do Santa Cruz põe em ação os motores elétricos; e, a um canto, inclinado sobre a cova da modelagem, o velho Ayres, um operário que é um verdadeiro e grande artista, modela para a fundição as largas pás da hélice propulsora.

O que enche de orgulho, ali dentro, a alma de um brasileiro não é apenas o empenho maravilhoso de Patrocínio:

*** Trechos ilegíveis.

é também o valor modesto, o obscuro merecimento daqueles companheiros que o amparam e ajudam. A construção da aeronave Santa Cruz vale por uma reabilitação do operário brasileiro, por uma glorificação da nossa força e da nossa aptidão industrial e fabril. Ali, só a matéria-prima não é nossa.

Não há uma só cavilha, um só parafuso, um só tubo, uma só manilha de alumínio [***] aço, uma só das complicadas e delicadas peças de que se compõe o extraordinário aparelho, que não tenha saído das mãos de operários brasileiros. E, se fosse permitido ao entusiasmo do cronista cometer indiscrições, que seriam imperdoáveis, já aqui se poderia adiantar que, no decurso daquele pertinaz e glorioso trabalho, tem havido verdadeiras descobertas e invenções que hão de dar muito dinheiro e muita glória...

No meio daquela azáfama, pálido e doente, devorado de desgostos, agita-se Patrocínio, multiplicando-se, atendendo a tudo. Cada tropeço encontrado come-lhe um ano de vida: cada uma das pancadas que ressoam ali dentro sobre a madeira ou sobre o metal vem repercutir no seu próprio coração alvoroçado; dentro do seu próprio peito é que está verdadeiramente pulando e batendo as asas aquele enorme aparelho de alumínio. Para se assenhorear do segredo do esmalte das faianças, Palissy alimentava o fogo do seu forno de experiências com os móveis de sua casa, com as roupas dos seus filhos. Também Patrocínio, naquele recanto apertado do Méier, dentro daquele barracão em que vive o seu sonho, enterrou a sua saúde, a sua mocidade, a sua vida – e o seu jornal! o seu jornal, que era toda a sua glória, todo o seu passado, toda a sua alma! Para pôr em movimento aquele mundo, o criador aniquila-se e mata-se...

É preciso *ver* a aeronave Santa Cruz para reconhecer que tudo quanto tem sido dado, como auxílio, a Patrocínio,

---

*** Trechos ilegíveis.

é menos do que pouco: é nada. Basta dizer que o governo entregou-lhe, para a conclusão da obra gloriosa, a fabulosa soma de vinte contos de réis! Pois bem: esse dinheiro não bastou para mandar vir da Europa a seda do balão...

Para a construção do arcabouço da aeronave, gastou-se mais alumínio do que todo aquele que até então tinha vindo ao Brasil. O que ali está não é só uma invenção maravilhosa: é o sacrifício de toda uma existência, é um fervor incessante de desgostos e desesperos, é um incansável e inenarrável desprender de talento, de energia moral e de sobre-humana coragem. Só a contemplação do que está feito enche a alma de espanto, e prostra-a maravilhada. E parece impossível que um homem possa encontrar, na sua frágil e contingente natureza, força bastante para perseverar em labor tão sobrenatural!

Para que, porém, pedir ao governo que se não limite a dar auxílios que pouco podem adiantar? Nós estamos na terra da chalaça e do desrespeito: o prêmio que se dá nesta pátria ao engenho e ao labor de Patrocínio é a pilhéria grosseira das badernas carnavalescas...

Mas Deus não te há de abandonar, servidor do Ideal! Tu pairarás, na tua aeronave, sobre as nossas cabeças e sobre a nossa indiferença: e, no dia do triunfo, haverá na tua boca um riso bom de perdão e de esquecimento – o riso dos entes superiores que se não deixam ofender pela protérvia imbecil dos medíocres!

1903

INAUGURAÇÃO DA AVENIDA

O meu bom povo, o povo da minha linda e amada cidade está delirante.

Delírio, não digo bem: o delírio é barulhento, é espalhafatoso, é vibrante; e tereis notado que, na Avenida, ainda não houve um grito alto de triunfo e de júbilo, uma dessas aclamações frenéticas em que a alma popular se abre chispando e estrondando em girândolas...

Delirante, não: o meu bom povo está estatelado de júbilo e de espanto – está presa de uma dessas comoções embatucadoras, que, às vezes, secam a garganta, fazem todo o sangue refluir para o coração, e concentram toda a vida nos olhos da gente. O seu silêncio não é frieza: é excesso de alvoroço moral.

Já vistes alguma vez uma criança pobre, dessas que raras vezes têm a sorte grande de uma verdadeira alegria, receber um brinquedo caro, um boneco ricamente vestido, um dixe de preciosa beleza? A criança, a princípio, tem medo de aceitar o presente inesperado; estende as mãos, retrai-as – como quem receia uma cilada do Destino mau... Anima-se por fim, apanha o brinquedo com mil precauções, com as mãos trêmulas; apalpa-o de leve, de manso; toma-lhe o peso, e mede-o com os olhos ávidos; e fica a mirar o tesouro, tonta, aparvalhada, sem falar, sem rir, sem chorar...

O meu bom povo está como essa criança.

Que é que lhe haviam dado os governos até agora? impostos e pau; ruas tortas e sujas; casas imundas... e às vezes atravessadas por balázios; estados de sítio e bernardas; febre amarela e tédio...

Ele, o deserdado, não se queixava. Lá diz Perrault, no seu conto imortal, que a Gata Borralheira passava as noites olhando o borralho, sem esperança e sem revolta, como quem sabe que só veio ao mundo para trabalhar e sofrer... Assim o povo carioca, resignado, ia vivendo a sua vida triste, habituado ao vasto persigal que lhe davam por morada, sem outro ideal que o de comer duas vezes e trabalhar dez horas por dia, com o só divertimento de politicar um bocadinho e a só comoção de arriscar todos os dias dez tostões na cobra ou no peru...

E eis que, de repente, alguém lhe tapa os olhos, e leva-o assim vendado a um certo lugar, e retira-lhe a venda, e mostra-lhe uma avenida esplêndida bordada de palácios, e cheia de ar e de luz – e diz-lhe: "Recebe isto, que é teu! folga e regala-te! teve um fim o teu aviltamento, e começa a ter o que todos os outros povos já têm: um pouco de decência na tua casa, e um pouco de ventura na tua vida!".

E o povo esfrega os olhos, belisca-se para verificar que está bem acordado, sacode-se, desmandibula-se de pasmo, começa a embebedar os olhos com aquelas maravilhas, e não acaba de perguntar a si mesmo se tudo aquilo é realmente seu, e se aquele paraíso não é uma cenografia de papelão e gaze, que o primeiro pé de vento vai esfarrapar e destruir. Assim ficou a Gata Borralheira, quando lhe entrou à cozinha a Fada Bondosa, e, com um golpe, de varinha mágica, lhe mudou os andrajos sórdidos em alfaias de seda e ouro.

O meu bom povo não está delirante, não – que ainda não voltou a si da surpresa.

Porque aquilo foi uma surpresa – uma como obra de encantamento e feitiço.

Enquanto a Avenida estava atulhada de pedras e andaimes, com os seus palácios cobertos de tapumes, e cheia do formigueiro dos operários, ninguém a atravessava de ponta a ponta, ou sequer de quarteirão a quarteirão. A gente, passando pelas vielas transversais, dava à direita e à esquerda um olhar distraído, e ia andando o seu caminho, murmurando: "E não é que a Avenida progride?" – ou não murmurando coisa alguma, e nem fixando a atenção no milagre que ali se operava.

Mas, no dia 15, foi como se um velário se abrisse, descobrindo uma região de sonho. Os olhares, mergulhando na Avenida, pasmavam diante da sua prodigiosa amplitude. As ruazinhas, que outrora nos pareciam tão largas, estreitavam-se, afunilavam-se, espremiam-se, entre os palácios das esquinas; e eu, por mim, querendo entrar à Rua do Rosário, fiquei parado, hesitando, inquirindo de mim mesmo se o meu corpo poderia passar pela abertura angusta daquele cano...

Por todo aquele dia e por toda aquela noite, o povo, debaixo das cordas de água que caíam, resistindo heroicamente à flagelação da chuva grossa, patinhando na umidade, ficou ali, indo e vindo, de boca aberta, olhando os prédios, sem acreditar no que via – pobre desconfiado de tão grande esmola.

Já lá se vão cinco dias. E ainda não houve aclamações, ainda não houve delírio. O choque foi rude demais. A calma ainda não renasceu.

Mas o que há de mais interessante na vida dessa mó de povo que se está comprimindo e revoluteando na Avenida, entre a Prainha e o Boqueirão, é o tom das conversas, que o ouvido de um observador apanha aqui e ali, neste ou naquele grupo.

Não falo das conversas da gente culta, dos "doutores" que se julgam doutos.

Falo das conversas do povo – do povo rude, que contempla e critica a arquitetura dos prédios: "Não gosto deste...

Gosto mais daquele... Este é mais rico... Aquele tem mais arte... Este é pesado... Aquele é mais elegante...".

Ainda na sexta-feira, à noite, entremeti-me num grupo, e fiquei saboreando uma dessas discussões. Os conversadores, à luz rebrilhante do gás e da eletricidade, iam apontando os prédios: e – coisa consoladora – eu, que acompanhava com os ouvidos e com os olhos a discussão, nem uma só vez deixei de concordar com a opinião do grupo. Com um instintivo bom gosto subitamente nascido, como por um desses milagres a que os teólogos dão o nome de "mistérios da Graça revelada" – aquela simples e rude gente, que nunca vira palácios, que nunca recebera a noção mais rudimentar da arte da arquitetura, estava ali discernindo entre o bom e o mau, e discernindo com clarividência e precisão, separando o trigo do joio, e distinguindo do vidro ordinário o diamante puro.

É que o nosso povo – nascido e criado neste fecundo clima de calor e umidade, que tanto beneficia as plantas como os homens – tem uma inteligência nativa, exuberante, pronta, que é feita de sobressaltos e relâmpagos, e que apanha e fixa na confusão as ideias, como a placa sensibilizada de uma máquina fotográfica apanha e fixa, ao clarão instantâneo de uma faísca de luz oxídrica, todos os objetos mergulhados na penumbra de uma sala...

E, pela Avenida em fora, acotovelando outros grupos, fui pensando na revolução moral e intelectual que se vai operar na população, em virtude da reforma material da cidade.

A melhor educação é a que entra pelos olhos. Bastou que, deste solo coberto de baiucas e taperas, surgissem alguns palácios, para que imediatamente nas almas mais incultas brotasse de súbito a fina flor do bom gosto: olhos, que só haviam contemplado até então betesgas, compreenderam logo o que é a arquitetura. Que não será quando da velha cidade colonial, estupidamente conservada até agora como um pesadelo do passado, apenas restar a lembrança?

Fui até a Prainha e voltei. Eram dez horas da noite. O povo redemoinhava sempre. A luz, ofuscante, palhetava de prata viva as fachadas novas, espancava com o seu clarão o céu carregado de nuvens, estendia-se em arrufadas e deslumbrantes toalhas sobre a multidão que burburinhava. E, ao passar pelas esquinas, quando o meu olhar se metia pelos apertados e escuros buracos das ruas velhas, eu comparava com os olhos e com o coração o que fomos ao que já somos e ao que haveremos de ser – e com uma tristeza, a um tempo suave e amarga, pensava: "Por que nasci eu tão cedo? ou por que não apareceu, há quarenta anos, gente capaz de fazer o que se faz agora?...". E, intimamente, invejava a sorte dos que estão agora nascendo, dos que vão viver numa cidade radiante – quando eu e os de minha geração, pela estupidez e pelo desleixo dos enfunados parlapatões que nos governaram, tivemos de viver numa imensa pocilga de dois mil quilômetros quadrados, como um bando de bácoros fuçando a imundície...

E, quando cheguei ao Boqueirão do Passeio, voltei-me, e contemplei mais uma vez a Avenida, em toda a sua gloriosa e luminosa extensão. E só não reparei nos coretos, nas bandeiras, nas sanefas, nos arcos de folhagem com que enfeitaram o *boulevard* recém-nado.

Para que folhagens, para que sanefas, para que bandeiras, para que coretos? Tirem-me quanto antes, já, desta Avenida, que é a glória da minha cidade, esta ornamentação de festa da roça! O enfeite da Avenida é a própria Avenida – é o que ela representa de trabalho dignificador e de iniciativa ousada, de combate dado à rotina e de benefício feito ao povo!

1905

INÉDITOS

GENTE ELEGANTE

Agosto e setembro são dois meses de martírio para a gente elegante e rica (ou que se supõe elegante e se finge rica) do Rio de Janeiro.

As corridas, as regatas, o corso, os almoços, os jantares, as recepções, o teatro, os bailes – juntem tudo isso, e vejam que torvelinho, que redemoinho, que *maelstromm*! é o delírio do divertimento, é a exasperação do prazer, é o assanhamento da folia!

Uma destas manhãs, encontrei um amigo, no seu escritório, cabeceando sobre a mesa cheia de papéis. Despertei-o com um safanão:

– Dormindo aqui, a esta hora?

Ele, estremunhado, esfregou os olhos, soltou do peito um longo suspiro, e abriu a torneira das lamentações:

– Que vida, meu amigo, que vida! Eu sou o calceta da elegância! Em que dia estamos hoje? sábado, não? Pois ouça a história da minha vida nesta semana fatal... No domingo tive um almoço na Tijuca, passei a tarde no Pavilhão de Botafogo a ver as regatas, e levei a família à casa do Fagundes, cuja senhora fazia anos; depois do jantar, as meninas entraram a dançar valsas; deitei-me na madrugada de segunda-feira, às quatro horas. Às nove, vim para o escritório, de onde me veio arrancar às onze o Melcíades para um almoço de cerimônia, que acabou às três da tarde; às três da tarde arrastaram-

-me para a Exposição do Foto-Clube, e, depois, para um *five-o-clock* em casa do Melo; quando cheguei a casa, já a família tinha jantado, e estava vestida para ir ao teatro; enverguei às pressas a casaca, e voamos para o Coquelin. Na terça-feira, houve um piquenique nas Furnas, um jantar em Botafogo – e outra vez Coquelin. Na quarta-feira, caindo de sono e sobrecarregado de trabalho urgente, tive de ir a bordo de um paquete inglês receber um amigo, almocei com ele no City Club, levei-o ao Clube dos Diários, onde joguei o pôquer até as quatro horas da tarde; das cinco às seis e meia, fui ao corso na Praia de Botafogo, e abalei para casa, disposto a cair na cama como uma pedra; mas as meninas queriam ir a um concerto; lá fomos; e, à saída, esbarramos com as Alcântara, que iam acabar a noite num bailarico em casa das Fonseca: e lá fui eu, cochilando, ao bailarico, para poupar lágrimas às meninas! Na quinta-feira, às dez horas da manhã, quando vinha para o escritório, fui apanhado na Avenida pelo Bastos, que me forçou a ir a um almoço de caráter... íntimo, onde arrasei o estômago com *foie-gras* e *champagne*, e onde enchi os ouvidos de trocadilhos franceses e cançonetas. Às quatro horas, carregaram-me para uma conferência musical; às sete, tive de jantar com o barão Procópio no Pavilhão Mourisco, e fui daí encontrar a família no Lírico. Ontem, sexta-feira, tive de servir de padrinho a um casamento, às onze horas; depois da cerimônia, *lunch* que acabou quase à noite; à noite, outra vez Coquelin, e, depois do Coquelin, uma partida de voltarete no Guanabara. E, aqui onde você me vê, dormi esta noite apenas três horas, e tenho de estudar e despachar toda esta papelada! Que vida, meu amigo, que vida!

– Console-se, meu caro! é a vida de toda a gente elegante do Rio, nestes dois meses de inverno. Também me queixo do mesmo mal, e não sei como resisto a tanta festa!

Trabalhar, nestes dois meses, é um verdadeiro milagre... Nem sei onde nem como descobrimos tempo para trabalhar!

— Para trabalhar? Quem é que trabalha? Nós todos fingimos que trabalhamos. Toda essa gente que vive conosco a cair de sono e de aborrecimento nesta existência alucinante é uma gente que não sabe o que faz. O advogado, arrazoando uns autos à pressa, entre seis cochilos, engana-se, e descompõe o próprio cliente, em vez de injuriar a parte contrária. O médico, indo auscultar um doente, encosta o ouvido ao peito dele, e desata a dormir sobre esse travesseiro improvisado. O diretor de banco entra na repartição, senta-se gravemente à sua mesa, mas fica com medo de dormir à vista dos escriturários, e vai espantar o sono pela Avenida... É um horror! O Rio de Janeiro é atualmente uma cidade que morre de sono!

— Realmente, é preciso ter uma saúde de ferro para...

— Qual saúde de ferro! Saúde é uma coisa que se inventa à vontade... Olhe! as minhas meninas são magrinhas, pálidas, anêmicas; quase não comem, quase não dormem; e andam da manhã à tarde saracoteando por aí a fazer compras e visitas, e passam as noites a valsar; não têm saúde, e, entretanto, vivem uma vida à qual não seria capaz de resistir o mais robusto dos soldados alemães! Mas, por mim, confesso que não posso mais! Ouço uma voz, que me diz: "és homem; para!". Vou parar, para não morrer! Hoje, começará para mim uma vida nova. Vou acabar este trabalho, irei depois tomar uma canja com água de Caxambu, passarei a tarde no foro, jantarei às seis, e às oito estarei dormindo.

— Pois é pena!

— É pena? Por quê?

— Porque eu vinha justamente convidá-lo para um almoço. Teremos à mesa o Coquelin, o Artur Napoleão, o Turot e o Chico Redondo. Depois do almoço, o Coquelin dirá monólogos, o Artur tocará a *Tarantela*, o Turot dirá coisas

amáveis e profundas sobre *nos beaux paysages*, e o Chico Redondo cantará a ária de Falstaff... Belo almoço, hem?
— Realmente!
— Mas, enfim, como você está muito atarefado, paciência! Adeus.
— Espere, venha cá! Onde é esse almoço?
— Na Tijuca.
— Tão longe!
— Tenho aí à porta o automóvel.
— Homem! Não resisto à tentação. Hoje, que dia é? Sábado, não? Pois onde é que se viu um homem começar uma vida nova num sábado? Vamos lá a esse belo almoço!
— Vamos! Você, depois do almoço, terá toda a tarde e toda a noite para descansar.
— Não! Não é possível! Hoje à noite há a despedida do Coquelin com *Nos bons villageois,* e a família não há de querer perder tão belo espetáculo.
— Pois bem! comece a sua vida nova amanhã.
— Amanhã, não, que é domingo. Quero assistir ao *match* de futebol no *ground* do Fluminense. E como faz anos o senador Pitanga, irei jantar com ele.
— E segunda-feira?
— Segunda-feira?... Espere! Creio que para a segunda-feira não tenho compromisso... Ah! esta minha pobre cabeça! Na segunda-feira há o baile do Clube das Laranjeiras!
— É isso! E na terça-feira haverá o concerto do tenor Petrushevecz, e na quarta haverá a estreia da Companhia Lírica, e na quinta haverá... o diabo e... *si cette histoire vous embête, nous pouvons la recommencer!* Meu pobre amigo, deixe-se dessa tolice de querer começar uma vida nova! A vida é uma só, e é tão aborrecida que nunca vale a pena recomeçá-la. Venha daí! Vamos chegar tarde à Tijuca.
— Que tal o menu do almoço?
— Ótimo! Há macuco...

– Bravo! Vamos a isso, amigo! Mostremos que somos fortes, e que não tememos a desgraça! Quando a dispepsia e a neurastenia nos matarem, morreremos no nosso posto. *La garde meurt...*
– *... mais ne dort pas!*

O.B.

Kosmos, agosto de 1907

O NAMORO NO RIO DE JANEIRO

Quem é que já não tem visto, de dia ou à noite, em todos os bairros do Rio, em Botafogo como na Cidade Nova, no Engenho Velho como na Aldeia Campista, ao sol ou à chuva, insensível às intempéries e ao ridículo, o nosso tipo clássico do *namorador de esquina*, encostado ao lampião do gás, com o olhar erguido para uma janela, embebido na adoração extática da sua *Ela*?

Nós somos uma raça de namoradores. Herdamos isso dos nossos avós, porque já os portugueses dos séculos passados namoravam como nós namoramos, da rua para a janela, e da janela para a rua, trocando olhadelas meigas. Cada raça namora como pode... e como sabe. Na Córsega, não há namoros sem facadas; na Polônia, dizem que, para exprimir o seu amor, os namorados trocam murros e pontapés; os ingleses namoram jogando o futebol – nós namoramos *olhando*, revirando os olhos, da rua para a janela, e da janela para a rua, "*na chumbação*", como se diz em gíria carioca... Não nos envergonhamos por isso! Camões, o grande Camões, antes de se meter nas aventuras de mar e guerra que lhe valeram a perda de um olho, e antes de escrever o poema divino que o imortalizou – foi um grande namorador, e namorava à moda da sua raça, como nós namoramos, passando noites em claro, debaixo de vento e chuva, com os olhos pregados nas gelosias das suas namoradas, que foram muitas. Ao orgulho dos rapazes brasileiros de hoje, já deve bastar esta certeza: eles namoram como Camões namorava; e uma coisa, que Camões fazia, não pode ser de nenhum modo uma coisa que envergonhe a gente.

Mas o "namorador de esquina" não constitui por si só o gênero dos "namoradores do Rio". É apenas uma espécie – uma das muitas espécies do gênero, que é vastíssimo. Cada classe social namora do seu modo; e, além disso, o Namoro serve-se de todos os meios que encontra, e de todos os veículos, e de todas as situações. Há o "namoro na rua", o "namoro da sala", o "namoro no bonde", o "namoro à janela", e... Mas vejamos e estudemos somente algumas das espécies do dilatado gênero.

E, logo em primeiro lugar, consideremos o namoro chique, o namoro *pschutt* – que tem o nome pretensioso de *flirt*...

Que é o *flirt*? Não há definição perfeita. É, como dizem alguns, um namoro inofensivo – um namoro sem consequências –, que não acaba nunca, nem na pretoria... nem na Casa de Detenção. *Words, words, words* – como dizia o sombrio Hamlet, que também *flirtava* com a inocente Ofélia... Mas o *flirt* nem sempre se limita ao exercício da palavra e do olhar: às vezes, vai um pouco mais longe, até o beijo, passando pelas estações intermediárias do aperto de mão e do roçar de pé. É um namoro fidalgo, comedido, cheio de sublinhas e de subintenções, um pouco perverso, às vezes um pouco descarado, mas sempre elegante, sempre *pschutt*, encobrindo a sua pouca vergonha com o verniz da distinção. O *flirt* é o namoro dos salões aristocráticos: não escandaliza, não ofende as conveniências sociais; e é tolerado, com sorriso condescendente, por muitos pais e muitos maridos, que (não lhes gabo a confiança nem o gosto!) acham que ele é apenas uma exigência da boa educação... Fiem-se nisso e não corram!

Nem todos os namorados, porém, namoram com frases galantes e luvas de pelica, citando Bourget e Stendhal, e analisando sutilezas de psicologia amorosa. Nas salas da burguesia, o namoro é mais franco, mais positivo, e ao mesmo tempo mais interessante. Vede esse par, que, depois de uma quadrilha ou de uma polca, veio conversar à janela...

Ele e *ela* dançaram juntos, e, juntinhos, no vão da janela, estão agora continuando a conversa começada durante a dança. Na sala, continua a dança, ou há conversas animadas: e muitas velhas namoradeiras aposentadas, e muitos rapazes invejosos murmuram, olhando o par feliz: "Descaramento! aquela sirigaita e aquele sujeito não têm vergonha: estão *dando sorte* à vista de todos!...". *Ele* e *ela*, porém, não escutam essa murmuração malévola, e continuam a conversar, baixinho, num zum-zum de besouros. Juramentos, protestos, promessas, entrevistas combinadas – a janela ouve tudo isso discretamente, como uma cúmplice complacente e muda. Daqui a pouco tempo tudo aquilo acabará na igreja – se não houver briga, que atrapalhe os planos do casal de pombinhos, e se o pombo-calçudo não abandonar a rola incauta, deixando-a naquela triste situação de heroína da famosa poesia de Casimiro de Abreu:

> *Tu perguntarás: "que é da minha c'roa?"*
> *E eu te diria: "desfolhou-a o vento!"*

Desse "namoro à janela", que se faz durante as *soirées*, e com o consentimento tácito ou franco dos *papás* e das *mamãs*, há uma variante: é o "namoro à rótula", em que *ela* fica de dentro e *ele* de fora, e que, na gíria, tem o nome de "abarracado".

Estrelas que brilhais no céu – "castas" estrelas de Otelo! bondes que passais pela rua, cheios de gente curiosa e escarninha! guardas-noturnos, que apitais! podeis brilhar, podeis passar, podeis apitar... Nem o vosso olhar de fogo, ó estrelas, nem o vosso barulho, ó bondes, nem os vossos apitos, ó guardas –

perturbam aquele doce colóquio delicioso, em que *ele* e *ela* se embebem, à noite, esquecidos de tudo e de todos, lembrando-se apenas do seu amor, dos seus juramentos, das suas esperanças... Chegou a hora da despedida. É tarde. A lua vai alta no céu. Já, lá dentro da casa, soou a voz irritada da mamãe ou da titia: "Menina! já não são horas de estar à janela!". A entrevista vai acabar. *Ela*, com os olhos baixos, apertando os dedos da mão *dele*, soluça: "Se me esqueceres, bebo um copo de ácido fênico!". E ele, desesperado, riscando a calçada com a ponta da bengala, rosna: "Se aquele teu primo, que costuma vir aqui, continua a te namorar, quebro-lhe a cara!".

Mas há ainda o namoro "do bonde para a janela"...

Namorar assim chama-se *grelar*, no calão do namoro.

Esse namorador é o melhor freguês das companhias de bondes. Às quatro horas da tarde, já a menina está à janela, penteada e faceira, com uma fita na trança e uma rosa no colo – à espera *dele*. E lá vem o bonde. Já de longe, o olhar *dele* vem esticado, comprido, comendo a janela... O bonde passa, e o olhar vai virando, virando, virando, esticando em sentido contrário: é um olhar de borracha, um olhar de puxa-puxa, um olhar que nunca mais acaba... E a cena repete-se três, quatro, cinco vezes por dia. Há namorados de bonde, que fazem cotidianamente vinte viagens, dez para cima, dez para baixo. Quando o bonde é da Carris Urbanos ou da Vila Isabel, ainda a despesa é pequena... Mas quando é de Botafogo ou da Muda, são quatro mil-réis por dia, 120 mil-réis por mês, metade do ordenado do namorador! A quanto obrigas, Amor!

Quanto ao "namoro na rua", também se divide em duas classes, o namoro elegante da Rua do Ouvidor e da Avenida, e o plebeu, das vielas mal-afamadas.

O elegante é toda uma ciência complicada de idas e vindas, de demoradas esperas, de espias e *tocaias*, de encontros combinados ou fortuitos. O namorado sabe ou prevê os dias em que a namorada vem "a compras" na Avenida ou na Rua do Ouvidor. Espera-a, segue-a, para à porta da loja em que ela entra, senta-

-se na mesa mais próxima da mesa da *Colombo* ou da *Castelões* em que ela se senta: e ou se contenta com esse namoro a distância, ou ganha coragem, e, afrontando a ira da mamãe indignada, arrisca um cumprimento, um aperto de mão, uma troca de palavras, em que ambos fingem uma surpresa que não têm: "Oh! por aqui, senhorita! não imaginava que ia hoje ter esta ventura e esta honra...". E ela: "Oh! nós saímos tão pouco... Apareça, doutor, apareça!...".

E encerremos a galeria com o namoro pitoresco, mas às vezes sanguinário, dos nossos *bravi*, namoro também de rua, em que o "povo da lira" deslumbra as suas *elas* com a ostentação da sua bravura e do seu desempenho...

As Dulcineias escuras, que são o prêmio da vitória, ficam à janela, assustadas e comovidas, enquanto os paladinos resolvem, a passos de capoeiragem, a rivalidade amorosa. "Ao vencedor, as batatas!" – dizia o *Quincas Borba* de Machado de Assis. "Ao vencedor, os meus beijos!" – dizem as damas destes namoradores de viela.

....

Namoro elegante ou namoro reles, namoro de literatura ou namoro de cabeçadas – tudo é manifestação de amor, e tudo é digno de interesse e de estudo... Namorai, rapazes e raparigas: o namoro é uma lei universal, porque é o estudo preparatório para o fecundo amor, para esse

amor, che muove il sole e l'altre stelle,

como disse o Dante, que também, no seu tempo, deve ter sido um grande namorador...

Fantasio
Kosmos, maio de 1906

A ELOQUÊNCIA DE SOBREMESA

Oratória e Estômago

Os compêndios de retórica e os dicionários enciclopédicos ensinam que a Eloquência pode ser submetida a duas classificações... – a antiga, que compreendia três gêneros – demonstrativo, deliberativo e judiciário – e a moderna, que considera cinco oratórias diferentes: a da tribuna, a do púlpito, a forense, a acadêmica e a militar.

Ambas as classificações pecam por deficiência e insuficiência, porque nenhuma delas se refere a um gênero especial e interessantíssimo da Oratória: a Eloquência de Sobremesa, a Oratória *inter pocula*. É absurdo confundir a oratória dos salões, da praça pública, e das tribunas populares, eclesiásticas, forenses e acadêmicas, onde o orador fala com o estômago vazio, e apenas tendo direito a um copo de água para a irrigação periódica da garganta – com a oratória dos banquetes, dos piqueniques, e das ceias, onde o orador fala com o estômago abarrotado, e onde as imagens saltam, com a farofa, do bojo dos perus assados, e os tropos saltam, com os vapores alcoólicos, das taças de *champagne*, dos copos de cerveja e dos cálices de vinho do Porto.

No Brasil, o gênero é novo...

Os nossos avós não praticavam, nem sequer conheciam esse gênero particular de Eloquência: quando se reuniam em torno de uma mesa fartamente servida, tratavam de comer e de beber à larga, conversavam e, quando se sentiam entusiasmados, cantavam. Eram canções patrióticas ou cançonetas brejeiras, hinos gerreiros ou *modinhas* graciosas, que facilitavam a digestão.

Esses bons velhos, porém, nunca se lembraram de transformar a mesa em arena de prélios políticos ou literários...

O gênero é moderno, moderníssimo. E os seus cultores podem ser classificados em vários grupos, que as caricaturas de Calixto vão ilustrar neste artigo.

À tout seigneur, tout honneur: contemplemos aqui o orador político...

Vede-o, austero, severo, sério, braço esticado no ardor do improviso, olhos cerrados pela contenção do espírito, afirmando a sua dedicação a um partido ao qual talvez tenha de trair amanhã, ou afirmando o seu nobre desejo de morrer pela Pátria, quando talvez o seu único sincero desejo seja o de repetir a galantina de macuco que foi servida há pouco...

A oratória política de sobremesa é hoje uma instituição indestrutível. É em banquetes que os presidentes eleitos apresentam a sua *plataforma*, é em banquetes que se fundam partidos, e é em banquetes que se fazem e desfazem ministérios. São banquetes fartos, magníficos, em que se gasta dinheiro a rodo: e isso não admira, porque, neles, é sempre o povo quem paga o pato... ou o peru. O *champagne* espuma nas taças. Os convivas, encasacados e graves, fingem prestar atenção ao programa político do orador, mas estão realmente namorando o prato de fios d'ovos... E o orador invoca os "fundadores da nossa nacionalidade", os "sagrados princípios de Oitenta e Nove", e declara solenemente que "o Brasil, este colosso que vai do Amazonas ao Prata e do Atlântico aos Andes, será em breve, graças a uma política enérgica, o primeiro país do mundo! porque ele, orador, está disposto a dar por isso a sua tranquilidade, o seu saber, o seu estudo, a sua saúde, a sua vida!". E senta-se, suado e comovido, dizendo ao vizinho da esquerda: "Que tal? falei bem? passe-me aquele prato de *marrons glacés*...". E, enquanto não chega o momento de morrer pela pátria, arrisca-se a morrer... de uma indigestão, devorando quatro *desserts* diferentes!

Há, porém, literaturas e eloquências de sobremesa muito mais pitorescas e divertidas do que essa.

Aqui vos apresento o orador dos grêmios literários e dos *clubs pschutts*, encarregado de agradecer "o concurso de tão nobre assistência à nossa modesta reunião"...

É moço, pálido, elegante e poeta. Manda versos aos jornais, e tem sempre cinco ou seis namoradas. É, de todos os sócios do clube, o que mais docemente sabe falar ao coração das moças. Ninguém marca com mais elegância uma quadrilha americana; e vê-lo dançar uma *schottisch* é um regalo para os olhos. Tem um madrigal para cada menina; e recita versos com um calor comunicativo, entre uma polca e uma valsa, encostado ao piano, com os olhos pregados no teto da sala e um sombrio desengano refletido na face:

> Foi engano, meu Deus!... Não! foi loucura!...
> Pedir seiva de vida à sepultura,
>   Em gelo me abrasar!
> Pedir amores a Marco sem brio...

À meia-noite, quando o presidente do Clube convida as senhoras para "a modesta ceia", já toda a assistência sabe que o vai ouvir... Pálido, retorcendo o curto bigode frisado, o orador tempera a garganta com um cálice de Porto, e enceta o seu infálivel brinde "à mulher-mãe, à mulher-esposa, à mulher-filha, essa trilogia divina que é a trípode do Amor e o triângulo da Crença!". O brinde é sempre o mesmo, e nunca deixa de comover o auditório; e, quando as danças continuam, as meninas, que têm a honra de dançar com o grande orador, debruçam-se nos seus braços com languidez e carinho, gozando o enlace daquele moço "de tanto talento"...

Tal é o orador dos Clubes.

Há, porém, ainda o orador dos Grupos e dos Cordões, que é do mesmo gênero, mas de espécie diferente.

Este é mais "pernóstico" e mais *art nouveau*, no trajar e no falar, como janota e como orador. Floresce nas imediações da Praça Onze de Junho, naquela maravilhosa Cidade Nova, que é o paraíso do "povo da lira". É o orador das funçonatas alegres, em que o piano alterna com o violão e a polca-militar com a modinha. É o Lúcifer das Eloás de cabelo frisado e flor atrás da orelha. É o Don Juan das Elviras de vestido de chita e óleo-oriza no cabelo... A sua imensa gravata de seda vermelha, em laço de "borboleta", é todo um poema; a sua gaforinha lustrosa, dividida em "pastas", é todo um programa.

A bebida do orador político é o *champagne*; a do orador dos clubes é o vinho do Porto; a deste é a cerveja. No fim da ceia, ei-lo que se levanta inspirado: fixa o punho esquerdo sobre a mesa, mete a mão esquerda no bolso da calça, e solta o verbo. Diz que o belo sexo é como as flores dos jardins e como as estrelas do "*espacio*": e circunvagando o olhar dominador pelas damas (que o escutam ansiosas, com a empada suspensa entre o prato e a boca, e a alma suspensa entre a Terra e o Céu) sente que não há ali uma só rapariga que não morra de amores por ele. Horas de triunfo! minutos de inefável prazer! – e se houver algum consócio, que se atreva a disputar-lhe a vitória, o orador, à saída do baile, há de mostrar-lhe que é tão bom capoeira como orador, e que tanto sabe manejar a palavra como a *sardinha*...

E admirai agora o "orador dos aniversários", aquele que bebe à saúde do "aniversariante e da sua digna família"...

É sempre um amigo íntimo da casa, um papa-jantares, um "bom moço" que namora a menina mais velha, ou ocupa o lugar de guarda-livros do pai. Tem doçuras de mel na palavra, e nunca se esquece de dizer que o momento é solene, que a sua voz é débil, e que a dona da casa é um modelo de virtudes. E assim que principia a ceia, ainda no meio da canja saborosa, já a dona da casa, que não prescinde de receber aquele título de "modelo de virtudes", diz com amabilidade: "Queremos ver hoje o seu *brindis*, seu Maneco!". E seu Maneco, obsequiador: "De que ousadias não serei eu capaz, para cumprir as suas ordens, excelentíssima?!"...

Mas a galeria é vasta, as espécies são inúmeras, e nem todo um número da *Kosmos* bastaria para conter descrição de todos os nossos oradores de sobremesa...

Admiremos mais um, apenas: o orador das associações comerciais, presidente de sociedades beneficentes, ou provedor de irmandades.

É comendador, tem cadeia grossa com medalha pesada, e um grande *farol* no dedo. É tímido, e sente cólicas na alma, sempre que se vê em tais apuros. Mas, como não há remédio, faz das tripas coração, e, empunhando a taça, agradece, à hora do *lunch*, depois da sessão solene, o retrato a óleo, ou a sua eleição para presidente ou provedor. Fala da sua probidade comercial, enumera os seus serviços, gagueja, e acaba às vezes chorando, com a voz embargada pela comoção.

De um sei eu, que fez um dia um discurso notável... Uma sociedade beneficente e recreativa, que estava quase quebrada, e precisava de dez contos, elegeu-o presidente, e ofereceu-lhe um banquete. Depois de ouvir doze discursos, num profundo silêncio, o comendador levantou-se, e disse, pondo sobre a mesa os dez contos: "Eu cá nunca fui orador! comigo, é pão-pão, queijo-queijo... Ou isto é uma sociedade séria, ou é uma borracheira. Se é uma sociedade séria, cá estão os dez contos! se é uma borracheira, vão-se vocês todos pro meio do inferno, que eu não entendo de lábias!".

Fantasio
Kosmos, junho de 1906

A DANÇA NO RIO DE JANEIRO

O Rio de Janeiro é "a cidade que dança"...
A Dança é, sempre foi, e sempre será, um divertimento universal. Foi ela a primeira Arte que os homens cultivaram e amaram. Já, nos tempos pré-históricos, os nossos avós trogloditas, à porta de suas cavernas rudes, depois das batalhas ferozes ou das caçadas fatigantes, dançavam com prazer, ao som de músicas ingênuas, de cuja toada, perdida há mais de vinte mil anos, não podemos hoje fazer a menor ideia. Mais ainda: antes do aparecimento do primeiro homem na Terra, já os animais dançavam: e ainda hoje dançam; que é o faceiro patinhar do cavalo, senão uma dança? que é, senão uma dança, o terno volteio com que os pombos, na época do amor, giram, arrulhando, em torno das rolas? Não é exagero dizer que a Dança é uma manifestação constante e eterna da Vida de todo o Universo: a vida é um ritmo. Que fazem os planetas, no imenso espaço, num giro perpétuo? O seu movimento imortal é uma dança. É uma dança a sua agitação incesssante. É a Dança das Esferas, é a luminosa *pírrica* dos Astros, regida pelo Maestro-Criador...
Em todos os tempos os homens amaram a Dança. Ela é ainda hoje amada e praticada em todos os pontos da Terra. Davi dançou diante da Arca. No Egito, não havia "mistério" religioso, que se realizasse sem danças. Na Grécia, dançavam guerreiros, sacerdotes e poetas: Ésquilo dançou, diante dos

exércitos para celebrar a vitória de Maratona, e foi o grande Sófocles quem dirigiu as *pírricas* que festejavam a vitória de Salamina. E qual é a região do planeta em que hoje não se dança? Dança-se em Paris, em Londres, na Tasmânia, em Tombuctu, em Ceilão, na Polinésia...

Mas no Rio de Janeiro, a Dança é mais do que um costume e um divertimento: é uma paixão, uma mania, uma febre. Nós somos um povo que vive dançando. Não há casa que não tenha um piano, e não há piano que não esteja em uma casa de dançadores. Assim que a noite cai, todas as ruas ressoam, ecoando as valsas alegres, as mazurcas langorosas, as polcas saltitantes, que os pianos gritam ou soluçam. Não há almoço, jantar, ou piquenique, que não acabe aqui por uma *sauterie*. Onde quer que estejam reunidas estas quatro entidades eternas: um rapaz, uma moçoila, um pianista e um piano, a Dança aparece, pontual como o Tempo, imperiosa como o Dever, inevitável como a Fatalidade. Estou em dizer que oito nonos da população do Rio de Janeiro devem a sua existência à Dança: por quê? Porque é dançando que os rapazes e as raparigas se conhecem e amam: a Dança é a mãe do Namoro, o Namoro é o pai do Casamento, e...

A Dança é por tal forma uma preocupação característica da vida carioca – que é estudando e classificando, por ordem de bairros, as danças preferidas do nosso povo, que se pode estabelecer a geografia moral da cidade.

Botafogo não dança como Catumbi, a Tijuca não dança como a Saúde. Cada bairro tem a sua dança, que é a sua fisionomia característica, rigorosa e inconfundível. Se me vendarem os olhos, e me conduzirem, depois de várias voltas e viravoltas, a qualquer ponto do Rio de Janeiro, e se me retirarem a venda dentro de uma sala em que se esteja dançando – eu direi logo, pelo simples exame dos dançarinos, em que *country* estou da urbe.

Em Botafogo, a Dança é serena e majestosa como um rito religioso. Cada um daqueles cavalheiros severos, amortalhado na sua casaca negra, garroteado na sua gravata branca, parece um sacerdote. Cada uma daquelas damas, esbeltas ou pesadas, arrastando caudas de rainha, parece estar cumprindo uma obrigação cultual.

Os gestos são medidos e solenes, as mãos apenas se tocam, os pés arrastam-se sem barulho. Há, em Botafogo, contradanças, que lembram as danças fúnebres dos antigos romanos. Entre duas marcas, às vezes, os pares têm bocejos; nos intervalos, os cavalheiros dizem às damas, com gravidade: "O Rio de Janeiro progride: o Progresso é uma lei fatal...". E as damas, com um fiozinho de voz romântica, falam do último romance de Bourget, ou da última conferência literária do Instituto de Música...

Saiamos de Botafogo, e demos um pulo à Tijuca, ao Andaraí, ao Engenho Velho. Aqui, está um baile. Não há carros à porta, como em Botafogo. Aqui, o bonde impera; aqui, impera a Democracia.

Não há casacas. Há *smokings*. O *smoking* – essa caricatura da casaca, essa casaca que lembra uma ave negra à qual por troça houvessem cortado as plumas da cauda – é uma transigência da Elegância, é uma ponte de transação lançada entre a Nobreza e a Plebe, é um meio-termo entre o *Kratos* e o *Demos*... Mas não há somente *smokings*, aqui. Há também os modestos casacos, elegantemente abertos, com uma flor na botoeira, de abas afastadas sobre coletes de complicada fantasia, de veludo ou seda, com botões de rútilo esmalte. As damas não têm cauda nos vestidos: a barra da saia, curta e redonda, deixa em liberdade, para os volteios e as mesuras do *pas-de-quatre*, os pezinhos espertos e ligeiros, que se agitam, como aves, bicando o assoalho. Aqui, a Dança já não é uma cerimônia: é um prazer. Os corpos ainda não se aproximam: mas, no aperto das mãos, já há uma franqueza, uma sinceridade, um abandono. Vede esse par... O cavalheiro tem os olhos postos ao lado, a dama tem os olhos postos no chão... Mas aquelas duas mãos têm uma vibração palpitante...

Quando acabar a *polca-militar*, quando eles forem conversar, à janela, contemplando o palhetamento do luar nas copas dos *flamboyants* da rua – não irão tratar, certamente, do último romance de Bourget, nem da última conferência do Instituto...

Mas a Dança, no Engenho Velho, ainda é formalista. Quereis começar a ver dançar *à la bonne franquette*? Vamos a Catumbi!

Adeus, formalidades! adeus, cerimônias! Tocam-se os corpos, enlaçam-se os braços, aproximam-se as faces. A valsa arrebata o par num sonho doce. A sala desaparece, os outros pares somem-se, tudo se apaga e se esvai. A música chega ao ouvido dele, e ao ouvido dela, como um eco longínquo da harmonia do céu. As abas do fraque dele revoam, como sacudidas pelo vento das alturas. O vestido dela enfuna-se como um aerostato. É o prazer, é a delícia, é a vertigem! E lá vão os dois, num tufão entontecedor, como Paola e Francesca, no redomoinho da Dança – enquanto, a um canto da sala, o rival infeliz, que não sabe dançar como o outro, murmura, chupando um cigarro, os melancólicos versos de Casimiro de Abreu:

> Tens razão! Valsa donzela!
> A mocidade é tão bela
> E a vida dura tão pouco!
> No burburinho das salas,
> Cercada de amor e galas,
> Sê tu feliz! Eu sou louco!

Mas saiamos... E vamos à Cidade Nova.

A Cidade Nova... Um mundo novo, de onde a quadrilha foi banida... Aqui, tem o *maxixe* o seu reino incontestado. O *maxixe*! A Espanha tem o *bolero* e a *cachuca*, Paris tem o *chahut*, Nápoles tem a *tarantella*, Veneza tem a *forlana*, Londres tem a *Giga* –, e a Cidade Nova não lhes inveja essas riquezas, porque possui o *maxixe*. Aqui, já não se tocam apenas os corpos: colam-se. As mãos dela pesam – jugo doce! – sobre os ombros dele; nos braços dele, como num estojo apertado, anseia a cintura dela. Faces em êxtase,

> Olhos cerrados na volúpia doce

com um sorriso de beatitude nos lábios, os dois parecem

> Na mesma árvore, dois galhos...
> No mesmo galho, dois frutos...

O inglês Cook, que viajou pela Polinésia, viu um dia os tasmânios dançarem a *temorodia*, e escreveu: "é a Volúpia em ação, é a apoteose da Luxúria!". Ingênuo Cook! Que escreverias tu, se viesse à Cidade Nova?...

Na Saúde, a Dança é uma fusão de danças, é o *samba* uma mistura do *jongo* e dos *batuques* africanos, do *cana-verde* dos portugueses, e da *poracé* dos índios. As três raças fundem-se no *samba*, como num cadinho. O *samba* é a *opoplacia* do Cortiço, é a *pírrica* da Estalagem. Nele, o reinol pesado conquista a leve mameluca. Nele desaparece o conflito das raças. Nele se absorvem os ódios da Cor. O *Samba* é – se me permites a expressão – uma espécie de bule, onde entram, separados, o café escuro e o leite claro, e de onde jorra, homogêneo e harmônico, o híbrido café com leite...

O Rio de Janeiro é "a cidade que dança". Dançai, rapazes e raparigas! A vida é curta, o mundo é mau, o dinheiro anda arisco, a carne custa os olhos da cara, e a morte é certa. A Morte! Também ela tem a sua dança – a *Dança Macabra*, que todos havemos um dia de dançar...

Por agora, porém, não pensemos na *Dança Macabra*: vamos a um *cake-walk* gostoso – dança preciosa, que tem a virtude excepcional de abaixar o Homem até o Canguru, e de elevar o Canguru até o Homem!

Fantasio
Kosmos, maio de 1906

OS QUE VEEM...

Diz-se que só não veem os que são cegos – ou os que não querem ver, que, como diz o rifão, são os piores cegos do mundo.

Excetuadas essas duas espécies de cegos – todos os homens veem, ou pensam que veem.

Porque a verdade é que, para ver, não basta possuir bons olhos e tê-los bem abertos. Há muita gente que vê sem ver – porque é incapaz de prestar atenção a qualquer coisa, e, depois de ter visto qualquer coisa, não consegue dizer o que viu. Conheço um sujeito que apanhou um prêmio na loteria e foi passar um ano na Europa, *para ver*. Esteve em Portugal, na Espanha, na França, na Inglaterra, na Bélgica, na Suíça, na Alemanha, na Itália, correu todas as grandes cidades, visitou todos os museus, entrou em todos os teatros; e, quando voltou, como eu lhe perguntasse o que tinha visto, respondeu, um pouco vexado: "Homem! vi tanta coisa, que não me lembro de nada do que vi...".

E há também muita gente que sabe ver, que gosta de ver, que vive de ver, e que afinal não vê nada.

Todas as grandes cidades têm os seus *mirones*, que veem, e não fazem outra coisa. Paris têm os seus *badauds*; Nápoles, os seus *babacci*; Londres, os seus *cackneys*; Madri, os seus *papanatas*; Lisboa, os seus *pasmados*... Estes últimos já foram decantados por Gomes Leal, num soneto célebre:

> Que ofício ou arte têm? São timbaleiros?
> Sacristãos? ou palhaços? ou coveiros?
> Têm um ofício só: é ver quem passa...

Aqui, no Rio, temos os *basbaques* da Rua do Ouvidor, que passam o dia inteiro amparando com as costas os portais e as esquinas – e *vendo*. Vendo o quê? Vendo tudo: as mulheres, os homens, as nuvens, a poeira, o sol, a chuva – noves fora, nada.

Os mais interessantes são os "basbaques populares".

Basta que um sujeito pare no meio da rua, e comece a olhar fixamente a fachada de uma casa, ou um certo ponto do céu: chega logo outro sujeito e põe-se a mirar o mesmo ponto; daí a dois minutos, os basbaques são vinte, são cinquenta, são cem; interrompe-se o trânsito, paralisa-se o trabalho, suspende-se a vida da rua. E toda a gente fica *vendo*. Vendo o quê? Quem sabe lá?! cada um está vendo uma coisa, ou todos não estão vendo coisa alguma – o que vem a dar no mesmo...

Desta curiosidade do povo, desta mania de ficar parado, embasbacado, estarrecido, vendo, ou fingindo que vê – é que os *camelôs* de todas as grandes cidades tiram a sua subsistência. O *basbaque* sustenta o *camelô*, o *camelô* explora o *basbaque*. Não haveria *camelô*, por mais esperto, que fosse capaz de viver e prosperar numa terra de cegos. Onde não há quem veja, o *camelô* morre de fome.

A nossa Avenida Central já reproduz diariamente muitas destas cenas. Para um sujeito no meio da Avenida, ou numa esquina, deposita no chão a cesta ou a caixa em que traz as suas maravilhas, e, daí a pouco, está cercado de uma multidão espessa: são homens, mulheres, crianças, velhos, carregadores, moleques, funcionários públicos, caixeiros, advogados, médicos, banqueiros, comendadores, vagabundos – todas as classes sociais. E toda esta multidão está *vendo* as preciosidades do *camelô*: os passarinhos-ocarinas, os palitos chineses, os *gritos de sogra*, os sabonetes para tirar nódoas, os saca-rolhas automáticos, os carimbos de borracha, os acendedores instantâneos, os botões que se pregam sem agulha nem linha, as canetas inesgotáveis etc. etc. As horas correm, e todos os basbaques vão ficando ali: o médico abandona os seus doentes, o advogado esquece as partes, o caixeiro não se lembra do patrão, o empregado público perde a ideia da Repartição. E quando algum desses *mirones*, depois de ter visto aquilo durante muito tempo, se decide a comprar uma das preciosidades, e reconhece que comprou uma coisa inútil e imprestável – nunca deixa de dizer, para se consolar: "Foi porque eu não *vi* bem! se tivesse *visto* bem, não teria comprado!"...

Estes são pagos para ver: o *polícia* e o *guarda-civil*. O Estado farda-os, calça-os, alimenta-os, paga-os, e solta-os pelas ruas – para que eles vejam. E aí os tendes, com os olhos bem abertos, bem arregalados, bem espertos, *vendo*... Pois bem! a poucos passos dali, um gatuno está roubando um par de botas da porta de uma loja de calçado, um outro ratoneiro está metendo a mão na algibeira de um basbaque, – e eles não veem nada disso. Por quê? porque são cegos? De cegos é que eles nada têm. A razão é que tanto o *polícia* como o *guarda-civil* só se veem a si mesmos: o primeiro só vê a sua importância, o seu alto papel social, a sua nobre função pública – a gravidade e a transcendência de sua missão de assegurador da ordem pública; e o segundo só vê a sua elegância, a sua beleza de funcionário chique, de farda nova, de luvas, de polainas, de botas de polimento...

Há também os que vão ver para serem vistos... Reparem na atenção com que certos frequentadores de teatro parecem estar fitando a cena. *Ele* tem na face as rugas da concentração: quem o vê pensa que ele se está comovendo com os lances do drama, ou divertindo com a graça da comédia, ou deliciando com as harmonias da ópera – ilusão! o que ele está é pensando nos seus negócios de amanhã: está ali para ser visto, para que todos vejam que a sua vida vai bem, e que não lhe custa nada pagar todo aquele luxo: – o camarote caríssimo, o vestido e as joias da mulher, a carruagem que os espera à porta do teatro. *Ela*, que está bem-vestida e é formosa, pensa: "Que figura estarei eu fazendo? que dirá deste adereço de safiras a baronesa? como se estará ralando de inveja a Mariquinhas!...".

Ainda sem sair do teatro, aqui temos uma outra espécie de frequentador:

O *polícia* e o *guarda-civil* são pagos para ver, e não veem. O seu *pendant* é o dorminhoco que paga... para não ver. Ali está ele, dormindo e roncando, enquanto o galã da comédia suspira amores ao ouvido da ingênua, ou o tenor garganteia idílios aos pés da prima-dona. É um bom burguês, que jantou bem, e deliberou acabar a noite vendo um belo espetáculo. Pagou a sua entrada, entrou, sentou-se, e começou a querer ver. Mas, diante dele, estende-se uma espessa muralha de chapéus de senhoras, que enchem a plateia – chapéus altíssimos, enormes, formidáveis, como casas, como castelos, como torres. O desgraçado estica e desloca o pescoço em todas as direções; e, graças ao trabalho da digestão, resignando-se a não ver a peça, contenta-se com ver para dentro, e ferra no sono...

Em matéria de espetáculos, há ainda os *mirones* do *sereno*. Esses gostam dos espetáculos gratuitos, e contentam-se com ver o que não podem gozar. São os únicos que veem – e são felizes porque se divertem com isso, muito mais do que os que pagam para ver, e não veem nada.

O "sereno" é uma instituição nossa, exclusivamente nossa, peculiarmente nossa e essencialmente carioca. Não há baile na cidade que não atraia o pessoal do "sereno". Se o baile é em casa térrea, ou assobradada, o "sereno" funciona junto das janelas, enche a calçada, olha e examina tudo, e não perde uma só das quadrilhas ou dos namoros que se travam lá dentro. Se o baile é em sobrado, o "sereno" funciona na calçada fronteira, com as cabeças levantadas, os narizes para o céu – e vê menos, mas ainda assim sempre vê alguma coisa: e, quando não vê nada, satisfaz-se com imaginar o que poderia estar vendo, se não estivesse tão longe...

Jesus! o assunto é rico, e daria ainda muito pano para mangas. O espaço é que é curto. O que se quis aqui foi provar que, para *ver*, não basta ter olhos e olhar.

Há cegos que veem mais do que os que não são cegos. Bem disse Victor Hugo: *"quand l'oeil du corps s'éteint, l'oeil de l'esprit s'allume..."*. E ainda é bom quando a gente, não sabendo ver com os olhos da cara, sabe ver com os olhos do espírito: porque há muita gente que é tão cega de uns como de outros.

Fantasio
Kosmos, outubro de 1906

PIANOLATRIA

Chegou a estação elegante do Rio, que começa em maio e vai até outubro. Estamos em plena *season*... E a prova disso é que já os jornais anunciam um concerto por dia...

O Rio de Janeiro é, de todas as grandes cidades do mundo, a cidade melômana por excelência. Aqui tudo se faz por música ou com música. Nós vivemos da, pela, e para a música. A música, arte admirável, foi inventada para ser um dos encantos da vida, uma porta aberta para o sonho, uma janela rasgada sobre o páramo do ideal, um repouso e um gozo para o espírito; nós, porém, fizemos da música o próprio fim, o próprio fundo, a própria essência da vida, há cariocas que só comem solfas, que só bebem sustenidos, que só respiram claves.

Por isso, é pela extraordinária abundância e pela prodigiosa sucessão dos concertos que se caracteriza a nossa estação elegante. Além das músicas indígenas, temos no inverno as músicas ádvenas: e a nossa vida, durante estes seis meses, é uma série interrupta e contínua de sinfonias, de cantatas, de romanças, de árias, de barcarolas, de duetos, de solos, de coros, de valsas...

Este ano, o inverno carioca parece que se vai distinguir dos outros pela maravilhosa e nunca vista profusão dos pianistas.

Chegam-nos pianistas da Europa, da América, da Ásia, da África, da Oceania, do Céu, do Purgatório e do Inferno.

Não se pode passar os olhos por um jornal, sem encontrar estas linhas: "chegou ontem o notável pianista F...". É uma nuvem de pianistas!

Como se no Rio de Janeiro houvesse falta de pianistas! Uma cidade, em que as crianças já nascem sabendo martelar no piano a gama notável dos sete sons!

Dó-ré-mi-fá-sol-lá-si... Si-lá-sol-fá-mi-ré-dó...

Jesus! Onde me esconderei eu – em que apartado subúrbio, em que esconso arredor, em que alpestre recanto desta cidade me poderei enlapar, para não ouvir, de sol a sol, do amanhecer ao entardecer, e do anoitecer ao alvorecer, esta medonha escala tocada da direita para a esquerda, e da esquerda para a direita, do *dó* ao *si* e do *si* ao *dó*, em dez pianos, em mil pianos, em um milhão de pianos assassinos?

O Rio de Janeiro é a cidade dos pianos. O seu padroeiro, dizem, é São Sebastião... Foi mal escolhido. O Rio de Janeiro deveria ter, não um padroeiro, mas uma padroeira: a melodiosa Santa Cecília, bem-aventurada tocadora de cravo e de órgão.

Saí por aí fora, ide de bairro em bairro, de rua em rua, de casa em casa – e não encontrareis uma só casa em que não haja um piano, pelo menos. Porque há casas que têm dois: um, de cauda, para as pessoas grandes, e outro, de meio armário, para as crianças principiantes.

E há casas, que têm três: um para a dona da casa e as filhas mais velhas, outro para a pirralhada, e outro para as criadas!

No lar mais pobre, sempre achareis um desses "monstros negros de dentes brancos", como já os denominou um poeta. Talvez não vejais, na mais humilde habitação carioca, panelas no fogão, nem comidas nos pratos, nem louça no armário, nem roupa na cômoda, nem lençóis na cama, nem munições de boca na dispensa, nem agulhas e carretéis de linha na caixinha de costura: mas haveis de ver, por força, um piano. O piano é a última coisa que entra e sai das casas, quando há mudança, porque é o traste mais pesado, mais respeitado, mais cercado de amor e desvelo. É também a última coisa de que o pobre se desfaz... quando se diz de um chefe de família: "vendeu o piano", está dito tudo: nessa frase se resumem e definem a miséria suprema e o supremo sacrifício; depois disso... o suicídio!

Bem sei que a mania do piano não é exclusivamente carioca: é brasileira.

Em 1894 (*ça ne nous rajeunit pas!*) visitei, em Minas, o local em que esplende hoje a opulenta e formosa cidade de Belo Horizonte. Chamava-se aquilo o Curral d'El-Rei. Era menos do que uma vila, menos do que uma povoação; era apenas um arraial: tinha uma igreja, e dezoito casas. Pois bem! nesse modesto e apagado cafundó de dezoito casas, havia nove pianos! Quantos pianos haverá atualmente na esplêndida Belo Horizonte? Sei lá! talvez cem mil, talvez um milhão...

Mas em ponto nenhum do Brasil, ou do mundo, o império do piano é tão absoluto e tirânico como no Rio de Janeiro. Aqui, as meninas ainda engatinham, e já sabem o dó-ré-mi.

Trecho de conversa que se ouve em todas as casas:

– Então, como vão as suas meninas, nos estudos?

– Ah! muito bem! têm todas muito gosto para o piano!

Ninguém pergunta a uma mãe de família se as suas filhas sabem temperar um guisado, ou pespontar uma bainha, ou futicar uma meia velha, ou engomar uma saia, ou marcar um lenço. O que se pergunta é se elas já adquiriram o *doigté* indispensável para a execução de uma sonata de Liszt.

E não nos espanta ver, em qualquer família, um galopim de dez anos ainda analfabeto, passando os dias na rua a soltar papagaios de papel, em vez de ir aprender na escola pública do bairro a soletrar o nome e a conhecer a filiação zoológica de um papagaio de verdade: não nos espanta o analfabetismo do petiz, porque consideramos que cada idade tem a sua ocupação, e que isto de saber ler é coisa que tem causado a desgraça de muita gente. Mas se nos dizem que uma irmã dele, contando já oito anos, ainda não sabe sacar do teclado a melosidade da *Prière d'une vierge* ou os repiniques do *Vem cá mulata*, esbugalhamos os olhos com assombro, como se estivéssemos diante de um caso teratológico. Uma menina de oito anos, que ainda não toca piano! Que monstruosidade!

Admitida essa pianolatria carioca, não admira que o Rio de Janeiro seja o melhor mercado do mundo para os fabricantes de pianos, e para os compositores de música fácil.

De música fácil – porque poucas, muito poucas dessas meninas chegam a poder executar música difícil, música séria, verdadeira música. Quase todas param nas polcas, nas quadrilhas, nas valsas, que os compositores indígenas e estrangeiros fabricam às fornadas, com títulos de um lirismo babão, ou de um heroísmo estapafúrdio: *Lágrimas de Sinhá*, *Glória a Santos Dumont*, *Pingos de orvalho*, *Morrer pela Pátria*, ou *Mata-me, ingrata!* E algumas dessas pianistas falhadas nem chegam a tocar a mais fácil das polcas; envelhecem na escala, e vão até a sepultura atormentando os ouvidos da vizinhança com o eterno dó-ré-mi-fá-sol-lá-si...

Quanto aos fabricantes de pianos, esses têm no Rio de Janeiro um mercado seguro, amplo, eterno, inabalável. Já contastes as casas de vender e alugar pianos, que há no Rio de Janeiro? Só na Avenida Central, há três. E já encontrei uma no Encanto, que fica perto do lugar em que Judas perdeu as botas!

Li há pouco uma estatística que me impressionou.

Sabeis quantos pianos se fabricam anualmente no mundo? 395 mil: – quinze mil na França, cinquenta mil na Inglaterra, oitenta mil na Alemanha, e 250 mil nos Estados Unidos! É alucinante!

Chego a acreditar que tudo isso vem para o Brasil. E pensar que todo o Brasil conta apenas vinte milhões de habitantes!...

Como acabais de ver, os países que mais pianos fabricam são a Alemanha e os Estados Unidos... Esse é que é o verdadeiro perigo alemão! esse é que é o verdadeiro perigo *yankee*! E é lícito dizer que esse é também o verdadeiro perigo amarelo, porque o amarelo é a cor do Desespero...

Neste mesmo momento, uma das minhas vizinhas começa a dedilhar o teclado do seu piano: dó – ré – mi – fá – sol – lá – si... si – lá – sol – fá – mi – ré – dó... E, à hora em que os trinta mil assinantes de *Kosmos* estiverem lendo esta crônica, trinta mil pianos lhes estarão provando que não exagero: si – lá – sol – fá – mi – ré – dó... dó – ré – mi – fá – sol – lá – si...

É a escala infernal das torturas, é a gama demoníaca dos martírios. Os *chins*, que refinaram e apuraram de modo maravilhoso a arte dos suplícios – a canga, os anjinhos, a polé, as aspas, a braga, o ecúleo, o estremalho, o estrepe, a ferropeia, as bastonadas, o borzeguim de ferro, o esquartejamento, a roda, a fogueira, a tábua de pregos –, nunca se lembraram deste supremo requinte do tormento: um piano perto do padecente, e uma pianista, debruçada sobre o teclado, deixando pingar dentro do ouvido e do cérebro do mísero, durante um dia, uma semana, um mês, um ano, um século, uma eternidade, a chuva hedionda das notas da escala: dó – ré – mi – fá – sol – lá – si... si – lá – sol – fá – mi – ré – dó...

Deuses imortais! e ainda nos chegam pianistas da Oceania, da África, da Ásia, da América, da Europa, do Inferno, do Purgatório e do Céu!

O. B.
Kosmos, maio de 1907

OS MORDEDORES

O bom Rabelais, apresentando aos seus leitores o extraordinário Panúrgio, diz que esse homem fenomenal sofria muito de uma moléstia *"qu'on appelait en ce temps-là faute d'argent"*; mas acrescenta: *"toutefois il avait soixante et trois manières d'en trouver toujours à son besoin"*...

Sessenta e três maneiras de arranjar dinheiro! já era engenho!

Os "mordedores" do Rio não possuirão igual número de processos "de dentada"; mas é forçoso confessar que lhes não faltam recursos, que revelam às vezes verdadeiro gênio.

Não se sabe quem inventou estas expressões pitorescas: *morder, mordedor, dentada*. Quem sabe jamais como nascem, como se acreditam, como ganham foros de cidade os termos da gíria? Um termo de gíria é um cogumelo que nasce e cresce da noite para o dia, criado não se sabe como.

Na gíria carioca, não há quem não o saiba – *morder* é pedir dinheiro: quando a vítima satisfaz o pedido, diz-se que *sangrou. Morder* e *sangrar*! Como isso exprime bem a violência do ataque e a dor da resignação! Dinheiro é carne, é sangue, é vida: é coisa que se arranca sem dor, sem um gemido profundo e sincero...

Dizem que, no Rio de Janeiro, os mordedores são legião: e não se trata já dos que *mordem* por necessidade passageira, mas dos que mordem por ofício, dos que vivem disso, dos que estudam teórica e praticamente a ciência da Dentada, como outros estudam a Medicina ou o Direito, e que conseguem ficar especialistas notáveis na matéria.

Há mordedores que mordem toda a vida, e não fazem outra coisa, porque não têm tempo para mais. É o caso de um, que, certa vez, respondeu uma coisa sublime a uma das suas vítimas habituais, que lhe dizia:

— Mas isto é uma vergonha! você não tem pejo de viver à custa dos outros? por que é que você não arranja um emprego?

— Não posso! — disse o profissional da Dentada, com uma resignação filosófica, metendo as mãos nas algibeiras — não tenho tempo! Das sete da manhã ao meio-dia ando à procura de quem me pague um almoço; do meio-dia às seis da tarde vivo em busca de quem me pague um jantar; das seis da tarde à meia-noite, corro à cata de quem me pague uma ceia — onde diabo quer o senhor que eu ache tempo para procurar um emprego?

Essa frase profunda explica a vida de muita gente. E, se imaginarmos o quanto deve ser necessário ter talento de invenção para viver assim, reconhecermos que o genial Panúrgio deixou descendentes que hão de viver enquanto o mundo for mundo.

Os recursos inventivos do mordedor são variadíssimos: a doença própria ou de pessoa da família, até a morte — tudo é explorado, tudo é posto em prática e — o que é mais extraordinário — tudo surte efeito.

Muitas vezes, quando o mordedor escreve "que está retido num leito de Procusto" — onde ele realmente está é num botequim de luxo, bebericando coisas caras em companhia amável. Em todos os botequins de luxo há caixas de papel e de envelopes, que se destinam especialmente aos *habitués* da casa e da dentada. É um consumo formidável! até espanta que ainda algum papeleiro não se tenha lembrado de pôr em circulação papel para dentadas com fórmulas impressas.

Mas o mordedor de profissão não explora apenas a própria doença imaginária: explora também a moléstia imaginária da mulher, dos filhos, da sogra, do sogro, dos netos, do diabo! E, às vezes, o caso ainda é mais grave: a dentada é dada para enterrar gente que nunca morreu, e até gente... que nunca existiu!

Uma das vítimas que mais sangram é o *padrinho*. Para um bom mordedor, um compadre é uma mina. Há compadres ricos, taverneiros ou comendadores, que levam a vida a pagar colégio, roupa, médico, botica e enterro para os afilhados. É o caso desse gordo capitalista da caricatura de Calixto. O bom homem tem um afilhado que já morreu dez vezes. Dez enterros! – e o capitalista considera que já vai sendo tempo de comprar um jazigo perpétuo para esse afilhado que tanto dinheiro lhe custa em enterros provisórios...

Como, porém, fugir ao cumprimento dos deveres de padrinho?

E como há de a vítima resistir, na rua, à amabilidade, à doçura, à meiguice, ao encanto, à sedução do mordedor, que lhe endireita o laço da gravata, que lhe sacode a caspa da gola do casaco, que lhe pergunta pela saúde de toda a família, e acaba por melifluamente encartar a dentada entre um cumprimento e um sorriso? Há mordedores tão hábeis, tão peritos no elogio e no carinho, tão cativantes, que as vítimas ainda lhe agradecem o favor da dentada...

Às vezes, porém, muitas, muitíssimas vezes, a vítima protesta, revolta-se, foge com o corpo, recusa-se a sangrar...

Aos infinitos recursos de ataque do mordedor, correspondem os infinitos recursos de defesa do mordido. Há mil maneiras de pedir dinheiro, mas também há mil maneiras de recusá-lo. E, às vezes, a fórmula do pedido é a mesma fórmula da recusa. "A vida vai mal!" – diz o mordedor; "a vida vai mal!" – diz o mordido...

É a eterna luta entre o caçador e caça, entre o pescador e o peixe, entre a lanceta e o braço, entre o dente e o couro.

Mas é lícito dizer que, nessa luta, quem quase sempre vence é o mordedor. Não há couro tão rijo que não acabe por se deixar atravessar pelos dentes dos profissionais da Dentada. Tudo depende dos dentes de quem morde: há dentes fracos, que desanimam – mas há dentes de aço, que são até capazes de cravar-se com proveito na couraça de um navio blindado...

Fantasio
Kosmos, agosto de 1906

AGÊNCIA COOK NO BRASIL

... Das cervejas envenenadas que não continham veneno?
Não! O assunto não diz com a índole de *Kosmos*... Prefiro tratar da primeira viagem que a famosa *Agência Cook* está organizando para o Brasil.
Cook – o homem que realmente corporificou a lenda do Judeu Errante – morreu em 1897, com 65 anos de idade. Seria talvez mais justo dizer com 65 anos de... viagem; porque, enfim, a vida desse homem extraordinário nada mais foi do que uma longa e contínua jornada. Dizem que, durante toda a existência, percorreu aproximadamente oitenta mil quilômetros por ano. Já foi andar!
Cook morreu, mas a sua célebre *Agência* está viva. Não há capital da Europa que não tenha uma sucursal dessa empresa de viagens, com o nome de *Cook* em colossais letras de ouro na fachada, tentando e seduzindo os que gostam de viajar com comodidade e economia. De todas essas sucursais partem, em todas as estações do ano, imensas caravanas de peregrinos que percorrem o mundo inteiro, indo admirar a formidável agitação de Londres, de Paris e Nova York, os museus da Itália, as pirâmides do Egito, as nascentes do Nilo, as minas do Transvaal, a solidão dos desertos da Arábia, as florestas da Nova Zelândia, as ruínas da velha Grécia, os vales poéticos da Judeia, a cascata do Niágara, o penacho de fumo

do Vesúvio, as águas do Bósforo, os minaretes das mesquitas orientais, os quiosques da China, os templos do Japão, as estepes geladas da Rússia, as margens selvagens do Ganges – todas as belezas, todas as maravilhas, todas as singularidades famosas da Terra.

Esses viajantes da *Agência Cook* – que se divertem e passeiam com as horas contadas, submetendo-se a horários implacáveis, sujeitando-se à tirania dura dos guias e dos cicerones, que os conduzem como autômatos, não lhes dando uma hora de repouso – têm sido sempre troçados pelo humor de todos os cronistas alegres. Há realmente um aspecto cômico em cada uma dessas levas de criaturas de sexos, idades e nacionalidades diferentes, atravessando o mundo numa comunhão de curiosidade e interesse, regulando o seu prazer pela vontade e pelo relógio do "cornaca" que os dirige, não se separando com medo da dispersão, como um rebanho tímido que não ousa afastar-se do pegureiro – e dormindo, comendo e divertindo-se de súcia...

É na Itália, durante o verão, que mais perfeitamente se pode estudar o mecanismo dessas caravanas de homens-bonecos, que não confiam nunca no que lhe dizem o próprio olhar e o próprio espírito, mas unicamente no que lhes diz o guia. Em grupos cerrados, num passo calculado e certo, em marcha militar, os turistas da *Agência Cook* atravessam as salas dos museus, inseparáveis, mudos, impenetráveis, graves, sem uma contração na face, parando quando o guia para, continuando a andar quando o guia prossegue. Parece que estão cumprindo um dever, uma obrigação, uma pena, uma penitência...

É uma escravidão, é um cativeiro voluntário. Nenhum dos "agenciados" da *Cook* pode, de *motu proprio*, descansar em tal ou qual cidade das que estão inscritas no itinerário, para satisfazer um capricho, ou para curar uma doença, ou para dar às pernas um pouco de repouso, ou para saciar um desejo de amor... Quem para perde a viagem – porque os outros não podem esperar: a Agência comprometeu-se a mostrar-lhes tantas mil léguas em tantos meses, tantos dias, tantas horas e tantos minutos – e não lhes concede um só dia de quebra como não lhes poupa uma só das léguas prometidas. Não é uma viagem: é um fadário; não é um passeio: é uma lida!

Mas, enfim, nem todos viajam e divertem-se como querem, e cada um viaja e diverte-se como pode. Quem não é rico tem de se resignar a distrair-se com pouco dinheiro: e isso explica a espantosa e sempre renovada freguesia da *Agência Cook*. Quando acaba um desses giros econômicos pelo mundo, cada um dos turistas tem ao menos o consolo de poder dizer que fartou os olhos na contemplação de quase todo o planeta, e o consolo ainda maior de poder espantar os sedentários com a narração das coisas vistas... ou inventadas, porque, enfim, nem todos podem verificar a exatidão do que contam os viajantes: *a beau mentir que vient de loin...*

Não troquemos os fregueses da *Agência Cook*! São eles os melhores agentes de propaganda com que podem contar os países novos e desconhecidos. Quando chegam a um porto qualquer, correm logo, apenas desembarcam, a saquear e esvaziar as lojas em que se vendem cartões-postais ilustrados. Esses retângulos em que a fotografia fixa os aspectos lindos, ou imponentes, ou somente pitorescos das cidades, vão por seu turno correr mundo; e se muitos deles não chegam a excitar outras curiosidades, alguns sempre conseguem despertar no espírito de outros homens o desejo de vir pessoalmente comparar a gravura com a realidade, a reprodução com o original. É, para cada país visitado, uma propaganda eficaz e barata. E, atendendo a isso, confessemos que a *Agência Cook* é uma benemérita, credora de gratidão dos países que carecem de chamariz.

Nós, incontestavelmente, carecemos de chamariz... E é, por isso, natural que a notícia da próxima primeira viagem de uma leva de turistas da *Cook* ao Brasil tenha despertado o interesse que despertou.

Será nos primeiros dias de julho a partida do *Byron*, em que vêm os forasteiros da Agência. Saltarão em Pernambuco, visitarão a Veneza da América; descerão na Bahia, farta-se-ão de vatapá e de mangas; no Rio de Janeiro pasmarão diante do Pão de Açúcar e diante do Corcovado, atravessarão em automóveis a Tijuca entrando pelo Andaraí e saindo pelo Jardim Botânico, irão ao Sumaré admirar a maravilhosa criação de Casimiro Costa, percorrerão a Avenida; depois, irão ver as docas de Santos, gozarão as paisagens grandiosas da *Inglesa* entre Santos e São Paulo, irão contemplar o monumento do Ipiranga – e seguirão para outras terras da América do Sul, queixando-se talvez da sujeira dos carros da nossa medonha Estrada de Ferro Central, da ladroagem dos cocheiros dos nossos carros de praça, da incomodidade dos quartos dos nossos hotéis, da ferocidade dos empregados das nossas alfândegas, da inópia dos menus das nossas casas de pasto, – mas confessando ao menos que viram algumas coisas originais, e refletindo que o Brasil será um dia um grande e belo país quando tiver achado quem o administre com um pouco mais de inteligência e um pouco menos de politiquice.

E, atrás desses forasteiros, virão outros...

Ainda não somos conhecidos, mas já começamos a excitar a curiosidade do mundo. Ainda não é bastante, mas já é alguma coisa. O que é preciso – e isto já se disse e já se escreveu que farte a propósito da próxima viagem do *Byron* – é que compreendamos que não devemos espantar a gente forasteira com as exigências revoltantes das nossas alfândegas sempre desconfiadas, farejando um contrabandista em cada viajante e um carregamento de artigos de contrabando em cada saco de roupa servida...

O.B.
Kosmos, abril de 1907

CONVERSA DE VELHOS

Em uma das primeiras noites deste cálido dezembro, dois velhos amigos, sob as velhas árvores do Passeio Público, passeando e conversando, deixaram a conversa enveredar para o capítulo das saudades. Unidos, desde a adolescência, por uma estima recíproca, a que sofrimentos e triunfos comuns deram uma solidez de diamante, esses dois homens começaram a remexer o passado, a reviver sensações mortas, a exumar sonhos defuntos – até que um deles, querendo sacudir a tristeza, gracejou:

– Dir-se-ia que estamos num cemitério... Que tema este de conversa, para uma noite tão linda, tão cheia de estrelas e de perfumes, entre estas árvores que são as primeiras a dar-nos lições de alegria!

– Que quer você? é a influência de dezembro... eu nunca pude ver chegar este mês de dezembro, sem sentir um aperto no coração. Nunca – é um modo de dizer: até os trinta anos, ainda dezembro me punha na alma um reverdecer de primavera: agora, porém, quando o vejo chegar, tenho vontade de me vestir de negro...

– Mas dezembro é o mês das alegrias.

– Para nós, dezembro é o mês das saudades. Não há criança e adolescente, que o não amem, mês dos exames, das férias, dos prêmios, das suaves festas cristãs, dos alegres folguedos do Natal. Mas, para os que já vão descendo a encosta que se precipita para o vale negro da morte – dezembro é o mês das recordações pungentes, das desesperadas recapitulações de um passado sempre sedutor. *Nessun maggior dolore...*

– Musset já respondeu, com felicidade, a esse terceto desconsolado:

> *Dante! pour quoi dis-tu qu'il n'est pire misère*
> *Qu'un souvenir heureux dans les jours de douleur?*
> *Un souvenir heureux est peut-être sur terre*
>   *Plus vrai que le bonheur!...*

– Não! A verdade, a triste verdade é a que se lastima e soluça no maravilhoso terceto que o poeta divino pôs na boca da mísera Francesca:

> *... nessun maggior dolore*
> *Che ricordar si del tempo felice*
> *Nella miseria...*

– Por mim confesso que nunca achei nas minhas saudades o divino sabor que o velho Garret achava nas suas: a saudade é sempre o desespero, é sempre o arrependimento, é sempre o remorso de não ter sabido aproveitar todos os bens da vida, gozando todos os prazeres físicos e intelectuais que ela tão generosamente oferece a quem tem mocidade e fé. Para prezar e abençoar um sofrimento, consolando-o com a recordação dos bens perdidos – é preciso não ser homem, é preciso ser santo: os santos resignam-se; os homens lembram-se e sofrem. Ah! se, nesta idade, ainda pudéssemos acreditar que existe um *Papá Noel*, benévolo e risonho, saltando de telhado em telhado, na linda noite de Natal, e dando bonecos às crianças, e amores moços aos corações dos velhos!

– O *Papá Noel* existe, ou pelo menos existiu para nós. Quem muito amou não perdeu o seu tempo. Lembre-se você dos amores que já lhe aborreceram na alma em dezembro:

esses amores foram os bonecos, os brinquedos, os presentes que o velho *Noel* deu ao seu coração...

– Sim! mas nós quebramos e destruímos os nossos amores, com a curiosidade estúpida de saber o que havia dentro deles, como as crianças quebram os seus polichinelos... E, depois, na mocidade, não há quem saiba dar valor aos bens da vida. Agora é que eu os queria, esses amores e esses sonhos, agora que sei quanto eles valem...

Pelas alamedas do jardim, passavam grupos de moças, palrando e rindo; aqui e ali, via-se um casal, muito unido, num segredar sussurrado.

– Meu pobre amigo! – disse o menos descontente e o mais resignado dos dois – é preciso ter a dignidade de suportar o jejum, quando os banquetes faltam...

– Mas é justamente a isso que eu não me posso resignar. Só se resigna a morrer quem não ama a vida. E eu amo loucamente a vida! Não nasci para morrer: nasci para viver! E parece-me uma infinita, uma imperdoável, uma satânica injustiça que eu tenha de perder a vida precisamente quando a conheço!

– Não sei... Creio que você exagera. Com os seus 58 anos...

– Cinquenta e quatro, meu caro, 54!

– Vá lá! Com os seus 54 anos, você não pode ter dentro do sangue essa lava de desejos.

– Como você me conhece mal! Eu comparo a minha velhice à luz de uma tarde de verão – dessas que só se veem no nosso firmamento. É uma luz que não quer morrer, uma luz que se agarra desesperadamente a tudo, e que, como os tísicos irremediavelmente condenados, loucamente se atira ao prazer, amando e chorando, aproveitando com febre os derradeiros instantes da existência: expelida das furnas, apega-se aos vales; rechaçada dos rechãs, segura-se aos píncaros das serras; espancada dos montes pela noite que cresce, refugia-se nas nuvens; e já a treva cobriu toda a Terra, e ainda essa luz, recalcitrante e teimosa, tinge vagamente o céu todo povoado de estrelas... Eu sou assim! somente agora me sinto capaz de amar e de ser amado. Que amor pode ter à terra o arbusto que cresceu em um ano, e ao qual um ano bastou para o levar do mistério do nada à surpresa da vida? que amor pode ter ao Amor a vida que ainda não se entendeu a si mesma? Agora é que eu sei amar, agora é que eu quero amar!

E entre os grupos, que passavam espantados e curiosos, vendo aquele homem de barbas brancas gesticular, o desesperado falava alto, abrindo os braços, como se quisesse abraçar as árvores, as lindas mulheres que passeavam, todo o jardim, toda a natureza, toda a vida...

O companheiro, um pouco vexado, tomou-lhe o braço, e conduziu-o por uma rua mais escura, entre os renques das árvores, à beira do lago escuro:

– Vamos tomar cerveja! você hoje está um pouco febril... Não esqueça, meu caro, que dezembro é o mês das férias... Você precisa de dar férias ao seu coração!

– Nem férias, nem aposentadoria! eu hei de morrer protestando contra a velhice! A velhice... conhece você uma palavra mais feia, mais triste, mais asquerosa? velhice... é uma palavra mole e viscosa, como uma lagarta...

– Vamos tomar cerveja!

O.B.
Kosmos, dezembro de 1904

A RÚSSIA DESPERTA

Houve, durante o mês, um acontecimento de interesse universal, que apaixonou e comoveu todas as almas. Foi a revolução do poletariado russo, revolução afogada em sangue, reprimida e jugulada a chicote e a bala.

Alguma coisa lucrou o povo russo com esse desesperado esforço para conquistar a liberdade: em todas as nações da Terra, todos os homens de bons sentimentos aplaudiram a coragem heroica dos revolucionários, e amaldiçoaram mais uma vez aquele governo, que só se sustenta pelo apoio cego e irracional de hordas de cossacos ignorantes e sanguinários. Até em França, onde toda a imprensa, por conveniências de várias espécies, é russófila – até ali a causa dos revolucionários reuniu a unanimidade das simpatias; e não houve jornal francês que não manifestasse claramente a sua indignação e o seu asco pelas brutalidades da violência vencedora.

Dir-se-ia que tudo isso é platônico, e que, para os revoltosos russos, uma só pequenina vitória real e prática valeria mais do que toda essa explosão de simpatias ineficazes. Não é tanto assim... A verdade é que, quando uma causa social consegue apaixonar desse modo a totalidade dos homens civilizados, o seu definitivo triunfo está próximo: o governo russo vai entrar pelo terreno das concessões, e, em breve, os pobres filhos daquela imensa terra receberão a única esmola que pedem: o direito de ser tratados como homens, e não como uma bestiagem miserável...

A revolução, além de ser uma nobre revolta dos escravos contra os senhores, foi também um protesto contra a estúpida crueza das guerras. E foi essa talvez a razão que mais contribuiu para a tornar simpática. Na Europa, a tortura causada pelas guerras já é insuportável. Em 1600, já um grande amigo da paz, o eloquente Cruce, pedia aos príncipes europeus "piedade para o gênero humano, fatigado das misérias da guerra"; e agora todos os filantropos aterrados bradam que "todas as lutas da Idade Média eram menos prejudiciais e menos depauperadoras do que esta sinistra paz armada, que é a fonte de todas as tristezas e de todas as fomes atuais".

O mal não pode continuar; porque os povos, conhecedores da origem e das causas da moléstia, reagem pelos meios ao seu alcance: nos países civilizados, enchendo os parlamentos de deputados socialistas, e, na Rússia semibárbara, apelando para a bomba explosiva, para o punhal, para o veneno, e para os levantes em massa.

Assim se realiza a bela profecia de Jean-Jacques Rousseau: *"La chair à canon va se mettre à penser, et à perdre l'admiration d'être canonnée"*...

Também já é tempo! Porque, se o mal fosse irremediável, e se, depois de dezenove séculos de civilização cristã, os homens ainda tivessem de continuar a devorar-se uns aos outros como os seus avós chimpanzés se devoravam no início das eras, seria força descrer no progresso, e seria justo esperar e pedir que um cometa descabelado e feroz viesse reduzir a poeira este estúpido planeta, cheio de uma vermina incapaz de amar a paz e a justiça...

Assunto bem nosso, bem local, foi a grita que se levantou contra a facilidade com que o júri, ou por incapacidade, ou por outras razões menos confessáveis, declara limpos de toda a culpa os criminosos, que a justiça pública lhe confia.

Pobres jurados!... pagam bem caro o orgulho daquela investidura sagrada!

Decerto, ser jurado é coisa que lisonjeia e orgulha. Imaginemos um homem pacato, merceeiro ou industrial, metido consigo e com os seus negócios, calmamente vivendo afastado das honras públicas, das refregas políticas, de todas as complicações sociais. Chamam-no um dia, e oferecem-lhe uma cadeira, dizendo-lhe: "Vai aqui ficar sentado e atento, ouvindo a exposição do crime que Fulano cometeu; ouvirá também a acusação, ouvirá também a defesa, e, depois, consultando a sua consciência, dirá se Fulano é culpado ou inocente, e se a justiça deve aferrolhá-lo na prisão ou mandá-lo em paz!".

Isso deslumbra e comove... Porque, afinal, ser jurado é, para esse homem, ser quase igual a Deus: Deus é quem sonda as almas, quem debaixo da aluvião das mentiras e dos enganos descobre a fugitiva e apagada verdade, quem avalia e pesa o móvel e a razão dos atos humanos, e quem, sem medo de errar, pode traçar a linha precisa que separa a culpa da inocência...

Dar a um homem pacato e simples a investidura de juiz é, pois, investi-lo de uma certa porção de Divindade; e, quando esse homem se convence de que com o seu voto pode servir a Justiça, desafogar a Moral, desagravar o Bem, e decidir do destino da vida de outro homem – é natural que um nobre orgulho o anime...

Mas, ai! também a Divindade tem os seus inconvenientes, os seus aborrecimentos... Nem todos os homens são capazes de suportar sem cansaço algumas dúzias de horas de atenção e imobilidade. Ainda o processo vai em meio, e já o desgraçado amaldiçoa a sua investidura quase divina... E as horas correndo, correndo, e ele, com a cabeça atordoada, com um zum-zum nos ouvidos, morto de fadiga, desesperado, furioso, maldizendo a hora em que fez a rematada tolice de aceitar aquela missão... E o processo continuando, continuando, sem fim, como um deserto longo e amarelo, sem a sombra de um oásis...

Chega por fim a hora do julgamento... E o jurado julga o processo, e dá o seu voto, com a inteligência que a Natureza lhe deu; e não tem culpa de dar um voto errado: porque, enfim, a Justiça, antes de lhe confiar aquele difícil e espinhoso encargo, não lhe perguntou se ele era inteligente ou estúpido, honesto ou desonesto... E quando o julgamento não satisfaz o público, é o pobre jurado quem paga as custas morais (ou imorais) do processo, sendo acoimado de idiota... ou de venal!

E aí está o que ele lucra com toda aquela estopada!

Bem pesadas e medidas as coisas, mais vale não se meter a gente a competir com Deus, no ofício de julgador...

Já houve, na Avenida Central, a festa do levantamento de cinco ou seis cumieiras de novos prédios. Ao longo da imensa artéria, rasgada no coração da cidade, vão pouco a pouco apontando, saindo do solo, crescendo, subindo, pompeando à luz, os palácios formosos. Aquilo, que apenas parecia um sonho absurdo de megalomania, pouco a pouco se transforma numa radiante realidade...

Acabo de reler o que aqui se escreveu, no primeiro número da *Kosmos*, há pouco mais de um ano. Dizia o cronista que a *Kosmos* acompanharia, de passo em passo, a transformação da cidade assinalando todos os seus progressos, seguindo com interesse o seu lento evoluir para a regeneração higiênica.

Esse propósito não pôde ser de todo cumprido, porque o progresso foi muito mais rápido e muito mais completo do que era lícito esperar. Quando apareceu o primeiro número da *Kosmos*, as obras do porto e as da Avenida ainda eram um simples projeto: não havia um só prédio demolido, e muita gente acreditava que tudo ficaria em sonho, e que nem em vinte anos tomaria corpo um só dos planos do governo.

Mas, em um ano, a coragem e a inteligência operaram milagres. A Avenida está cheia de prédios, e, felizmente, não se justificou o único receio que ainda me afligia: – os prédios novos, ao contrário do que era para temer, não são casarões formidáveis e horríveis, sem gosto e sem arte, mas palácios modernos, capazes de honrar qualquer cidade civilizada.

A *Kosmos* – que nasceu com a nova era da vida urbana, e que, por isso, queria ser um espelho fiel, onde de traço em traço se viesse refletir a história dessa era – já não pode cumprir o seu programa: em cada mês, a cidade progride um ano, seria preciso, para que aquele programa fosse respeitado, que as páginas da revista fossem da primeira à última dedicadas exclusivamente ao registro desse progresso.

Antes assim...

Patrocínio – consagremos a esse grande morto as últimas linhas da crônica! – recebeu, depois de morto, a mais bela consagração de quantas já nesta terra glorificaram o nome de um homem. O povo quis conduzir ao cemitério, numa apoteose, o corpo do Libertador; e, quando o cortejo fúnebre atravessou a cidade, parecia que o féretro ia boiando sobre as palpitações de um imenso oceano. Todos quiseram ter a honra de se aproximar durante alguns segundos daquele caixão, em que jazia o apóstolo...

Agora, para que a consagração seja completa, falta apenas a estátua: e essa, em breve, há de surgir numa praça pública, para atestar a gratidão de todos nós.

Em 1888, logo depois da vitória do Abolicionismo, quando já as injúrias e os doestos choviam sobre Patrocínio – um poeta, que sempre foi tratado como filho por esse homem extraordinário, e que, mais do que ninguém, em longos anos de intimidade, pôde saber quanto era nobre e puro o seu grande coração, e quanto eram infames as calúnias que o feriam – escreveu estes versos, agora reeditados como uma derradeira homenagem:

> Quando, ao braço o broquel, combatias, sozinho,
> Calmo, o gládio imortal vibrando às mãos, certeiro,
> – De que bênçãos de mãe era feito o carinho,
> Que ungia a tua voz, glorioso Justiceiro?

Treva, em cuja espessura os sóis fizeram ninho!
Foi de dentro de ti que, para o cativeiro,
Saiu, como um doirado e alegre passarinho,
Num gorjeio de luz, o consolo primeiro...

Hoje, do mar da inveja, em vão, para o teu rosto
Sobe o lodo... Sorris: e injúrias e ironias
Vão de novo cair no podre sorvedouro...

E, eterno, à eterna luz dos séculos exposto,
Ficas – tu, que, ao nascer, já na pele trazias
A imorredoura cor do bronze imorredouro!

 Patrocínio sobreviveu dezesseis anos à sua grande vitória; durante esse longo tempo, muita ingratidão o feriu, e muito desgosto lhe amargurou a existência. Agora, porém, não tarda que o Brasil lhe pague o que lhe deve, dando-lhe a estátua vaticinada naqueles versos...

O.B.
Kosmos, julho de 1904

ARQUITETURA CARIOCA

Para uma revista, como a *Kosmos*, essencialmente artística, o acontecimento capital da vida carioca, durante o mês passado, não pode deixar de ter sido o "concurso de fachadas".

Acerca da nossa feia arquitetura (se é que o emprego desta palavra, aqui, não é uma heresia) já o velho Varnhagen, em 1850, escrevia: "Infelizmente aqui, como já sucedera na Bahia e nas demais povoações, adotou-se com servilismo o sistema das construções de Portugal; e nem da Ásia, nem dos modelos da arquitetura civil árabe na península, isto é: do uso dos numerosos pátios com repuxos d'água, e dos eirados, ou açoteias, houve quem se lembrasse – como mais a propósito para o nosso clima".

Com a chegada de d. João VI ao Brasil, houve no Rio de Janeiro um começo de culto arquitetônico. Grandjean de Montigny, um dos artistas que o benemérito Príncipe-Regente trouxe da Europa, delineou e construiu alguns edifícios – que ainda hoje contrastam, pela sua beleza e sobriedade, com os abomináveis casarões e as ignóbeis casinhas que os cercam. Mas a reação foi curta. Montigny morreu em 1850 – e daí por diante a arte arquitetônica ficou entregue à incapacidade dos mestres de obras, que se esmeraram em conceber e criar verdadeiras monstruosidades.

Entre os absurdos (tantos!) introduzidos pelos mestres de obras, figura a adoção irracional do chalé – do enfadonho e revoltante chalé! – como tipo de construção urbana. Em toda a terra civilizada, o chalé só é construído no campo, fora de portas, nas colinas verdes e nos vales frescos, entre árvores: é a habitação de estio, de vilegiatura, de férias. Mas no Rio de Janeiro o chalé tomou conta de todo o centro da cidade: há chalés na Rua do Ouvidor! até o andar superior das tavernas, dos açougues, das mercearias é construído em forma de chalé! É por isso que o Rio de Janeiro, a quem o visita pela primeira vez, dá uma impressão de cidade chinesa...

Quando a cidade ficou cheia de chalés, os mestres de obras procuraram uma nova moda – e, depois de longas cogitações, inventaram uma nova ornamentação de platibandas: – as compoteiras!

Oh! as compoteiras!... O povo deu logo à coisa o nome que lhe convinha... Reparem bem, e reconhecerão que, em cem prédios nossos, do centro da cidade, não há cinco que não tenham na platibanda esses vasos de barro ou gesso, cobertos ou descobertos, uns lembrando terrinas de sopa, outros lembrando urnas funerárias, outros lembrando boiões de compota – e todos horríveis e irritantes...

Ainda outro elemento concorreu para fixar, na falta de graça, no aspecto pesado, e na configuração uniforme de linhas, o tipo da nossa arquitetura: o abuso da pedra de cantaria. Sei bem que a nossa pedra é admirável, abundante e barata: – mas isso, que devia ser uma bela qualidade, ficou sendo um defeito. Só com despesas extraordinárias é que se pode dar às construções de cantaria o aspecto variado, a diversidade de estilos, o luxo de ornatos, que tão facilmente se obtêm nas construções de tijolo, estuque, cimento e ferro.

Lavar a pedra, afeiçoá-la em ornamentações caprichosas, e adaptá-la ao gosto da arquitetura moderna – é trabalho caríssimo. Daí resulta que as nossas casas, em que se emprega tanta cantaria, são feios cubos uniformes, em que soberanamente impera a monótona linha reta, nas duras janelas retangulares.

Bem sei que isto vai, a muita gente, parecer paradoxo. Mas o paradoxo, afinal, não é mais nem menos do que uma verdade desconhecida... O fato é que na Rua Senador Dantas e em algumas outras, onde o geral das casas não tem excesso de cantaria, já o tipo da construção é muito mais leve, gracioso e variado. O ilustre arquiteto Ramos de Azevedo, de São Paulo, não conseguiria dotar a capital paulista com os lindos e garbosos palacetes que tem construído na Consolação, na Liberdade, em Santa Cecília, se, em vez do tijolo e do estuque, tivesse abusado da cantaria.

Mas, felizmente, parece que uma era nova raiou para a cidade.

O meu medo, o meu grande medo, quando vi que se ia rasgar a Avenida, foi que a nova e imensa área desapropriada fosse entregue ao mau gosto e à incompetência dos mestres de obras. O receio não era infundado... Todos estão vendo que, em geral, as casas mais novas do Rio de Janeiro são ainda mais feias do que as antigas... Uma boa avenida – dizia eu de mim para mim – não é somente uma rua muito comprida, muito larga e muita reta: a Avenida do Mangue tem todos esse predicados, e, entretanto, é um horror! Uma avenida precisa de prédios bem construídos, elegantes ou suntuosos. Casas tortas e feias, em ruas largas, são como vilões na corte: todos os defeitos se lhes exageram. E, se, vamos encher a avenida de prédios de cacaracá, melhor será que nos deixemos de sonhos, e que nos contentemos com o Beco das Cancelas e com a Travessa do Ouvidor!

O que me aplacou o susto foi o ato louvabilíssimo do governo, estabelecendo leis rigorosas para as novas construções – e abrindo esse belo "concurso de fachadas", cujo resultado excedeu as mais otimistas previsões.

Toda a gente, que, no salão da Escola Nacional de Belas Artes, admirou os projetos apresentados ao júri – só tinha uma pergunta à flor dos lábios: "Onde estavam metidos, que faziam, em que se ocupavam todos estes arquitetos que aparecem agora, com tanto talento, com tanta imaginação, com tanto preparo, com tanta capacidade? E como é que, havendo aqui tantos e tão bons arquitetos, não há na cidade demonstrações visíveis e palpáveis da sua existência, em edifícios dignos de um povo civilizado?!".

A resposta é fácil. O gosto público estava depravado e corrompido. O mestre de obras reinava como senhor absoluto. Os arquitetos procuravam lutar, mas eram inexoravelmente repelidos do campo da ação. Alguns deles, feridos no seu orgulho, retiravam-se, e iam morrer à fome. Outros, mais práticos, fechavam o talento dentro da gaveta, faziam-se mestres de obras, e prostituíam a sua profissão, indo construir casinhas reles, de telhadinhos pontudos e janelinhas tortas, com alcovas sem luz e sótãos sem ar. Quando um burguês queria construir um prédio, o seu primeiro cuidado era procurar um mestre de obras pé de boi, nada amigo de novidades, aferrado às tradições – e desprovido de diploma.

Graças sejam dadas a todos os deuses! o governo interveio nesse descalabro, e os chalés, as platibandas com compoteiras, as casas com alcovas, os sotãozinhos em cocuruto, os telhados em bico, as vidraças de guilhotina, as escadinhas empinadas, os beliquetes escuros, os quintais imundos, os porões baixos, tudo isso recebeu um golpe de morte.

Haverá talvez quem ache que seria melhor devermos tudo isso à iniciativa particular, em vez de o devermos à iniciativa do governo. Mas é preciso aceitar a vida como a vida é. No Brasil, a iniciativa particular é um mito. Nós vivemos a esperar a ação do governo, como os Hebreus no deserto esperavam o maná do céu...

Pouco importa. O essencial é que o bom movimento não se suspenda. Não nos contentemos com estas primeiras vitórias e continuemos a defender a boa causa. Há de a morte fechar-nos os olhos, antes que eles possam ver a cidade formosa e decente, como sonhamos... Mas os que vierem depois de nós hão de colher o fruto do nosso trabalho e da nossa dedicação. A vida é isto: – um esforço contínuo das gerações, não em proveito próprio, mas em proveito das gerações vindouras.

O.B.
Kosmos, abril de 1904

CRÔNICA DE NATAL

A celebração do Natal, com esse calor assassino, não tem grande encanto. A noite da consoada só é verdadeiramente boa nos países frios, onde, em dezembro, a neve cai, silenciosa e branca, sobre a Terra, amortalhando-a no seu vasto sudário esplêndido.

Geme o vento cortante, nos galhos desfolhados das árvores; todas as estrelas se apagaram e morreram, sufocadas pelo nevoeiro, não há flores nos jardins; não há folhedos nas balsas; a natureza, híspida e hostil, aparelhou-se de todas as armas para ferir e angustiar a criatura; há frio e tristeza na Terra, há frio e tristeza nas almas. – E como que tudo isso imita e reproduz o aspecto da Humanidade, na época em que Jesus veio ao mundo para o salvar.

Nas regiões que os invernos duros vitimam, a celebração do Natal é íntima. Junto do fogo, em torno da grande árvore simbólica, reúne-se a família. Que importa que, de encontro às portas fechadas e às janelas calafetadas, se arroje o vento, às marradas? que importa que, sobre a tristeza da Terra, a neve silenciosa e branca, continue a cair? dentro, há calor e conforto, amizade e alegria...

Aqui, a festa perde esse doce caráter de intimidade. Quem há, bastante corajoso, para se fechar em casa, com os seus, suando em bica, em torno de uma árvore carregada de luzes? Abrem-se janelas e portas, sai todo mundo à rua, a passear, a fazer visitas, a palrar de casa em casa... De maneira que a festa de Natal é pública e confusa: e notai que não me queixo disso: sou dos que odeiam o silêncio e a intimidade, sou dos que amam o barulho e o movimento da multidão...

A árvore de Natal, transportada para aqui, perdeu toda a sua significação simbólica. Como há de a gente aqui ficar dentro de casa, em êxtase, diante de um miserável arbusto sem vida, de galhos de arame e folhagens de papel verde – quando lá fora todas as árvores verdadeiras estão rumorosamente agitando flores e frutos e ninhos, sob a palpitação serena das estrelas?

E a lenda do *Papá Noel*? Na Europa, é encantadora a tradição desse bom velho, que, alta noite, milagrosamente caminhando sobre os telhados, a passo trôpego, arrastando pela neve as suas longas barbas tão brancas como ela, vem, de casa em casa, depositar em cada chaminé o seu presente para as crianças...

É tão propício ao sonho e ao mistério o céu nevoento do inverno! Aqui, não há criança que acredite em velhos sobrenaturais: este sol, este calor espancam o sonho, repelem o mistério, desfazem as lendas, desmancham as tradições.

E a consoada? Imagino que, no Minho por exemplo, deve ser agradável, nesta noite frígida, encher o estômago de quilos de castanha e de canadas de vinho verde. Lá, o apetite, aguçado pelo frio, quer a fartura; e a alma quer a embriaguez. Aqui, o uso de passar a noite de Natal diante do prato e do copo é uma brutalidade que não tem explicação.

Assim, de todas as usanças europeias, durante a noite do Natal, uma somente se aclimou bem aqui: é a romaria da missa do galo, à meia-noite.

A noite, ardente e estrelada, convida ao passeio. Enchem-se as ruas de povo. Namora-se à larga... e Jesus – se ainda hoje, com os seus 1896 anos de idade, se preocupa com o que vai pela Terra – com certeza não fica zangado, vendo que a sua festa é o pretexto para a troca de abraços, e de apertos de mão, e de sorrisos, e de beijos entre os que se amam no mundo.

Nas igrejas, o altar-mor irradia, num deslumbramento. Cantam, nas torres altas, os sinos alegres. E até dentro do templo cheio do zum-zum dos fiéis, chega de quando em quando a harmonia dos violões chorosos, que andam lá fora, nas serenatas, tocados pelos dedos ágeis dos capadócios do chapéu de palha e paletó branco.

E enquanto o padre, nas suas vestes de ouro, murmura o *pater*, a capadoçagem dobra a esquina, esganiçadamente mandando às estrelas a sua queixa burlesca:

> *Mandei fazer um relógio*
> *De taiadinhas de queijo:*
> *Para contar os minutos*
> *Das horas que não te vejo...*

Quando a missa acaba, não acaba a folgança.

Ao romper do dia, ainda as ruas rumorejam cheias de gente... E ainda os *bandos do Natal* – crioulos e crioulas, a *Libertina*, a *Pastora*, a *Mestra*, vestidas de gaze e estrelinhas douradas, num barulho de guizos, de pandeiros, de violas – correm a cidade, e invadem as casas, e celebram o nascimento de Jesus, o Meigo...

Meigo, meigo Jesus! Celebrada aqui, no calor e na pureza desta noite de verão, ou celebrada lá longe, entre os esfuzios do vento hibernal e a chuva da neve esplêndida – a tua festa é a da Bondade, a da Dedicação, a de Amor. Pobre de quem, quando vê chegar o teu dia, não sente o coração alagado de uma onda mansa de piedade e de esperança: esse é o que já tem o coração mirrado, esse é o que pode compreender, melhor do que a alegria do teu nascimento, a agonia da tua paixão e a tortura sem nome do teu sacrifício...

Fantasio

A Bruxa, janeiro de 1897

POBRE OTELO

Não quis ainda a Sorte que se encerrasse a série vermelha, no tapete do *trente et quarante* da vida carioca. A última cartada foi esse pobre e apaixonado rapaz, que, já com a certeza de que não casaria nunca com a sua amada, resolveu matar-se e matá-la.

Armou-se de um revólver, subiu pé ante pé a escada da casa em que morava a bela, deu-lhe dois tiros, e, satisfeito, meteu uma última bala no próprio ouvido.

Tinha escrito uma carta à mãe da moça. E, nessa carta, pedia, além de perdão para o seu crime, estas três esquisitas coisas: *"que ela seja enterrada ao meu lado! botem o retrato dela no meu peito e botem o meu retrato no peito dela!"*. É possível que atendam ao segundo pedido, por um alto favor – isso mesmo se o novo noivo da moça o consentir; ao primeiro e ao último é que com certeza não atenderão, porque a moça está viva e bem viva, tendo escapado das duas balas do seu feroz e alucinado amante.

Pobre rapaz! não errou o tiro, quando apontou contra si mesmo o revólver: errou-o quando o dirigiu contra a amada. É que, naturalmente, por mais decidido que estivesse a dar um fim àquela vida adorada – no momento decisivo a contemplação de tanta formosura lhe deslumbrou a vista e lhe fez tremer o braço.

Também Otelo (e não era um fraco e ingênuo rapaz destes tempos, mas um rude, um forte mouro brutal!), no momento de matar Desdêmona, hesita e empalidece: "Posso apagar esta lâmpada e acendê-la de novo... Mas, quando eu te houver apagado, quem te poderá acender de novo, ó luz divina da Criação! ó obra-prima da Natureza?!...".

Pobre rapaz! já li num jornal, a propósito do teu crime, uma dessas considerações apressadas e tolas que a imprensa prodigamente alinha a propósito de todos os crimes de sensação. Dizia o noticiarista: "De que serviu ao maluco namorado o seu crime? A noiva, que queria matar, continua viva, e só ele perdeu alguma coisa na aventura, uma vez que perdeu a própria vida!".

Mas, na agitação em que vivias, no sofrimento em que ardias, na roda-viva de desespero e de ciúme que te despedaçava a alma, perder a vida, para ti, já era ganhar alguma coisa, meu pobre Otelo de última hora! perder a vida, para ti, era ganhar a tranquilidade, era nunca mais ver, a caminho da ventura, pelo braço de outro, aquela que recebera os teus beijos e que te dera os seus juramentos de amor! perder a vida, para ti, era ganhar uma outra noiva, mais fiel e mais bela – noiva que nunca mais liberta o noivo que uma vez lhe caiu nos braços...

Continua viva aquela que quiseste morta, é verdade. Durante algum tempo, a tua lembrança lhe há de perseguir a vida – não a lhe fazer piedade, mas a causar-lhe raiva. Em breve, até mesmo a raiva se dissipará. E ela, entregando a alma e o corpo à alma e ao corpo do outro, será feliz, e será mãe, e envelhecerá, e morrerá, sem nunca mais pensar em ti, que a amaste a ponto de a querer matar, e que te mataste por ela... Quem ganhou na aventura, por fim? Ela? Não, porque continua a viver, e a ter tédio, e a ter desesperos, e a ter ciúmes, e a sofrer enfim dessa terrível moléstia que é a vida... Tu, sim, ganhaste a milagrosa cura da morte. Cura admirável: cura de que o sublime Montaigne dizia: *"Le commun train de la guarison se conduict aux despens de la vie; on nous incise, on nous cauterise, on nous destrenche les membres, on nous soustraict l'aliment et le sang: à quoi bon? un pas plus oultre... et nous voylà guaris tout a faict!"...*

Hão de dizer que, sendo assim, não tinhas necessidade nenhuma de tentar matá-la. Matando-te, conseguias tudo... Mas que sabias tu disso, ingênuo rapaz quase analfabeto, que só sabias amar aquela mulher e odiar o outro que t'a roubava? O amor é sempre uma ferocidade: mesmo no amor feliz, contentado, correspondido, o beijo anda perto da dentada; a suprema carícia do gozo é brutal; tem rugidos de raiva e arranhões de cólera. Quem ama fere, maltrata, mata. Só os amores linfáticos, moles, inexpressivos, *água morna*, são incapazes de brutalidade. Amavas, e quiseste matar. Nisso, foste humano: não pensastes no que fazias, e foi a própria natureza quem te armou o braço!

Ora, pois, dorme feliz, tu que, na vigília medonha da vida, por tantas horas de abandono e de solidão penaste e choraste! E olha que, entre ela que aí fica e o outro que a possuirá, tu foste com certeza o mais feliz dos três – porque ficaste livre deles e de todo o resto da humanidade!

O Diabo Vesgo

A Bruxa, abril de 1897

GUERRA E PAZ

É pouco provável que muita gente demore hoje a atenção na leitura da crônica. A paixão do carnaval é absorvente. Quase todos os que começarem a ler esta coluna interromperão a leitura, assim que virem desterrado daqui o assunto magno do dia – que é o carnaval.

Paciência! Sempre alguns leitores me hão de ficar – ou porque não gostam da folia carnavalesca, ou porque desejem distribuir com equidade o seu tempo, dando alguns minutos às coisas sérias, e reservando outros para o folguedo e o baile.

A mim, o barulho que hoje me interessa não é o dos bombos e tambores, que passam pelas ruas, esbordoados pelos foliões: é, sim, o rumor atroz do canhoneio, que atroa o Mar Amarelo, o Mar da China, o Mar do Japão, na guerra bárbara em que dois povos civilizados se empenham.

Tão vivo e tão profundo horror tenho da guerra, que os meus nervos estão há cinco dias dolorosamente vibrando, abalados pelas notícias que leio dos primeiros combates entre russos e japoneses. Chego a ouvir o canhoneio, chego a ver a batalha, chego a sentir o cheiro nauseabundo da pólvora e do sangue; e a minha impressão aterrada reproduz todo o pavoroso espetáculo...

E foi para isso que se reuniram tantos congressos de paz, e foi para isso que os monarcas e os chefes dos estados da

Europa andaram, durante um ano, numa contradança de visitas oficiais, trocando promessas de amizade, em *toasts* festivos!

Decididamente, os homens não querem ouvir o que os bons apóstolos lhes dizem...

Há, no meio do Oceano Pacífico, pequenina e isolada na extensão infinita das águas, uma ilha deserta de homens, – a Ilha de Laysan – que pertence aos Estados Unidos, mas em cujo solo ainda impera a natureza virgem. A água, marulhosa e inquieta, acaricia as praias rochosas desse pedaço da Terra – tão insignificante que poucos mapas a assinalam na superfície do grande mar. Os navios que passam por ali não prestam atenção àquele ponto branco e verde perdido no vasto lençol azul. Até 1902, ninguém tivera a curiosidade de ir ver o que havia ali dentro; e a Ilha de Laysan dormia em paz, acalentada pela cantilena das vagas, fecundada pelo hálito ardente do sol, vigiada pelo plácido olhar das estrelas, longamente beijada pela claridade suave do luar...

Em 1902, dois naturalistas norte-americanos, Gilbert e Fisher, que se dedicam especialmente ao estudo da ornitologia, ponderaram que, no retiro dessa ilhota virgem, devia viver uma grande multidão de aves selvagens; havia ali, talvez, espécies novas ainda não estudadas e classificadas.

E com essa nobre paixão do estudo que não mede dificuldades, os dois ornitologistas fizeram uma basta provisão de víveres e transportaram-se para o seio da Ilha de Laysan, desvirginando-a.

Gilbert e Fisher acabam de publicar a história dos dias que lá passaram sozinhos, no meio de uma inumerável república de pássaros. O relatório, de que *La Révue* de Paris publica um excelente resumo, encerra encantadoras revelações sobre a vida desse povo alado, que, antes do desembarque dos dois naturalistas, nunca tinha visto uma só figura de homem.

Assim que puseram os pés no solo da ilha, Gilbert e Fisher viram aproximar-se um albatroz, que os mirou longamente, contemplando com demorada atenção a máquina fotográfica que um deles carregava.

O pássaro, com o seu ar sisudo e refletido, não manifestava a mais insignificante impressão de temor ou de desconfiança. Voava e revoava em torno dos viajantes, pousava no chão, recebia com prazer as migalhas que lhe davam. Daí a pouco, outros albatrozes chegaram... E foi no meio de uma compacta guarda de honra de grandes aves brancas que os dois sábios se internaram pelos domínios da república volátil.

Mas isso foi apenas o início das surpresas. Os naturalistas nunca tinham podido imaginar que houvesse tantos pássaros naquela ilhota desconhecida. Cada passo que davam entre as rochas ou entre as árvores, vinha revelar-lhes a existência de novos habitantes voadores: fragatas, tentilhões, corvos-marinhos, cercetas, francolins, procelárias, andorinhas-do-mar – uma infinita multidão de aves. E todas elas, grandes ou pequenas, de voo longo ou voo curto, aninhadas nas árvores ou nas rochas – todas seguiam os dois sábios carinhosamente, sem medo, com uma inocência perfeita. Um francolim, principalmente, mostrou-se tomado de irresistível simpatia pelos estrangeiros, "acompanhando-os por toda a parte, como um cão", pousando no ombro de um e de outro, e várias vezes deixando que o fotografassem. O naturalista Fisher quiz experimentar até onde iria a ingenuidade dessa confiante galinhola, e tentou várias vezes amedrontá-la com o gesto e com a voz, ameaçando-a e gritando; mas o francolim não se deu por achado, e continuou a segui-lo, vindo dar-lhe bicadas amáveis nas mãos.

É interessante isso, não acham? Porém, ainda mais interessante é a conclusão. Os naturalistas, que não tinham ido à Ilha de Laysan com o único intuito de fotografar passarinhos e de receber as suas carícias, trataram de matar alguns dos seus amigos alados... A passarada – quando viu alguns francolins e algumas procelárias por terra, sem vida, com as asas quebradas e as plumas enodoadas de sangue – ficou aterrada. Uma grita confusa, ansiosa, de pavor, de susto, de cólera, de indignação encheu a ilha.

Pobres pássaros! Tinham afinal compreendido que a chegada daqueles estrangeiros, recebidos com tanto afeto e com tanta gentileza, era a chegada da perseguição e da morte... E foi assim que as aves da Ilha de Laysan ficaram conhecendo o animal *Homo*, rei da criação, que se supõe ser uma criatura de extrema bondade e de extrema brandura, mas que é afinal tão sanguinário e tão perverso como qualquer *Felix tigris*, ou como qualquer *Canis lupus*.

Ah! gaivotas! Ah! francolins! Ah! procelárias, andorinhas-do-mar, corvos-marinhos, fragatas e tentilhões da Ilha de Laysan! Mal sabíeis, quando ingenuamente vos aproximastes desses dois bichos bípedes e sem asas, que eles pertenciam a uma espécie animal que não pode viver sem as lutas, sem as guerras, sem o sangue, sem o espetáculo atroz do incêndio, da assolação e do morticínio.

A tranquilidade em que vivíeis em vossa ilha pequenina, povoando-a de asas com os vossos amores, encantando-a com as vossas cantigas, comendo, amando, gozando a vida sem conflitos, fruindo a paz da confederação cordial dos vossos ninhos irmãos – essa tranquilidade é incompatível com a presença do homem.

Porque os homens, ó pássaros da Ilha de Laysan! quando se cansam de matar os pássaros, começam a matar-se uns aos outros – tanto é certo que a brutalidade é uma condição essencial da sua existência na Terra...

Bem perto de vós, aí nesse vasto Oceano Pacífico, à flor de cujas águas resplende ao sol a vossa ilha pequenina, os homens estão a matar-se com uma fúria alucinada. Oceano Pacífico!... Essa denominação mentirosa, já desmoralizada pela crueza e frequência das tempestades que agitam o grande mar, ainda tem de ser anulada pelas guerras ferozes a que ele assiste...

Quem vos há de restituir agora a tranquilidade antiga, ó pássaros da Ilha de Laysan?

Porque, enfim, o grande prejuízo que vos trouxe a visita desses dois sábios não foi o extermínio de algum dos vossos irmãos, que já devem a esta hora estar empalhados e mumificados, figurando em algum museu de história natural dos Estados Unidos. O maior prejuízo dessa visita foi o exemplo de crueldade que recebestes, a lição de morticínio que vos deram – o pernicioso contágio a que vos expusestes, quando involuntariamente ficastes expostos ao contato do homem.

Até agora não sabíeis o que é a guerra. Nas árvores e nas rochas de vossa ilha havia lugar bastante para todos os vossos ninhos. Na mesma árvore pousavam o tentilhão alegre e a taciturna fragata; nas fendas da mesma rocha depunham os seus ovos a débil andorinha-do-mar e o enorme albatroz robusto.

Aves grandes e aves pequenas, rainhas das alturas vertiginosas, habitantes das planuras modestas, amigas dos verdes recessos da mata ou frequentadores da longa solidão do mar agitado: todas viviam aí, nessa doce paz fraternal, em que os homens não podem ou não querem viver. Mas agora, ó pássaros de Laysan! agora que os vossos olhos contemplaram o espetáculo do morticínio – vai começar também para vós o regime das bicadas e das garradas: brigareis por causa de um galho de árvore; por causa de uma frincha de rochedo, por causa de uma palmo de águas – esquecendo que há em vossa ilha e em torno dela bastante árvores, bastante rochedos, bastante céu e bastante águas para as necessidades do vosso pouso, da vossa alimentação e da vossa felicidade...

Também é só isso o que os homens podem ensinar aos pássaros. Eles, os homens, viveriam tão bem, se se quisessem amar como irmãos!

Mas não querem... E lá estão a matar-se no Extremo Oriente – no seu horroroso carnaval de sangue e fogo – por causa de um pedaço de terra. Como se não houvesse, nos cem milhões de quilômetros quadrados de terra firme que há no planeta, lugar para todos os entes, alimentos para todos os apetites, e descanso para todas as almas!

O.B.
Gazeta de Notícias, fevereiro de 1904

CRÔNICA DE CARNAVAL

Meia-noite. O tempo sacode a ampulheta e, deixando cair o grão de areia que marca o primeiro minuto do domingo gordo, encolhe com desdém os ombros e começa a ver a desfiada dos dias joviais.

Meia-noite. Entro num botequim, e vejo ao fundo, melancolicamente sorvendo o seu café, um mascarado de ar terrível. Grandes barbas flamejantes lhe ensombram a dura boca; em órbitas ensanguentadas dois olhos ferozes fuzilam, dando à face fechada e medonha um aspecto que me põe medo e espanto na alma. O vestuário diz bem com a face. O homem traz duas carabinas a tiracolo, quatro pistolões à cinta, uma formidável espada pendente do talim, e ainda carrega, além de tudo isso, um chicote de couro cru e alguns pares de machos e anjinhos de ferro.

Espantado, começo a examinar o estranho folião: tanta ferocidade e tanta calma a um tempo! Decerto, nunca ninguém poderia imaginar que um homem arranjaria aquele aspecto de mata-mouros e aquela figura amedrontadora de sicário, para vir pacatamente beber uma xícara de café...

No entanto, era o que o meu Orlando Furioso fazia; ainda cheguei a supor que dentro daquela vulgaríssima xícara de louça ordinária houvesse, não café, mas sangue humano, sangue quente, sangue vivo... – mas não! Era legítimo café! E começou a aguilhada da curiosidade a me espicaçar com tanta força os flancos, que não pude resistir mais e deliberei esclarecer o mistério. Levantei-me e aproximei-me da mesa de Ferrabrás.

Ferrabrás não mostrou grande surpresa; lançou-me um olhar distraído, e lentamente saboreou o derradeiro gole de café.

– Dá licença? – perguntei, adiantando uma cadeira.

– Como não, moço? – respondeu amavelmente o espantalho. – Sente-se! À vontade! Não faça cerimônias... Nós somos conhecidos velhos...

Havia na voz do Roldão uma suavidade tal, que não pude deixar de rir.

– Realmente, o senhor é um homem extraordinário! Que ideia foi essa? Que quer dizer essa cara de Átila? Que quer dizer todo esse arsenal terrível?

Átila teve um sorriso. E em vez de me responder perguntou-me com tranquilidade:

– Então, já não me conhece, hem? Pois, olhe: por causa de mim, já o senhor andou de Herodes para Pilatos, e já foi dar, com os ossos e com a lira, em lugares remotos!

– Que me diz! por sua causa?

– Sim, senhor! Já o obriguei a comer, com a cauda entre as pernas, todas as montanhas que enfeitam o solo da pitoresca Minas...

Foi uma revelação essa última frase!

Houve um relâmpago no meu cérebro, escancarei a boca e bradei:

– Ah! o senhor é...

– O Estado de Sítio, senhor! – disse com calma o huno. Sou o Estado de Sítio! Daquela antiga ferocidade, só tenho a aparência. Aqui onde me vê, já não bebo sangue humano: bebo café. Tenho o arsenal num estado miserável... Vê esta espada? É de pau. Vê estes anjinhos e estes machos? São de papelão. Vê estas carabinas? São de folha de flandres. E sabe o que é esta cor vermelha que tenho nos olhos? É carmim... Sou o Estado de Sítio, sim, senhor!

E depois de uma pausa:

— Compreenderá facilmente, agora, o motivo da minha presença na rua, a esta hora... O carnaval acaba de morrer... Ora, eu sou um verdadeiro, um legítimo, um autêntico mascarado. Ando sozinho, sem aquele batalhão de espiões que me escoltava! Não quero delações; não quero fuzilamentos; não quero degolas; não quero cárceres cheios de gente... E tudo isso quer dizer que sou um Estado de Sítio de mentira, um Estado de Sítio fantasiado. Como queria, pois, o senhor que eu ficasse em casa? O carnaval me atrai: estou no meu elemento. Fique certo de que acaba de ver o primeiro e o mais engraçado mascarado deste ano! E já agora, faça-me um favor...

— Um favor? Mil favores se quiser, amigo!

— Pois bem! Pague um tostão a este caixeiro: é o preço da minha xícara de café. Está vendo? Antigamente, o Estado de Sítio era um sujeito que arrotava riquezas, porque metia mãos largas nos cofres da nação. Hoje, o Estado de Sítio é um joão-ninguém, um arrebentado, um pés no chão. E até logo! Vou incorporar-me a um zé-pereira!

Fantasio

Gazeta de Notícias, fevereiro de 1898

JOÃO MINHOCA

Na praia de Botafogo, no meio da larga e longa faixa de terra verdejante e florida, conquistada às águas pela Avenida Beira-Mar.

No centro de um canteiro raso, onde se expandem as poucas rosas que a chuva da véspera poupou, levanta-se um teatro minúsculo, tão pequenino que mal avulta entre as árvores, tão leve que, parece, poderia ser arrancado do solo pelo mais fraco sopro do vento.

É o teatro das crianças, é o templo de Guignol – ou, para dar à adaptação brasileira um nome nacional, o templo de *João Minhoca*.

Todos os povos têm possuído uma personagem típica e inconfundível nos seus teatrinhos de bonecos.

Estes atores de madeira e trapos, que tanto divertem atualmente as crianças de Botafogo, são velhos como a civilização. Já os gregos da idade de ouro tinham os seus *neurospata*, assim como os romanos tinham os seus *simulacra* e *imagunguloe*, que se transformaram depois nos *fantoccini* e *puppazzi* italianos.

Porque foi na Itália, terra de sol e de alegria, que se aperfeiçou a arte encantadora e ingênua das *marionettes*. Foi na Itália que nasceram o famoso *Pulcinella* fanfarrão e narigudo, a linda e namoradeira Colombina, e o maroto *Arlequim*, que teve a honra de ser cantado, em versos de ouro, por um poeta máximo como Théophile Gautier:

> Arlequin, nègre par son masque,
> Serpent par ses mille couleurs,
> Rosse d'une note fantasque
> Cassandre, son souffre – douleurs...

As *marionettes* francesas conservaram as feições e os nomes dos *puppazzi* italianos. Os outros países, porém, criaram os seus fantoches nacionais: a Espanha criou o seu *Don Cristoval* traga-mouros e espalha-brasas, a Inglaterra inventou o seu hilariante *Punch*, e a Alemanha deu vida ao glutão e desavergonhado *Hans Wurtz* ou *João Salsicha*.

Naturalmente, o Brasil tinha também de inventar o seu boneco nacional – e esse arlequim ou polichinelo brasileiro, batizado com o nome expressivo de *João Minhoca*, foi logo adotado e amado pelas crianças... e também pela gente grande que ama a graça ingênua das comédias de fantoches.

Pois, amigos, o nosso João Minhoca tem atualmente o seu templo, no sítio mais belo e mais civilizado da cidade, naquela praia ridente, que a Prefeitura transformou a um éden delicioso.

Como bom carioca, interessado por tudo o que se faz de novo na minha boa cidade, e como poeta, amigo e servidor das crianças, fui assistir à inauguração do *João Minhoca*, e confesso que dei à minha tarde desocupada e aborrecida a melhor ocupação e o melhor divertimento que lhe poderia dar.

Por milagre, não chovia. Atualmente, no Rio de Janeiro, uma tarde sem chuva é uma coisa rara – tão rara como uma sorte grande...

As crianças, naturalmente, empenhavam-se com todos os deuses, e os deuses, compadecidos, houveram por bem permitir que a inauguração do Guignol de Botafogo se fizesse debaixo de um lindo céu azul, na incomparável moldura de um entardecer esplêndido.

Havia ali crianças de todas as idades e de todas as condições, desde o *bambino* rico que até ali viera em carruagem de luxo, até o petiz de roupinha surrada e sapatos velhos: a alegria, essa grande niveladora, irmanava-os a todos; João Minhoca, com os seu pulos e guinchos, absorvia a atenção geral, e não deixava que os meninos pobres invejassem as boas roupas dos meninos ricos, nem que estes mofassem dos jalecos rotos daqueles. Abençoado João Minhoca! bastaria este benefício, para que o teu nome fosse para todo sempre louvado.

Divertindo-me, ao mesmo tempo, com o que se representava no teatrinho (porque, graças a Deus, ainda sou um pouco criança, apesar dos meus quarenta anos), e com a alegria de que via possuídas as crianças – tive, de repente, uma ideia negra e perversa...

Imaginei arvorar-me em professor de filosofia prática, bater palmas, interromper a representação da peça, e dizer às crianças mais ou menos isto:

"Meninos! isso que aí está não é um teatrinho: é o mundo! O vasto, o vastíssimo e infinito mundo, não é senão uma reprodução, em máximo, dessa barraca pequenina, em que João Minhoca está dizendo lérias...

Essas personagens que parecem viver, que falam, que andam, que discutem, que brigam, que se apaixonam, não passam de leves e toscos pedaços de pau articulados e conjugados por meio de cordéis: entretanto, vejam vocês a animação, a vibração, a palpitação, a vida que eles têm! Daqui a pouco, quando acabar a representação da peça, o empresário há de atirá-los a trouxe-mouxe dentro de um baú, onde a sua prosápia acabará em sono inanimado e inerte...

Também vocês, meninos, mais tarde, quando crescerem, hão de discutir, brigar, apaixonar-se – enquanto o Titereiro-Mor, que a todos nos governa, der movimento aos invisíveis cordéis que em sua mão misteriosa se concentram. Depois – para o fundo da casa que é o grande baú escuro onde vão dormir os títeres humanos!

Quem é esse extraordinário Maquinista, que nos dirige, como o empresário de João Minhoca dirige os seus bonecos? Não sabemos quem ele é, e damos-lhe vários nomes: porque é esta a mais vulgar das manias humanas – suprir pela abundância das palavras a falta das ideias, e acreditar que basta dar um nome a uma abstração para que ela se torne concreta e real.

Reflitam vocês sobre essas catástrofes, chuvas, inundações, desabamentos, que estão há quatro meses assolando o Brasil. Que é isso? a que é isso devido? qual é a causa disso? O mundo está cheio de observatórios e de laboratórios; esses laboratórios e esses observatórios estão cheios de sábios, que dispõem de uma quantidade prodigiosa de maravilhosos instrumentos e aparelhos, com que sondam o infinitamente grande e desvendam o infinitamente pequeno. Perguntem vocês a esses sábios que é a razão destas coisas medonhas que nos estão acontencendo, e perguntem-lhes ainda quando se fechará este ciclo de horrores – e todos eles, para encobrir a sua ignorância, desatarão a falar uma língua empolada e pavorosa que nenhum de vocês entenderá... Se eles quisessem ser sinceros, diriam apenas: 'Sim! decididamente, há qualquer mola desarranjada no mecanismo do cosmos; nós, porém, não podemos dizer onde se deu o desarranjo – porque, em verdade, tudo quanto sabemos se resume nisto – não sabemos nada!'.

Títeres, fantoches, bonecos! Quando se perturba ou suspende o movimento dos nossos relógios de algibeira, não nos alarmamos nem comovemos, porque sabemos que, a troco de alguns mil-réis, qualquer relojoeiro pode remediar o caso. Mas quando o desarranjo se dá no infinito e ultra-complicado maquinismo do relógio do Universo, ficamos tontos e atrapalhados, porque não sabemos quem é, nem onde mora o Relojoeiro Supremo que o fabricou... Títeres, fantoches, bonecos – é o que nós todos somos, meninos!"

Tal foi a ideia negra e perversa, que me fuzilou no cérebro, naquela formosa tarde, diante do teatrinho de João Minhoca.

Ocioso é dizer que sufoquei e reprimi tal ideia, e que não dirigi às crianças o discurso idiota cujo resumo aí fica.

As crianças, se me vissem interromper o espetáculo, olhar-me-iam a princípio com espanto, e depois com terror, tomando-me por louco varrido. Em seguida, quando me ouvissem a prédica imbecil, desatariam a rir, tomando-me por um *compadre* de João Minhoca, encarregado por ele de prolongar na plateia a farsa que se representava no palco. E tudo acabaria numa tremenda assuada – porque as crianças, com toda a razão, considerariam que as minhas tiradas eram muito mais insulsas e muito mais desenxabidas do que as tiradas dos atores de pau e pano...

Não! não fiz tal discurso – e assisti até o fim à representação da peça. Havia no palco pancadaria, conflitos de paixões e de sentimentos, vaidades tolas, orgulhos fofos, traições e intrigas – justamente como cá fora, neste grande teatro de Guignol, onde nós todos nos desarticulamos e pinchamos, ao capricho do Titereiro-Mor que nos governa...

Há, porém, uma grande diferença entre aqueles pequenos fantoches, e os fantoches grandes que nós somos: eles fazem aquilo submissamente, simplesmente, automaticamente, sem filosofar; ao passo que nós metemos em tudo a nossa filosofia – uma filosofia muito inútil, e muito ridícula, que nada ensina e tudo atrapalha!

O.B.

Kosmos, março de 1906

O SUICÍDIO DO ESPELHO

Da *Gazeta de Notícias* do domingo passado:
"Ontem, às três horas da tarde mais ou menos, no palácio de Itamarati, ouviu-se um grande estampido, como o de uma bomba de dinamite. Tomados de sobressalto, correram todos para o lugar, de onde saía uma grande nuvem de pó. Era na sala amarela. Um espelho grande, que se achava nesta sala, tinha-se despregado da parede e caído sobre o lustre, arrebentando-o todo, assim como a algumas cadeiras que se achavam próximas. O espelho ficou completamente despedaçado, sendo devido o desastre ao cupim que estragara toda a moldura e as tábuas do forro."

Há quem se contente, quando trata de explicar um fato, com a primeira explicação que ocorre. O cupim – animal que, pequenino e fraco como é, tem costas largas para carregar o fardo de muitas responsabilidades – é desta vez obrigado a figurar como causa única do desastre. E ainda é feliz o cupim! ainda lhe põem sobre o lombo apenas a responsabilidade de um fracasso de espelho, quando lhe podiam impor a pecha de assassino – uma vez que, segundo uma outra folha de domingo, "momentos antes da queda tinham estado sentados juntos ao espelho os membros da comissão da Faculdade Livre de Direito". Mas não houve morte de homem. Apenas o nosso mordomo Filadelfo se lastima e remorde, porque espelho e lustre valiam uns quatro contos de réis, que o perverso cupim naturalmente não pagará.

E fará muito bem em não pagar! Porque, para mim, o espelho espontaneamente se deixou cair, farto de viver, desesperado de ser feliz – nobre vítima de um suicídio corajoso...

Não sei se já lhes disse que creio na existência da alma das coisas. Esses objetos imóveis, que palpamos, quebramos, pisamos, modificamos, destruímos, devem ter como nós uma alma, sujeita à alegria e à dor, como a nossa vibrando ao choque de todas as sensações. Ainda poderei eu admitir que não tenham alma uma porta, uma cadeira, um sofá. Mas um espelho! Conheço espelhos que se embaciam quando o carão antipático de um homem se lhes põe defronte, e que, ao contrário, rutilam, irradiam, abrem-se em um largo riso de luz, vestem-se de um sereno luar, quando refletem o corpo de uma mulher bela – cabelos desnastrados roçando quadris de alabastro, lábios úmidos e vermelhos como os corais que dormem no fundo do mar, seios firmes e redondos empinando bicos cor-de-rosa...

Quem pode afirmar que os espelhos não guardam a recordação das coisas belas ou feias que veem? Não fica, na sua face polida e brilhante, perpétuo, o reflexo das coisas. Mas haverá no espelho somente aquela superfície material, de vidro e azougue?

Também a retina humana é um espelho, em que se refletem os aspectos da vida exterior. Afastado o objeto que a impressionou, perde a retina a impressão da sua imagem, logo substituída pela imagem de um objeto novo. Mas a recordação do objeto morre, como morre o seu reflexo? Ao contrário, não fica essa recordação eternamente fixada na alma que anima esse espelho dos olhos?

Tudo isso é, talvez, pura metafísica. Mas metafísica é tudo, neste mundo e nos outros...

Tenho, para mim, amigos, que a queda do espelho do Itamarati foi um suicídio!

O pobre! que coisas belas viu ele, de 15 de novembro de 1889 para cá, que tenham podido dar-lhe o amor da vida? Viu, é verdade, a bela figura militar de Deodoro, de nariz de águia – o corpo de guerreiro forte, cara tisnada pela soalheira das batalhas, peito carregado de grã-cruzes; viu alguns bailes (tão poucos!), algumas mulheres bonitas, algumas *toilettes* ricas; viu, já reinando Prudente, o povo, acachoado e barulhento, invadir o Itamarati para agradecer ao seu chefe, com o coração nas mãos, a pacificação do Rio Grande... mas, ao lado dessas poucas coisas belas – que infinidade de coisas feias, durante aqueles célebres anos do estado de sítio perene!

Houve tempo que em todo o Itamarati era uma vasta caserna. Cuspiam-se as paredes, enlameavam-se os reposteiros. E isso nada era! O que era tudo, o que era a verdadeira mortificação do pobre espelho, condenado a refletir todos esses espetáculos ignóbeis, o que mais dolorosamente o impressionou, foi outra coisa... foi o suceder de delações, de conspirações, de maldades, a que o pobre teve de assistir, como confidente mudo e resignado...

O dono da casa era, então, um velho soldado bravo e frio, pouco dado ao fausto, pouco amigo das recepções e das festas, mesmo porque não tinha tempo para isso. Não saía do seu gabinete, não aparecia a ninguém. Lá dentro, com os seus aparelhos telegráficos e os seus homens de confiança, achava-se alheado de tudo, somente dedicado à sua Obra. Cá fora faziam-se coisas notáveis, que não iam nunca ecoar no gabinete dele.

Na sala amarela, por esse tempo, quantas coisas ouvia o grande espelho! Via ele reunirem-se grupos, que falavam em voz baixa, com gestos que se refletiam nítidos e significativos na sua face brilhante. Que gestos! que conversas! Aqui era uma ambição desordenada, que combinava planos de galgar posições, à custa de tudo; ali, os ódios velhos, por longos anos sopitados, rebentando agora, à sombra providencial das facilidades do momento, fartando-se em vingan-

ças pouco dignas; depois, ordens sinistras, que se davam baixinho, com os lábios cerrados e os olhos afuzilados de ira... e o pobre espelho refletia tudo; e ouvia tudo:
— É preciso prender Fulano!
— É preciso denunciar Sicrano!
— É preciso matar Beltrano!
— Denunciei hoje meu pai!
— Vou ganhar com isto dez contos!
— Tenho o plano de envenenar a água das fortalezas!
— Eu, se fosse o marechal, mandaria meter na correção a mãe e a mulher de X...
— E eu mandaria incendiar os bancos estrangeiros...
— Ah! como me vou agora vingar daquele infame!
— E eu daquela sem-vergonha!
— Vamos tomar alguma coisa?
— Vamos a isso! Viva a República!

Pobre! pobre espelho! Com que dor, com que revolta muda e impotente, estampava ele e reproduzia essas faces torcidas de raiva, esses punhos crispados de ódio, esses narizes alongados de desapontamento, essas pupilas incendiadas de triunfos cruéis, essas fontes rugadas pela combinação de projetos sanguinários...

Ora a esse período de sangue, sucedeu um período pior: um período de política pequenina, idiota, tacanha, tola, palavrosa, inútil. Há certos espelhos que são como certos homens: podem ainda resistir ao espetáculo da crueldade, mas não resistem ao espetáculo da imbecilidade.

O desventurado espelho do Itamarati, dentro da sua alma agoniada e triste, onde já guardava a recordação das delações, das concussões, das vinganças, começou a guardar a recordação de outras coisas, menos cruéis, mas não menos irritantes. Assistiu aos longos sonos do sr. Rodrigues Alves; viu toda a vida da nação paralisada, pela só existência de uma pedra na bexiga de um homem; viu um presidente mole ser substituído por um presidente retórico; viu, depois de muitas coisas, a comédia de um ministro do interior amuado, fazendo manha, saindo e não saindo; viu o diabo!

E, farto de viver, despenhou-se da parede, e fez-se em pedaços no chão.

Dizem que foi o cupim... eu digo que foi o tédio da vida! Também os espelhos têm alma: também os espelhos têm às vezes a náusea irresistível dos grandes desconsolos, e suicidam-se como qualquer um de nós...

                                                     Fantasio

A Bruxa, janeiro de 1897

LONGEVIDADE

A propósito do falecimento do visconde de Cabo Frio, muito se falou, durante o mês, de velhos e de velhice, de macróbios e de longevidade.

Barbacena, Sinimbu e Cabo Frio eram três árvores humanas prodigiosas, três jequitibás gloriosos, vencedores da idade e das procelas da vida – três criaturas felizes, que lisonjeavam a nossa vaidade. Quando malsinavam o nosso clima, declarando-o pernicioso e assassino – nós, cariocas, dizíamos com orgulho:

"Pois, sim! Não temos nós um Barbacena, que já completou cem anos, e anda por aí lépido e garboso como um rapaz? não temos nós um Sinimbu e um Cabo Frio, que, com mais de noventa anos, ainda vivem, pensam e trabalham? é possível dizer mal de um clima que permite casos tais de longevidade, de robusta e verde velhice?!"

Ai de nós! esses três nobres anciões – atestados valiosos da nossa capacidade para viver muito – desapareceram todos, com pouco tempo de intervalo. Dir-se-ia que viviam uma vida comum, harmônica, inseparável. A morte do primeiro acarretou a morte dos outros – e parece que Cabo Frio, o último que nos restava, sentiu a saudade dos que o precederam no túmulo, e foi juntar-se a eles, nessa outra vida misteriosa em que talvez a gente seja eternamente moça...

Mas, felizmente, ainda nos restam muitos octogenários, muitos nonagenários, e muitos centenários, cuja velhice demonstra que o nosso clima não é mais destruidor do que qualquer outro. No reino animal, como no reino vegetal, não devemos, quanto à aptidão para viver muito, ter inveja das outras terras. Com este calor e esta umidade que possuímos, e que são elementos poderosos de vida, é absurdo pretender que esta região seja uma das preferidas da destruição rápida e da morte prematura.

Falam-nos dos cedros de Líbano, da Austrália e da Califórnia, que duram séculos, e das oliveiras de Gethsemani, em Jerusalém, que, segundo a lenda, são ainda as mesmas que assistiram à paixão de Cristo...

Mas que inveja nos pode isso causar?

Ali no Jardim Botânico, logo à entrada, podemos admirar um soberbo *Itó*, também chamado *Carrapeta* ou *Marinheiro*, que é sobrevivente da floresta virgem que outrora cobria aquela zona. Em 1500, há mais de quatrocentos anos, já era certamente uma árvore adulta, e tão robusta como hoje. Quem é capaz de dizer quantos séculos terá aquela árvore veneranda? E os jequitibás, que há por este vasto Brasil, elevando há milhares de anos a sua copa verde no céu?

Também os homens, no Brasil, podem viver tanto como os homens nascidos em qualquer outro ponto do planeta.

As causas da diminuição do número dos macróbios são as mesmas em toda a parte. O aperfeiçoamento da raça humana encurta a sua existência. Antigamente, os homens viviam longamente: hoje vivem intensamente; a sua vida perdeu naturalmente em extensão o que ganhou em atividade.

É possível, decerto, acreditar no que diz a Bíblia e no que dizem certos autores antigos, acerca da espantosa longevidade de certos homens. Não me repugna crer que Adão tenha vivido 930 anos, e que o intemperante Noé, apesar da sua queda para a moafa, tenha batido esse recorde, chegando à bela idade de 950 anos. Também não ponho dúvida em aceitar como certo que o famigerado Átila tenha morrido aos 124 anos, em consequência de uma indigestão que o vitimou depois do festim das suas núpcias com a formosa Idilco...

São coisas que se podem admitir, atendendo a que a nossa refinada civilização ainda não tinha depauperado o sangue da gente desses tempos.

Hoje o *maximum* da longevidade, em qualquer ponto da Terra, é de 100 a 110 anos: e esse *maximum* tanto é atingido aqui como na Europa, na Ásia ou na África.

Ainda há poucos dias, vi em mãos de um dos fotógrafos da Prefeitura um interessante álbum, contendo os retratos de uma dúzia de macróbios, cuja existência foi verificada pela comissão do Recenseamento, só no bairro de São Cristóvão.

Todos eles têm mais de cem anos, e nunca saíram do Rio de Janeiro: aqui nasceram, aqui envelheceram, e aqui hão de provavelmente morrer, quando a Morte, que parece ter-se esquecido deles, achar que é desaforo viver tanto... Viram a chegada da família real portuguesa acossada de Europa pelo vendaval napoleônico, tomaram parte provavelmente nas assuadas e nos motins do Primeiro Império, acompanharam todas as peripécias do longo reinado de d. Pedro II, viram o advento da República, e ainda estão aí, de olho aberto e esperto para assistir a muita coisa...

Confesso que, como carioca, passei alguns minutos agradáveis na contemplação das fotografias – vendo e admirando aquelas faces encarquilhadas, amarrotadas, apergaminhadas pela idade, de olhinhos quase sumidos ao fundo de novelos de rugas, e aquelas mãos nodosas em que as veias ressaltam grossas e duras como cordas retorcidas...

Doze macróbios, só num bairro do Rio de Janeiro!

E lembremo-nos que não se trata de gente rica e feliz, de vida fácil. Todos esses anciãos são rudes populares, de mãos calejadas pelo trabalho duro. Começaram a labutar ainda crianças, e ainda hoje não recuam diante de um carreto ou de qualquer outro meio de ganhar dinheiro. Alguns foram escravos, conheceram todas as torturas do cativeiro, andaram ao ganho, padeceram fome e sede, curtiram negros dias de calabouço e de tronco, tiveram as costas retalhadas pelo vergalho do feitor. Nada disso obstou a que conservassem a vida sadia, forte e valente. Nada disso, acrescentado à dureza do clima, impediu que eles chegassem a essa idade de um século – em que a criatura humana deixa de ser um indivíduo para ser a crônica viva de três gerações.

Nenhum deles sabe que há uma ciência ou arte, chamada *macrobiótica*, que é a arte ou ciência de viver muito e bem, e de conquistar a *agerasia*, que é a velhice sem enfermidades. Nenhum deles sabe o que é a *gerocomia*, regime salutar a que se submetem os velhos ajuizados que, apesar de velhos, ainda não se desgostaram da vida, porque consideram, com razão, que vieram ao mundo para viver e não para morrer, porque se tivessem nascido para morrer não valeria a pena terem nascido...

Nenhum desses macróbios de São Cristóvão sabe o que querem dizer tais palavras extravagantes. Todos eles só empregaram um processo para viver muito: deixaram-se viver, como as árvores da floresta, sem pensar na morte, e sem complicar a vida.

Assim, é calúnia dizer que o nosso clima é letal. Compreende-se que a longevidade não seja incompatível com a maleficência do clima – quando o longevo é um homem rico e venturoso, podendo poupar-se, tratando-se, animando-se, dormindo e comendo bem, evitando desgostos, recorrendo ao leite coalhado, às injeções de Brown Séquard, aos soros citotóxicos de Metchinikoff – e, em uma palavra, pondo em prática o preceito de Cícero: "é possível combater a decrepitude como se combatem as moléstias...". Mas, no caso desses macróbios de São Cristóvão, sem higiene, sem conforto, sem as precauções que somente são possíveis com a riqueza – é preciso reconhecer que a sua ancianidade é um franco elogio e uma clara demonstração da bondade do clima.

Deixemos falar quem fala! Também o húmus do nosso solo tem força e virtude para nutrir árvores tão fortes e duradouras como esses famosos baobás do Cabo Verde e essas célebres wellingtônias da Califórnia que vivem de três a quatro mil anos sem nada perder do seu viço; e, se não temos homens que, como Átila sejam capazes de casar aos 124 anos, temos gente que aos cem anos ainda vibra, labuta e floresce.

Certa vez, em Itabira, em Minas, encontrei uma preta velha, velhíssima, que me espantou pela sua vivacidade e pelo seu bom humor. Já não tinha um só dente na boca, e a sua cabeça parecia coberta de uma espessa pasta de alvo algodão em rama. A gente mais velha da cidade sempre a conhecera velha; e o sacristão, homem de cinquenta anos, dizia com graça: "eu *ainda* não tinha dentes, no tempo em que esta criatura *já* os não tinha!".

Perguntei-lhe:

– Você que idade tem, tia?

Ela mostrou-me as gengivas no sorriso, e disse:

– *Hê! hê! sinhô, nega veia não tem mais idade... nega se esqueceu de idade, e idade se esqueceu de nega...*

Valha-nos isto, amigos! no Brasil podemos viver e envelhecer como se vive e envelhece nos mais salutares climas. Vamos vivendo, vamos envelhecendo – e vamos, enquanto pudermos, logrando a Morte, que afinal um dia sempre se há de cansar de ser lograda...

O.B.

Kosmos, janeiro de 1907

A LINHA CIRCULAR

"Foi ontem inaugurada a nova linha circular
da Estrada de Ferro Central que começa
em Madureira, dá volta pelo Campinho,
e segue até Cascadura."
(*Dos jornais de 20 do corrente*)

I

Vamos! pronta! de pé, Musa da Crônica!
E, de teorba em punho, ergue-te e canta!
Novo poder mais alto se levanta
Do que os outros que vives a cantar!
Vamos! Nas asas do teu canto altíssono,
Voe a fama daquele que, bondoso,
Abriu no solo do país ditoso
      A linha circular!

II

A vida é triste! Esta cidade é fúnebre!
E morrer é tão bom! Suspira a gente
Pelo dia em que possa, calmamente,
Ir a região da morte visitar...
Temos um novo meio de suicídio!
Quem tem o tédio e o desespero na alma
Pode entregar-se, com sossego e calma,
      À linha circular!

III

Graças a Deus! já tínhamos o arsênico,
O revólver, a corda, a artilharia,
A cabeçada, o banho na baía,
– Vários meios de a gente se matar...
Tínhamos além disso os farmacêuticos
E as várias linhas da Central Estrada:
– Temos agora, ó gente afortunada,
      A linha circular!

IV

Salve, doutor Frontin! vias, atônito,
E derramando lágrimas ardentes,
Que iam diminuindo os acidentes...
Por quê? Principiaste a meditar...
Qual seria do mal a causa horrífica?
E meditaste; e tanto meditaste,
Que, para glória tua, inauguraste
      A linha circular!

V

Quando Jardim sustinha o cetro esplêndido
Daquela direção, de dia em dia
Regularmente, um acidente havia,
Para a sua constância celebrar...
Choques, encontros, contusões e lágrimas...
Belo tempo tão cedo terminado!...
– Enfim, respiro, por se ter criado
      A linha circular...

VI

Nem todos gostam do correr monótono
De uma linha que vai, direita e dura,
Sem uma curva, sem uma aventura,
Sem se torcer e se perturbar;
Morrer em linha reta é mesmo estúpido!
Hoje, além de morrer em linha reta,
Já podemos morrer, gente inquieta,
         Em linha circular!

VII

A linha circular começa, trêfega,
Nas chaves da estação do Madureira:
Dobra o Campinho, e, a se curvar, faceira
Vai até Cascadura se arrastar...
Há por ela um milhão de voltas rápidas:
E, ai! que delícia! ai! que contentamento!
É mais seguro o descarrilamento
         Na linha circular...

VIII

Hoje o processo de morrer – escolhe-se:
Quando se quer morrer como um foguete,
Toma-se a linha reta: "Olá, bilhete!
Da reta! Tenho pressa de acabar!"
Mas quem deseja morte lenta e cômoda,
Com grandes diferenças de paisagem;
– Escreve o testamento, e faz viagem
         Na linha circular.

IX

Há inda uma vantagem de alto mérito
Na linha circular: cada suicida
Sai vivo, e ao mesmo ponto de partida
Serenamente volta, a se enterrar...
Que economia! que invenção magnífica!
Cobra-se tempo; aumentam-se as desgraças;
E enfim se morre com mais graça, graças
        À linha circular!

X

A nova direção, nadando em glória,
Exulta. A Empresa do Suicídio Expresso
A vida de esplendor e de progresso,
Completou a Ciência de Matar!
– Ah! com que mágoa, no ostracismo lúgubre,
O marechal Jardim, desesperado,
Há de chorar, por não haver criado
        A linha circular!

Fantasio

A Bruxa, janeiro de 1897

CONFERÊNCIAS E CINEMATÓGRAFO

> Minha terra tem palmeiras
> Onde canta o sabiá,

gemia saudoso o nosso Gonçalves Dias, ainda mancebo, em Coimbra, em 1843.

Esses versos ingênuos, que apesar do longo uso, ainda nos encantam pela sua frescura, ficaram sendo a divisa de nossa terra. A poesia tem o milagroso poder de fixar como absolutas verdades as mais extravagantes mentiras – nunca jamais ninguém viu nem ouviu um sabiá cantando na copa de uma palmeira. Às copas em leque movediço das palmeiras os sabiás preferem, como tablado, os galhos mais fortes das mangueiras e das laranjeiras. Mas pouco importa; a "Canção do Exílio" deu foros de realidade a essa ficção, e as duas famosas redondilhas ficaram sendo de tal modo a nossa divisa, que até deveriam figurar na bandeira, em lugar, de *Ordem e Progresso*, podendo mesmo a esfera e as estrelas ser substituídas, no centro do retângulo amarelo, pela imagem de uma *Oreodoxa oleracea*, em cuja copa se visse, com o bico aberto, um destes nossos canoros dentirrostros de cujas árias tanta saudade sentia Gonçalves Dias.

Ora, se Gonçalves Dias vivesse atualmente, é certo que não escreveria esses versos. Considerando o número espantoso das conferências literárias, artísticas, industriais, científicas, geográficas, históricas, comerciais e humorísticas que se realizam cotidianamente no Rio de Janeiro, o poeta acharia outra fórmula para exprimir as suas saudades do Brasil; e, dedilhando a lira meiga, exclamaria, nas margens do Rio Mondego, com o pensamento nas margens do Rio das Caboclas:

> Minha terra tem tribunas
> Onde falam conferentes!...

Jesus! Em setembro – informa-me um amigo das estatísticas – houve, só no Rio de Janeiro, 48 conferências! E, se considerarmos que não há atualmente, no Brasil, uma só cidade, ou vila, ou freguesia que não tenha os seus conferentes e as suas conferências, reconheceremos que não haverá exagero em computar em mil, ou dois mil, ou cinco mil o número das "palestras" que ilustraram este primaveril e chuvoso setembro.

A princípio, havia apenas conferências, às quais, apesar da presença do infalível copo de água colocado sobre a mesa, poderíamos chamar conferências a "seco"; havia apenas a prosa do conferente, sem música ou outro qualquer apêndice ou ornato. Mas, como a variedade deleita, os oradores começaram a introduzir variantes e novidades na moda. Tivemos conferências com música, conferências com música e canto, conferências com dança, conferências com projeções de lanterna mágica, conferências com ilustrações a *crayon*. E parecia que nenhuma outra novidade poderia ser inventada – quando se espalhou uma comovedora notícia; o sr. X ia fazer uma conferência em verso, uma conferência toda em verso, toda ritmada e toda rimada do princípio ao fim, sem uma linha de prosa!

Falar em verso durante uma hora, sem descanso, é positivamente o recorde da facúndia poética. Pois o conferente levou ao cabo essa proeza!

Que se inventará ainda de novo, em matéria de conferências?

Como se trata agora de bater recordes e de vencer dificuldades cada vez maiores, é possível que, em breve, leiamos nos jornais anúncios como este: "o conferente falará uma hora sobre um pé só, ou com a cabeça para baixo, sem mudar de posição"; ou como este: "o conferente falará uma hora fumando um charuto, sem o tirar da boca, e não deixando que ele se apague durante todo o tempo da palestra".

E de recorde em recorde chegaremos a extremos inconcebíveis. Por exemplo, o conferente A anunciará que, no fim da sua conferência, comerá à vista da assistência um boi inteiro e beberá quatro tonéis de cerveja; e o conferente B prometerá dar um relógio Patek Philipe e mais uma nota de quinhentos mil-réis a todos os curiosos que tiverem a coragem de ouvi-lo de princípio ao fim sem tossir, sem espirrar e sem bocejar.

Guglielmo Ferrero disse-nos, há dias, no Palácio de Monroe, que as qualidades essenciais e distintivas do gênio latino são "a harmonia e a medida". Pois parece que isso não é uma verdade absoluta, ou então que o gênio latino degenerou nesta parte da América Latina... Porque em nada primamos pela harmonia nem pela medida: antes nos deixamos governar em tudo pelo exagero, que é a negação do prazer. Quando elogiamos, chegamos até a insensatez; quando criticamos, vamos até a calúnia; no amor e no ódio, caímos dentro do domínio da alucinação e do delírio; e abusamos de tudo, do gozo e do sofrimento, da doença e da cura, da intemperança e da abstinência.

Sirva para exemplo, além do caso das conferências, o caso dos cinematógrafos. Já há na Avenida Central quatro ou cinco cinematógrafos; e, além das casas especialmente destinadas para esses espetáculos, já a mania cinematográfica invadiu todos os teatros e tomou conta de todas as paredes e de todos os andaimes em que é possível estirar um vasto quadrado de pano branco.

Há alguns anos, aconteceu o mesmo na Rua do Ouvidor com os fonógrafos. De cada porta irrompia a voz esganiçada de uma máquina falante ou cantante; eram urros, gemidos, cacarejos, miados, latidos, mugidos, arrulhos, guinchos, berros, grunhidos! E a mísera Rua do Ouvidor parecia uma galeria do inferno cheia de condenados e réprobos, prisioneiros em caldeiras de pez fervente, vociferando maldições e pedindo misericórdia!

Agora, depois dos fonógrafos da Rua do Ouvidor, os cinematógrafos da Avenida Central... E, daqui a pouco, não poderemos dar um passo pela cidade, sem encontrar diante dos olhos um desses lençóis alvos em que as cenas da vida humana aparecem deformadas pelo tremor convulsivo da fita, e onde as figuras de homens e mulheres aparecem atacadas de *delirium tremens* ou de coreia, numa trepidação epilética... Como se a vida humana real já não fosse um espetáculo aborrecido e abominável e ainda tivéssemos a necessidade de vê-la infinitamente reproduzida pelas paredes!

Agora reflito que não valeria a pena substituir a divisa que nos criaram as duas redondilhas de Gonçalves Dias. Cada ano traz ao Rio de Janeiro e ao Brasil uma nova mania predominante. Depois das conferências e dos cinematógrafos há de aparecer outra coisa, que talvez seja melhor, mas que sempre haveremos de estragar pelo abuso.

Qual será a mania predominante de 1908?

Talvez seja a dança do ventre, ou o faquirismo, ou os balões cativos, ou os duelos, ou os divórcios, ou os suicídios em massa...

Será uma nova mania qualquer; mas não será certamente a desejável, a ambicionável mania do comedimento e da justa medida; contra essa estamos vacinados pelo seu grande preventivo, que é o amor ao exagero...

O.B.

Kosmos, setembro de 1907

O CLIMA DA TERRA

Que é que se está passando atualmente na Terra, na sua atmosfera, e, mais além do limite dessa atmosfera, no concerto dos mundos que formam o nosso sistema planetário? O nosso pobre planeta está atravessando uma dolorosa crise de sofrimentos e angústias. Sucedem-se os terremotos, os ciclones, as cheias dos rios, as erupções vulcânicas. Estes últimos três anos têm sido cruéis: há calamidades e catástrofes em ambos os hemisférios – e há quem afirme, com gravidade, que desta vez a ruína final é certa: o mundo vai acabar.

Em um dos últimos dias deste mês de novembro – foi no dia 27 – apareceu nas publicações apedido do *Jornal do Commercio* um artiguete que mais parecia uma página inédita do *Apocalipse* de S. João Apóstolo.

Publicado entre as mofinas, as catilinárias, as reclamações, os anúncios comerciais e as verrinas políticas, que diariamente aparecem nessa rendosa seção do *Jornal do Commercio*, o artiguete apocalíptico passou despercebido.

O autor, que tem um nome burguês e banal, é entretanto um homem singular, um iluminado, um profeta, um vidente: tem essa vista penetrante e prodigiosa, que ultrapassa, no espaço e no tempo, o horizonte visual comum, e vai dar caça à arisca verdade na selva espessa e negra dos mistérios do cosmos.

Lede e relede este trecho do pequeno artigo:

Muitas coisas tenho já dito a diversos, mas ninguém me acredita, e todos me supõem alucinado... Quero fazer uma revelação: a Terra, girando sobre si mesma, não apresenta agora a sua primitiva posição em relação ao sol; os seus polos foram invertidos, sendo o polo sul o que atualmente se acha mais aproximado do foco da luz...

Muita gente rirá dessas palavras. Eu, porém, não rio.

A cosmografia sempre foi uma ciência de poetas e videntes. Os astrônomos descobriram algumas leis, de precisão matemática e infalível, segundo as quais podem determinar a data dos eclipses, a data do reaparecimento dos cometas, a data da passagem de certos planetas pelos discos de outros. Mas há muitas leis que ainda não foram descobertas. E os astrônomos, com a sua nobre ânsia de saber, entram com a fantasia onde não podem entrar com a ciência. Quem diz astronomia diz poesia; e quem diz poesia diz adivinhação... Vede só, para exemplo, o caso do amável Flammarion. Flammarion começou astrônomo, e acabou espírita. Acreditava apenas, a princípio, nas claras leis positivas da mecânica celeste: hoje acredita na pluralidade dos mundos habitados, na transmigração das almas, nas reencarnações, na levitação, no faquirismo, no esoterismo, na astrologia, na telepatia...

Muitos astrônomos de nota afirmam que as calamidades de agora são devidas às manchas do sol. Entre essa teoria e a do profeta dos apedido do *Jornal do Commercio*, não sei qual é a mais digna de crédito. Fantasia por fantasia, hipótese por hipótese, acho a opinião do vidente mais aceitável, – porque é a mais graciosa das duas. Haverá coisa mais graciosa do que esta ideia da cambalhota da Terra no espaço, num prodígio de ginástica, pondo o polo ártico para o meio--dia e o polo antártico para o setentrião?

O que é certo é que há alguma coisa... Porque em toda a superfície da Terra estão acontecendo coisas extraordinárias.

Parece, a princípio, que o Brasil, por uma concessão especial da Divina Providência, está fora do movimento geral.
Não tem havido por aqui terremotos, nem ciclones... Mas nem só no mundo físico se manifestam os efeitos das crises planetárias. E os terremotos, que nos faltam no mundo físico, temo-los de sobra no mundo moral. Não são propriamente terremotos: são "animamotos".

Já este progresso espantoso, que se está aqui desenvolvendo há cinco anos, é uma coisa sobrenatural. As avenidas, os corsos, as construções de portos e de estradas de ferro, as embaixadas de expansão econômica, os projetos de povoamento e colonização, a Exposição Nacional, os palácios, a Confraria dos moços bonitos, os cinematógrafos – não achais que tudo isso é prodígio, numa terra que passou 402 anos a dormir?

O mesmo profeta dos apedido do *Jornal do Commercio*, no mesmo artigo em que nos revelou a cambalhota da Terra, declarou que este progresso nos há de ser fatal. Acha ele que estamos trilhando o caminho da perdição. E uma das coisas que mais o apavoram é o projeto do elevador para o Pão de Açúcar... Aqui vão as palavras do profeta, na sua pitoresca exatidão; não altero a sintaxe do texto, para lhe não roubar a graça natural:

> Tenho lido que se projeta fazer obras sobre o morro do Pão de Açúcar, a fim de tornar mais agradável a Exposição, e a este respeito devo informar o seguinte: O morro do Pão de Açúcar é um monte sagrado, e santos quase todos os morros desta cidade. A Nova Jerusalém é a cidade do Rio de Janeiro. Os novos Santos Lugares foram transferidos para Portugal e Brasil. Assim, pois, julgo de toda a prudência respeitarem-se esses morros, até que o Santo Padre, tendo recebido notícia do "Novo Evangelho Eterno", os abençoe e se entenda com o governo brasileiro acerca dos respeitos que devem ser mantidos nesses Santos Lugares.

Felizmente, não será necessária a intervenção do Santo Padre para impedir a profanação do Santo e Sagrado Pão de

Açúcar. A ideia da construção do elevador já foi posta de parte – não por motivo de respeito religioso, mas por motivo de... economia. E também os outros morros da cidade estão sendo respeitados: tão respeitados, que escaparam e escapam à febre de saneamento que se nota cá embaixo; ainda há poucos dias, fui ao morro de Santo Antônio (um morro santíssimo!) e vi lá em cima tantos e tão ignóbeis pardieiros, e as ruas tão cheias de cisco e de gatos mortos e de porcos vivos, que cheguei a imaginar que estava, não no centro do Rio de Janeiro, e a cavaleiro da nossa Gloriosa Avenida, mas em uma das colinas da mais imunda cidade da Turquia ou da China...

Não cortemos, porém, o fio da crônica...

Dizia eu que, se não temos terremotos, temos animamotos, que também são efeitos da crise planetária.

Já imaginastes, já calculastes, já medistes a extensão e a gravidade do animamoto, de que vai ser causa a lei do sorteio e do serviço militar obrigatório?

A lei vai ser votada, e será executada. E não é difícil prever com exatidão o abalo que isso vai causar no seio desta população, que sempre teve o horror da mochila e do "pau-furado".

Quando rebentou a Guerra do Paraguai (ainda há por aí muita gente que o viu e que o conta), o recrutamento, que já nesse tempo tinha o nome eufêmico de "voluntariado", espalhou por todo o Brasil, desde o litoral até o seio dos mais remotos sertões, um medo pânico indescritível. Malucos houve, que, saindo das povoações do Rio de Janeiro, de São Paulo e de Minas, foram dar consigo nos mais ínvios recessos de Goiás e de Mato Grosso, varando florestas virgens, levados de roldão pela ventania do terror, e preferindo ir viver com as antas, as onças, as surucucus e os índios ferozes a vestir a farda e a pôr na cabeça a barretina do voluntariado. Muitos desses matutos, muitíssimos, nunca mais voltaram aos centros povoados. Muitos morreram, conservando sempre na alma o pavor daquele trágico momento. Alguns ainda devem estar vivos e velhos, segregados do resto da comunhão, sem a menor notícia do que se passa por aqui, acreditando talvez que a Guerra do Paraguai ainda não acabou.

Esse horror do caipira à farda e à espingarda ainda é hoje o mesmo. No dia em que se começar a pôr em execução a lei do serviço militar obrigatório, há de soprar, nos nossos campos, o mesmo tufão de loucura e medo que soprou em 1865.

Mas quem sabe? se é verdade, como diz o vidente do *Jornal do Commercio*, que a Terra está de pernas para o ar (e nada nos prova que isso não seja verdade) – é possível que, estando tudo trocado e mudado, a lei seja muito bem-aceita, e que o povo brasileiro seja hoje um povo belicosíssimo – tão belicoso como os antigos citas e partas.

Tudo é possível...

O.B.

Kosmos, novembro de 1907

UMA VIDA ENTRE DUAS GUERRAS

Quando Olavo Brás Martins dos Guimarães Bilac nasceu, o Império vivia o período mais cruel de sua história, com a Guerra do Paraguai. Desde julho de 1865, o dr. Brás Martins dos Guimarães Bilac, médico homeopata e cirurgião, pai do futuro poeta, partira para o campo de batalha, incorporado a um batalhão de voluntários da pátria. Não viu, pois, o nascimento do filho, a 16 de dezembro daquele ano, na residência da família, um sobrado da rua da Vala (atual Uruguaiana), esquina com Ouvidor, em pleno coração do Rio de Janeiro. Os dois só se conheceram em março de 1870, com o fim da guerra e o retorno do médico, solene, o peito coberto de medalhas.

Da infância, Bilac guardou a imagem angustiada da mãe, Delfina Belmira dos Guimarães Bilac, preocupada com a ausência do marido; a morte de uma irmã, de seis anos; o aprendizado das primeiras letras, em regime de palmatória, em um colégio da Praça da Constituição (atual Tiradentes); o sentimento de que o mundo era hostil e cruel e a descoberta do consolo supremo da leitura, graças às obras de Júlio Verne.

Na adolescência, talvez por influência paterna, pensou em ser médico. Aos 15 anos, matriculou-se na Faculdade de Medicina do Rio de Janeiro, beneficiado por decreto legislativo que o dispensava da idade legal. Foi um equívoco.

Demonstrou interesse medíocre pelo curso. A vocação poética começava a dominá-lo de maneira irresistível. Com desgosto, o dr. Brás descobria no filho tendências para sonhar de olhos abertos, sedução pela beleza, gosto pelas longas conversas madrugada afora.

Foi então, provavelmente, que ocorreu o episódio citado por Amadeu Amaral. Preocupado com o desinteresse do filho pelos estudos, o dr. Brás lhe deu uma entrada para assistir ao dramalhão *Os sete degraus do crime*, que se representava no Teatro Fênix Dramática. Quando o estudante regressou, o pai o aguardava e perguntou à queima-roupa:

– Prestou bastante atenção ao final da peça?
– Sim, respondeu o poeta.
– Como morreu o personagem?
– Na forca.
– Pois bem, é esse o fim que o espera, se o senhor não decide mudar de vida.

Bilac não pensava em outra coisa. Só que a mudança seria em sentido contrário ao desejado pelo pai. Tudo contribuía para isso: a amizade com Alberto de Oliveira, estudante de farmácia (os dois cursos funcionavam no mesmo prédio), aumentando o seu interesse pela poesia, os primeiros versos publicados na *Gazeta Acadêmica*, o incentivo dos amigos. Logo, logo, passou a se relacionar com outros poetas, descobriu o prazer da recitação, o fascínio pela Rua do Ouvidor, com as suas vitrines iluminadas, as belas mulheres, os cafés e confeitarias, onde se reunia com os amigos para longas conversas. A resposta do pai é incisiva: corta-lhe todo auxílio financeiro. Bilac consegue então um lugar como revisor na *Gazeta da Tarde*, jornal de José do Patrocínio.

Expulso de casa pelo pai, abandona o curso médico, no quinto ano. Não suporta mais. Quer seguir a sua vocação: escrever, escrever, escrever. Poesia e jornalismo. A esta altura, já está integrado à geração literária mais brilhante que surgira no Brasil, com nomes como Machado de Assis, Joaquim

Nabuco, Raul Pompeia, Rui Barbosa, Sílvio Romero, José Veríssimo, Raimundo Correia e tantos outros. O jovem poeta começa a se impor a esses figurões graças a poemas como "A sesta de Nero", publicado na *Gazeta de Notícias* e "Ouvir estrelas", que se tornaria o mais popular de seus sonetos.

Talvez para não decepcionar a família de Amélia de Oliveira, de quem se acha noivo, matricula-se na Faculdade de Direito de São Paulo, como ouvinte. Tédio, insatisfação. No início, detesta a capital paulista. "São Paulo é uma bexiga. Isto não vale dois caracóis", escreve a um amigo. Logo está reconciliado com a cidade. Ali permanece cerca de um ano, colabora na imprensa local e publica o seu primeiro livro, as *Poesias*, de imensa repercussão à época. Apesar de consolidar o parnasianismo no país, a obra está longe da frieza do mármore e da impassibilidade da escola. Os poemas são perfeitos, o "verso de ouro engasta a rima como um rubim", mas revelam também emoção, angústia, sangue em circulação.

No final de 1888, de volta ao Rio, vai morar com Coelho Neto, em um sobrado na Rua do Riachuelo, 143. Vive uma fase de angústia. O fim do noivado com Amélia de Oliveira, irmã de Alberto de Oliveira, por resolução da família da noiva, sem maiores explicações, deixa-lhe marcas pelo resto da vida. O mais surpreendente de tudo é a sua atitude passiva, sem esboçar qualquer reação.

Pouco depois, Bilac volta a noivar, de forma um tanto precipitada, com Maria Selika, filha do violinista português Pereira da Costa. Incitado por Luís Murat, o poeta inicia o namoro, logo oficializado em noivado. Apesar de alguns poemas ardentes, tudo indica a inexistência de amor entre os dois. Era apenas uma oportunidade de revide aos Oliveira, provando que seria aceito por uma família mais ilustre. O noivado dura poucos meses. Alegando indiferença da noiva, Bilac escreve uma carta de rompimento. Maria Selika respira, aliviada.

DUELO E PRIMEIRA VIAGEM À EUROPA

Dependendo apenas do jornalismo para sobreviver, Bilac está sempre em apuros financeiros. A vida de imprensa é cheia de dificuldades, os salários miseráveis, os pagamentos realizados por meio de vales. Mas este é o seu mundo. Ao retornar de São Paulo, ingressa como redator do *Novidades*, passando logo para a *Cidade do Rio*, de José do Patrocínio.

O apoio do jornal à Princesa Isabel, às vésperas da República, irrita os jornalistas, inconformados com o servilismo de Patrocínio. Republicanos convictos, Bilac, Pardal Mallet, Luís Murat e Raul Pompeia abandonam o jornal e fundam o semanário *A Rua*, que dura apenas três meses. Bilac retorna à *Cidade do Rio*.

Numa linguagem áspera, Pardal Mallet condena a atitude do amigo. Rompimento. Ofensas. Mal-entendidos. Tensão. Acabam indo ao extremo, combinando um duelo. Alertada, a polícia vigia os padrinhos, impedindo por duas vezes o ajuste de contas. Temendo passar por covardes, os dois resolvem combater sem a presença de padrinhos nem médicos. Enfrentam-se sem camisa, empunhando espadas. As armas retinem. De repente, numa estocada rápida Bilac fere Mallet. O sangue escorre. Nada grave. Pouco mais do que um arranhão. A honra de ambos está salva.

A amizade não sofre nenhum arranhão. A ferida mal cicatrizara e já Mallet e Bilac, sob o pseudônimo de Victor Leal, redigem o romance *O esqueleto (Mistérios da casa de Bragança)*.

O período é de estabilidade financeira e realização profissional e pessoal. Os sonhos se realizam, como se uma boa fada lhe guiasse os passos. Proclamada a República, o governador do estado do Rio de Janeiro, Francisco Portela, arranja-lhe um emprego na administração estadual. Uma sinecura. Como se não bastasse, efetua a sua primeira viagem à Europa, como correspondente da *Cidade do Rio*. Visita Lisboa e Madri, um tanto apressadamente. Afinal, Paris. "Como faz bem estar aqui!", escreve em carta a Max Fleuiss. Empanturra-se de civilização. Aproxima-se de Eça de Queirós, ídolo da juventude brasileira, cuja casa frequenta. É assíduo também ao apartamento de Eduardo Prado, ponto de reunião dos monarquistas. Passa ainda algumas semanas em Londres. Depois de quase sete meses, está de volta à cidade e à redação da *Cidade do Rio.*

Algumas contrariedades. O pai encontra-se doente e pouco depois morre, reconciliado com o filho. Por outro lado, a ascensão de Floriano Peixoto à presidência agrava a situação política. O marechal age com dureza. Perseguições. Ajuste de contas. Bilac, demitido de sua sinecura, ingressa em *O Combate,* jornal antiflorianista, de linguagem desabrida. A situação se agrava. Proclamado o estado de sítio, as prisões se enchem.

Detido ao sair do jornal, à noite, Bilac fica preso na Fortaleza da Lage. Quase cinco meses encarcerado. Com a anistia, volta à *Cidade do Rio.* Na manhã de 6 de setembro de 1893, a cidade acorda em polvorosa. Comandada por Custódio José de Melo, a Marinha se rebela. Os navios, estacionados na Baía de Guanabara, atiram contra a cidade. Volta o estado de sítio, mas restrito apenas ao Distrito Federal, São Paulo, Paraná, Santa Catarina e Rio Grande do Sul. Bilac é preso, mas logo solto. Como outros intelectuais, resolve se exilar em Ouro Preto, então capital de Minas Gerais.

EXÍLIO EM MINAS

Na capital mineira, torna-se amigo de Afonso Arinos, que lhe transmite o interesse pelo estudo do passado do Brasil. O poeta de formação europeia clássica, "homem helênico" como o classificou Alceu Amoroso Lima (Tristão de Athayde), começa a se interessar pela epopeia dos bandeirantes, os heróis e as lendas do país, temas que ingressam em sua poesia.

A temporada em Ouro Preto transcorre em paz, quando um acidente grotesco obriga o poeta a abandonar a cidade. Irreverente e brincalhão, Bilac tem um senso de humor nem sempre adequado às situações. Quando bebe demais pode se tornar inconveniente. É assim que, no carnaval, no hotel Martinelli, resolve fazer uma brincadeira com um fazendeiro. Com habilidade, retira do bolso do homem e esconde uma carteira, com dois contos e quinhentos em dinheiro. Alguém, então, finge duvidar que o fazendeiro carregue consigo quantia tão grande e instiga-o a exibi-lo. Não encontrando a carteira e percebendo ser vítima de uma brincadeira, sem compreender o seu alcance, o homem se torna furioso. Acusa Bilac de furto e de chefiar uma quadrilha de ladrões. O clima se torna desagradável. Devolvida a carteira, Bilac segura o fazendeiro, ameaçando esbofeteá-lo. A brincadeira repercute na cidade. Vinte dias depois, um grupo de moradores dirige-se ao hotel, exigindo a saída do poeta de Ouro Preto.

Bilac sai da cidade às pressas, mudando-se para Juiz de Fora. Lembrando-se da lição, aluga uma casa e se mantém com discrição. Ali escreve "O caçador de esmeraldas", seguindo as novas orientações de sua poética, elegendo temas nacionais. A dicção do poema, porém, mantém o rigor e a linguagem clássica a ponto de um crítico português considerá-lo o canto que faltou a *Os Lusíadas*. Aproxima-se de Magalhães de Azeredo, também exilado nas Gerais, com quem redige o romance *Sanatorium*, sob o pseudônimo de Jaime de Athaíde.

Depois de oito meses em Minas, normalizada a situação política, Bilac regressa ao Rio. A experiência tinha sido enriquecedora. Conhecera um outro Brasil, fora despertado para a história do país, ganhara novos amigos. Apesar do incidente desagradável, de que fora o único responsável, não guarda ressentimentos, como provam as belas páginas sobre o estado montanhês incluídas nas *Crônicas e novelas*.

A NOVA FACE DO BOÊMIO

De volta ao Rio, Bilac encontra a cidade tranquila. Sente febre de trabalho. Além das obrigações normais na *Gazeta de Notícias*, atira-se a uma nova aventura intelectual, com Coelho Neto: a literatura infantil. Em pouco mais de um mês a dupla conclui os *Contos pátrios*. Vendido o livro a Francisco Alves, iniciam um novo trabalho, intitulado *A pátria brasileira*, adquirido pelo mesmo editor. No entanto, os livros só saem muitos anos depois, o primeiro em 1904 e o outro em 1911. Foi um sucesso. Francisco Alves ganhou tanto dinheiro com os livrinhos que, no Natal de cada ano, de presente, remetia um conto de réis a cada autor.

O gênero promete. Com Coelho Neto escreve ainda *A Terra fluminense* e *Teatro infantil*; sozinho, as *Poesias infantis*; com Manoel Bonfim, *Livro de composição, Livro de leitura* e *Através do Brasil*.

Preocupa-se com a infância e ganha a imortalidade. É a época de fundação da Academia Brasileira de Letras. Bilac é um dos dezesseis intelectuais presentes à primeira reunião preparatória, realizada em 15 de dezembro de 1896, na redação da *Revista Brasileira*.

Depois dos fracassos de *A Cigarra* e *A Bruxa*, jornais que fundara e dirigira, passa a colaborar em *O Filhote*, suplemento da *Gazeta de Notícias*, um pequeno escândalo da imprensa brasileira de então com seus contos, piadas e poemas apimentados. Ali publica os *Contos para velhos*, assinados com o pseudônimo de Bob.

No meio do caminho da vida, na reta para chegar aos quarenta, obtém afinal a tão sonhada estabilidade financeira. Nomeado inspetor escolar, em 1899, surpreende a muitos, cumprindo os seus deveres de forma exemplar. Deixa de ser o boêmio beberrão, que tanto escandalizava as famílias. Mas, felizmente, continua o mesmo homem magnético, de personalidade brilhante, centro das atenções onde quer que esteja. "Natural, espontâneo, simples, humano, chegado à vida, sem uma nota fictícia, sem um gesto de artifício, Bilac é o encanto dos que o frequentam", escreve Manoel Bonfim.

Pela *Gazeta de Notícias* tem uma oportunidade de ouro: visitar a Argentina, como integrante da comitiva do presidente Campos Sales. É a sua segunda viagem ao exterior. Os brasileiros são bem acolhidos. *Caras y Caretas,* a revista mais popular do país, publica uma autobiografia de Bilac e a sua caricatura. Fascinado por Buenos Aires, decide permanecer na cidade mais uma semana, depois do retorno de Campos Sales.

Adora viagens, aventuras de descobertas, libertação da rotina, que mais tarde se transformariam em dramática fuga de si mesmo. Em 1904 visita a Europa pela segunda vez. Além do emprego público, escreve crônicas para a *Gazeta de Notícias* e para *Kosmos*, uma revista luxuosa, em papel *couché*, lançada em janeiro de 1904. Está com a vida equilibrada em termos financeiros, prestigiado como poeta e intelectual, figura de projeção da cultura brasileira.

CONFERENCISTA DA MODA

Não é de se estranhar, pois, que em 1906 seja escolhido secretário-geral da 3ª Conferência Pan-Americana, realizada no Rio de Janeiro, tendo como presidente de honra Rio Branco e presidente efetivo Joaquim Nabuco.

A escolha atesta não apenas a mudança de comportamento do antigo boêmio, como uma espécie de reconhecimento oficial. Agora, ao ultrapassar a curva dos quarenta anos, é um homem sóbrio, de vida regrada. Cumpre as suas funções de maneira exemplar. Joaquim Nabuco diz nunca ter conhecido secretário igual e "trabalhador mais eficiente".

Como conferencista também é eficiente e insuperável. O Rio vive em pleno delírio das conferências literárias, realizadas no salão do Instituto Nacional de Música, com entradas pagas. Os oradores falam de tudo, do pé e da mão ao hipnotismo. O público tem os seus conferencistas preferidos. Olavo Bilac, com a sua voz empostada, bela dicção e talento de ator, supera a todos. Não fala de assuntos fúteis. Prefere abordar temas mais refinados, como Gonçalves Dias ou a tristeza dos poetas brasileiros, Dom Quixote ou as heroínas de Shakespeare. O público feminino comparece em massa. As entradas se esgotam, bem antes de o evento começar.

Entre o povo ou entre intelectuais, a sua popularidade é imensa, como atesta o grande banquete comemorativo dos vinte anos de publicação das *Poesias* e dos dez anos como cronista substituto de Machado de Assis. Realizado no imenso Palace Théâtre, foi a maior homenagem pública até então prestada a um escritor brasileiro. A festa tem ainda um caráter político, com a presença de ministros, senadores, deputados, o prefeito Sousa Aguiar e o caudilho Pinheiro Machado que, diziam, era quem mandava de fato no país.

Acentua-se também uma mudança notável em sua mentalidade. Em seus artigos na imprensa adota uma atitude de exaltação às imensas possibilidades do país, contrariando o clima de derrotismo, tão comum no jornalismo brasileiro. Preocupa-se com o destino e o progresso do Brasil, projeta um país diferente, forte, defende as suas tradições. E sente-se capaz de combater por seus ideais. Está muito longe do rapaz acomodado, melindroso, incapaz de lutar. É esse novo Olavo Bilac que se atira de corpo e alma à campanha pelo serviço militar obrigatório.

No entanto, o sistema nervoso está cada vez mais frágil. Ele mesmo se classifica como neurastênico. A situação deve ser agravada pela maledicência que lhe cerca a vida. Acusam-no de depravado. Dizem que o seu comportamento sexual não é ortodoxo. O fato chega a se tornar público, criando situações constrangedoras. Humberto de Campos diz que o poeta mantém um comportamento digno e superior: "As infâmias que lhe eram lançadas, não as repelia a murro, a bala, a bengaladas; sacudia-as de leve, com as pontas dos dedos, com o gesto de quem põe fora, sem auxílio de escova, as partículas de poeira que lhe alteram o asseio impecável do fato".

Viajar era pois um alívio. Uma libertação temporária da estupidez humana. Em 1908, volta à Europa, onde permanece cinco meses. Pouco depois, nova viagem ao velho mundo, para tratar dos interesses da Agência Americana, na qual era sócio de Medeiros e Albuquerque e do italiano Alfredo de Ambris. A agência propunha-se fornecer as cotações das bolsas de Londres, Paris e Nova York, aos homens de negócio brasileiros, sobretudo exportadores de café.

As viagens se tornam cada vez mais frequentes. "Empurrado pela neurastenia, parto amanhã para a Europa", escreve a Coelho Neto, em 1913. Acabara de chegar e já partia de novo. Será que encontraria a paz que ia buscar? João do Rio que o viu em um restaurante de Paris diz que "era tal a tristeza daquela face vista no espelho", que ele fugiu para não lhe falar. Encontra-se na capital francesa quando recebe a notícia de que fora eleito Príncipe dos Poetas Brasileiros, em concurso patrocinado pela revista *Fon-Fon*.

A depressão acentua os impulsos de evasão, sem medir consequências. Em 1916, chega a Paris no momento em que o velho continente vira cinza e pó, na guerra mais cruel até então havida. A grande ofensiva alemã em Verdun angustia e desespera os franceses. Mesmo assim Bilac permanece dois meses na capital francesa. Em Lisboa é tratado como uma grande personalidade da cultura luso-brasileira. Até o presidente de Portugal, Bernardino Machado, lhe oferece um jantar. Foi a última vez que viu Paris e a Europa.

CAMPANHA CÍVICA

Muito desse prestígio decorre de sua atuação nas campanhas pela educação e pelo serviço militar obrigatório, a que se entrega de peito aberto a partir de 1915. Desde 1908, o serviço militar obrigatório fora aprovado, sem ter aplicação prática. Apenas os pobres e necessitados se alistavam e serviam às forças armadas. A guerra mundial alertara o país para a necessidade de ter forças armadas regulares e treinadas. No entanto, a medida era impopular e o povo devia ser esclarecido. Surgiu então a ideia de uma campanha cívica intensa e ampla propaganda do serviço militar. Para encarná-la seria escolhido um civil de prestígio junto ao povo.

Convidado, Bilac aceita, apesar da neurastenia e da saúde frágil. Inicia a sua pregação em São Paulo, dirigindo-se aos universitários. A primeira vitória consiste em levar o tema para debate público. Jornalistas, políticos, sociólogos expõem suas razões pró ou contra. Há também o lado amargo. Ataques pessoais, por vezes ásperos. O poeta não recua. As homenagens públicas do Exército e da Marinha amenizam esses golpes. Está consciente de prestar um grande serviço à pátria.

Ao regressar da Europa, reinicia a sua pregação. Com Miguel Calmon e Pedro Lessa funda a Liga de Defesa Nacional. A campanha exige viagens constantes, conferências, duras para um homem com a saúde abalada. Os inimigos não descansam. Acusam-no de mercenarismo. A acusação chega a tal ponto, que o exército publica uma nota esclarecendo nada pagar ao poeta. Mas a ideia está vitoriosa. A Liga se espalhara por todo o país. Milhares de jovens se alistam para servir o exército, aguardando o sorteio.

Com o esforço, o seu estado de saúde se agrava. Discretamente, retira-se do primeiro plano do movimento cívico. Anos antes, referindo-se ao seu nascimento durante a Guerra do Paraguai, dissera ter vindo ao mundo sob uma estrela "rubra como o sangue". Exagero de poeta. Mas, agora, a estrela "rubra como o sangue" está em todo o seu brilho no velho mundo. Logo chega ao Brasil. Diante dos constantes ataques dos submarinos alemães, o presidente Venceslau Brás declara guerra à Alemanha, em 7 de outubro de 1917.

Cansado, o poeta prepara os originais de seu último livro, *Tarde*, luz serena de crepúsculo, "quase uma vitória da razão sobre os sentidos" (Tristão de Athayde). O fim se aproxima. Acamado, recebe a visita de Amélia de Oliveira, a primeira noiva, que nunca se casou, e que em sua poesia representa o tipo do amor irrealizado. Morre no dia 18 de dezembro de 1918, com a certeza de que a sua vida não fora em vão:

> Penso na multidão dos sofredores,
> Que uma bênção tiveram do meu braço,
> Talvez algum repouso ao seu cansaço,
> Talvez ao seu deserto algumas flores...

Fizera algo útil para todos. Não se perdera numa ilusão. "Perdi-me na existência, entre os homens."

BIBLIOGRAFIA

Poesias. São Paulo: Teixeira & Irmão, 1888, 226 p. Em 1902, saiu a "edição definitiva", impressa por H. Garnier, Rio de Janeiro-Paris, 272 p.

Crônicas e novelas. Rio de Janeiro: Cunha & Irmão, 1894, 179 p.

Contos para velhos. Com o pseudônimo de Bob. Rio de Janeiro: Casa Mont'Alverne, 1897, 61 p.

Sagres (Comemoração do descobrimento do caminho da Índia). Rio de Janeiro: Jornal do Commercio, 1898, 15 p.

Poesias infantis. Rio de Janeiro: Francisco Alves, 1901, 128 p.

Crítica e fantasia. Lisboa: Livraria Clássica, 1904, 430 p.

Discursos. Pronunciados por Olavo Bilac na Faculdade de Direito e na Faculdade de Medicina de São Paulo. São Paulo: Casa Vanorden, 1915, 12 p.

Conferências literárias. Rio de Janeiro: Kosmos, 1906, 149 p.

Ironia e piedade. Rio de Janeiro: Francisco Alves,1916, 288 p.

Discurso autógrafo de Olavo Bilac no banquete que lhe foi oferecido em Lisboa no dia 31 de março de 1916 pela revista Atlântida. Reprodução fotográfica de que se tiraram apenas dois exemplares, um para a Academia

Brasileira de Letras e outro para a Academia das Ciências de Lisboa.

Bocage. Conferência realizada no Teatro Municipal de S. Paulo em 19/3/1917. Porto: Renascença Portuguesa, 1917.

A defesa nacional (Discursos). Rio de Janeiro: Liga da Defesa Nacional, 1917,143 p.

Tarde. Rio de Janeiro: Francisco Alves, 1919, 212 p.

Últimas conferências e discursos. Rio de Janeiro: Francisco Alves, 1924, 382 p.

Bom humor. Organização de Elói Pontes. Rio de Janeiro: Casa Mandarino, 1940, 109 p.

Vossa insolência. Organização de Antonio Dimas. São Paulo: Companhia das Letras, 1996, 415 p.

Outros

Um apelo à mocidade. 14 p. não numeradas. O exemplar consultado está sem capa e sem folha de rosto. Pelas indicações do prefácio deve ter sido editado em Fortaleza, provavelmente em 1916.

Almanaque do ânus. Publicado sob pseudônimo, segundo depoimento de Bilac a Humberto de Campos.

Dicionário analógico da língua portuguesa. Inédito.

Prefácios

Duas palavras. In: MAIA, Abílio. *Telas do Minho*. Lisboa: Imprensa de Libânio da Silva, 1900, p. 7-8.

Prefácio. In: CEPELOS, Batista. *Os bandeirantes*. São Paulo: Fanfulla, 1906. p. 7-14.

Prefácio da 1ª edição. In: SOUSA, Auta de. *Horto*. 2. ed. Rio de Janeiro: Francisco Alves; Paris: Aillaud, 1910, p. 9-12.

Quatorze pérolas. In: MAMANGUAPE, Baronesa de (Carmen Freire). *Visões e sombras*. Rio de Janeiro: Casa Mont'Alverne, 1897, p. 13-16. Publicado originalmente na *Gazeta de Notícias*, em 1890, segundo indicação da própria autora.

Traduções

Juca e Chico. História ilustrada de dois meninos em sete travessuras, por W. Busch, versos de Fantasio (Olavo Bilac). Rio de Janeiro: Francisco Alves, 1901.

Para todos, de Lothar Margendorff. Tradução e adaptação de Puck. Rio de Janeiro: Laemmert, 1902.

Vida das crianças, de Lothar Margendorff. Tradução e adaptação de Puck. Rio de Janeiro: Laemmert, 1902.

Ride comigo, de Lothar Margendorff. Tradução e adaptação de Puck. Rio de Janeiro: Laemmert, 1902.

Em colaboração

O esqueleto (Mistérios da Casa de Bragança). Com Pardal Mallet, sob o pseudônimo de Victor Leal. Rio de Janeiro: Tipografia da *Gazeta de Notícias*, 1890, 48 p. Publicado originalmente com o pseudônimo de Victor Leal, como folhetim da *Gazeta de Notícias,* de 16 a 31 de março de 1890.

Pimentões – rimas d'*O Filhote*, por Puff e Puck (Guimarães Passos e Bilac). Rio de Janeiro/São Paulo/Recife: Laemmert, 1897, 144 p.

A terra fluminense. Educação cívica. Com Coelho Neto. Rio de Janeiro: Imprensa Nacional, 1898, 74 p.

Livro de composição para o curso complementar das escolas primárias. Com Manuel Bonfim. Rio de Janeiro: Tip. do Jornal do Commercio, 1899, 350 p., mais 6 p. de índice.

Lira acaciana. Colecionada por Ângelo Bitu, com Alberto de Oliveira e Pedro Tavares Júnior. Rio de Janeiro: [s.n], 1900, 90 p.

Livro de leitura. Com Manuel Bonfim. 2. ed. Rio de Janeiro: Laemmert, 1901, 359 p.

Contos pátrios para alunos das escolas primárias. Com Coelho Neto. Rio de Janeiro: Francisco Alves, 1904, 215 p.

Guide des Etats-Unis du Brésil. Système Baedecker. Com Guimarães Passos e Bandeira Junior. Tradução de Roberto Gomes. Rio de Janeiro: Bilac, Passos & Bandeira, 1904, 219 p., mais suplemento de anúncios e caderno de notas, não numerados.

Teatro infantil. Comédias e monólogos em prosa e em verso. Com Coelho Neto. Rio de Janeiro: Francisco Alves, 1905, 175 p.

Tratado de versificação. Com Guimarães Passos. Rio de Janeiro: Francisco Alves, 1905, 205 p. mais duas de índice.

Lições de História do Brasil para uso das escolas de instrução primária. De Joaquim Manuel de Macedo. 10. ed., completada de 1823 a 1905 por Olavo Bilac. Rio de Janeiro: H. Garnier, 1907, 519 p.

A pátria brasileira. Com Coelho Neto. Rio de Janeiro: Francisco Alves, 1909, 287 p.

Através do Brasil. Livro de leitura para o curso médio das escolas primárias. Com Manuel Bonfim. Rio de Janeiro: Francisco Alves, 1910, 329 p.

Dicionário de rimas. O mais completo até agora publicado. De Guimarães Passos. 2. ed., revista e aumentada por Olavo Bilac. Rio de Janeiro: Francisco Alves, 1913, 470 p.

Pequena História do Brasil por perguntas e respostas. Joaquim Maria de Lacerda. Nova edição completada por Olavo Bilac. Rio de Janeiro: Garnier, 1913.

Leituras cívicas. Com Daltro Santos e D. Aquino Correa. Belo Horizonte: Oliveira & Costa, 1920, 24 p. Há quatro textos de Bilac: "O professor primário", "Palavras aos meninos brasileiros", "Oração à bandeira", "Hino à bandeira".

Sanatorium. Com Magalhães de Azeredo (romance). São Paulo: Clube do Livro, 1977, 136 p. O romance foi publicado em folhetim na *Gazeta de Notícias*, com o pseudônimo coletivo de Jaime de Athayde.

Traduções de obras de Bilac

Il cacciatore di smeraldi. Traduzione di Carlo Parlagreco. Roma: G. Romagna, 1908.

Diadems and fagots. Two sonnets and two fragments by Olavo Bilac. Translated from the portuguese by John Meem. Sta Fe: New Mexico, 1921.

Sonetos y poemas. Traducción de Francisco Villaespesa. Biblioteca Brasileña. Madrid: Casa Editorial Alejandro Pueyo, 1930, 163 p.

Los viajes y otros poemas. Versión de Rafael Estenger. La Habana: Editorial Alfa, 1940, 80 p.

Don Quijote. Conferencia. Versión de Felix E. Etchegoyen. Buenos Aires: Instituto Argentino-Brasileño de Cultura, [s.d.]. O prólogo está datado de 7 de setembro de 1951.

Estampas de Guanabara. Crônicas. Versión y prólogo de Félix E. Etchegoyen. Buenos Aires: Ed. G. Kraft, (1952), 234 p.

Traduções de obras de Bilac em antologias

Antologio de brazilaj rakontoj. Rio de Janeiro: Brazila Esperanto-Ligo, 1953, p. 103-113. Tradução para o esperanto do conto *O crime*, por Carlos Domingues.

CALVO, Francisco Soto y. *Antologia de poetas líricos brasileños.* Buenos Aires: Agencia General de Libreria y Publicaciones, 1922, p. 324-346.

CASAS, Alvaro de las. *Sonetos brasileños.* Buenos Aires: Inter Nos, 1938, p. 59-66.

PUJOL, Hippolyte. *Anthologie des poètes brésiliens.* São Paulo: 1912, p. 183-193.

TELLO, Jaime. *Cuatro siglos de poesia brasileña.* Caracas: Centro Abreu Lima de Estudios Brasileños, 1983, p. 37-40.

VEGA, Clemente Barahona e ELIZ, Leonardo. *Los cantos del sabiá.* Valparaiso: Sud-Americana, 1908, p. 16.

Bibliografia básica sobre Olavo Bilac

AMARAL, Amadeu. *O elogio da mediocridade.* São Paulo: Nova Era, 1924, p. 79-112.

AZEVEDO, Raul de. *Amigos e amigas.* Manaus: Palais Royal, 1920, p. 81-88.

BANDEIRA, Manoel. *Antologia dos poetas brasileiros da fase parnasiana.* Rio de Janeiro: Ministério da Educação e Saúde, 1938, p. 171-213.

_____. *Apresentação da poesia brasileira*. Rio de Janeiro: Casa do Estudante do Brasil, 1946, p. 108-113.

BUENO, Alexei. Bilac e a poética da *belle époque* brasileira. In: BILAC, Olavo. *Obra reunida*. Rio de Janeiro: Nova Aguilar, 1996, p.15-25.

CAMINHA, Adolfo. *Cartas literárias*. Rio de Janeiro: [s.n.], 1895, p. 185-192.

CAMPOS, Paulo Mendes. Olavo Bilac. *O Jornal,* Rio de Janeiro, 6 jun. 1948.

CARVALHO, Afonso de. *Bilac*. 2. ed. Rio de Janeiro: José Olympio, 1945.

CARVALHO, Ronald de. *Pequena história da literatura brasileira*. Rio de Janeiro: Briguiet, 1919, p. 302-308.

CARPEAUX, Otto Maria. *Pequena bibliografia crítica da literatura brasileira*. Rio de Janeiro: Ministério da Educação e Saúde, 1951, p. 160-162.

CAMPOS, Humberto de. *Carvalhos e roseiras*. Rio de Janeiro: Leite Ribeiro, 1923, p. 9-20.

_____. *Diário secreto*. I. Rio de Janeiro: Cruzeiro, 1954, p. 349-350.

DIMAS, Antonio. Introdução. In: BILAC, Olavo. *Vossa insolência*. São Paulo: Companhia das Letras, 1996, p. 9-19.

EDMUNDO, Luiz. *De um livro de memórias*. Rio de Janeiro: 1958, p. 605-616. v. II.

ELTON, Elmo. *O noivado de Bilac*. Rio de Janeiro: Simões, 1954.

FIGUEIREDO, Jackson de. *Afirmações*. Rio de Janeiro: Centro D. Vital, 1924, p. 45-68.

_____. *Nós, as abelhas*. São Paulo: J. Fagundes, [s.d.], p. 65-86.

FONTES, José Martins. *Boêmia galante*. Santos: Bazar Americano, [s.d.], p. 55-148.

_____. *O colar partido*. Santos: Bazar Americano, 1927, p. 181-259.

_____. *Terras de fantasia*. Santos: Inst. D. Escolástica Rosa, 1933.

FRIEIRO, Eduardo. *O diabo na livraria do cônego*. Belo Horizonte: Itatiaia, 1957, p. 198-209.

_____. *Poetas e prosadores do Brasil*. Rio de Janeiro: Conquista, 1968, p. 38-41.

GOLDBERG, Isaac. *Brazilian litterature*. New York: Knopf, 1922, p.188-209.

GOMES, Eugênio. *Visões e revisões*. Rio de Janeiro: Ministério da Educação e Cultura/INL, 1958, p. 126-148.

GRIECO, Agripino. *Evolução da poesia brasileira*. Rio de Janeiro: Ariel, 1932, p. 71-74.

IVO, Lêdo. *A ética da aventura*. Rio de Janeiro: Francisco Alves, 1982, p. 85-90.

JORGE, Fernando. *Vida e poesia de Olavo Bilac*. São Paulo: Livraria Exposição do Livro, 1965.

JUNQUEIRA, Ivan. Bilac:*Versemaker. Revista do Brasil*, Rio de Janeiro, n. 3, 1985.

LIMA, Alceu Amoroso. *Olavo Bilac. Poesia*. Rio de Janeiro: Agir, 1957. (Coleção Nossos Clássicos).

_____. *Primeiros estudos*. Rio de Janeiro: Agir, 1948, p. 81-92.

MAGALHÃES JR., Raymundo. *Olavo Bilac e sua época*. Rio de Janeiro: Ed. Americana, 1974.

MARTINS, Wilson. *História da inteligência brasileira*. São Paulo: Cultrix, 1978, v. 4, p. 254-260, 274-275.

NÓBREGA, Melo. *Olavo Bilac*. Rio de Janeiro: Coeditora, 1939.

ORCIUOLI, Henrique. *Bilac, vida e obra*. Curitiba: Guaíra, 1941.

PONTES, Elói. *A vida exuberante de Olavo Bilac*. Rio de Janeiro: José Olympio, 1944. 2v.

RAMOS, Péricles Eugênio da Silva. *Panorama da poesia brasileira. O Parnasianismo*. Rio de Janeiro: Civilização Brasileira, 1959, p. 113-158. v. III.

RIBEIRO, João. *Crítica*. Rio de Janeiro: Academia Brasileira de Letras, 1957, p. 33-38.

RIO, João do. *O momento literário*. Rio de Janeiro/Paris: H. Garnier (1905), p. 1-12.

SOUSA, J. Galante de. *Machado de assis e outros estudos*. Rio de Janeiro: Cátedra, 1979, p. 41-75.

VERÍSSIMO, José. *Estudos de literatura brasileira*. 5ª série. Rio de Janeiro: Garnier, 1910, p. 1-14.

VITOR, Nestor. *A crítica de ontem*. Rio de Janeiro: Leite Ribeiro e Maurilo 1919, p. 81-88.

Ubiratan Machado, carioca da Tijuca, é jornalista, escritor e tradutor. Por obrigação profissional e/ou por prazer viajou por todo o Brasil, conhecendo cerca de 1.200 cidades, e por uns quarenta países das Américas, Europa, Ásia e África. Onze livros publicados, entre os quais *Os intelectuais e o espiritismo, A vida literária no Brasil durante o Romantismo, Machado de Assis:* roteiro da consagração, *A etiqueta de livros no Brasil* e *Bibliografia machadiana 1959-2003*.

SUMÁRIO

Bilac cronista 7

CRÔNICAS E NOVELAS

Marília 15
Padre Faria 27
S. José D'El-Rei 32

CRÍTICA E FANTASIA

A festa da Penha 39
Hábitos parlamentares 44
Santos Dumont 49
O bonde 55
Ferreira de Araújo 62
Os doutores 67
O jogo dos bichos 71
A cidade do silêncio 76
O esperanto 80
A escravidão 85
Um fantasma 90

IRONIA E PIEDADE

Ressurreição 97
Júlio Verne 100
Rio Branco 105
"Menor perverso" 109
Lutécia 111
Os pássaros de Paris 115
O burro 120
Contra a eletricidade 123
O vício literário 127
Almas penadas 132
Fora da vida... 135
Tipos da rua 138
No Jardim Botânico 140
As cartomantes 143
Gramáticos 149
O café-cantante 151

VOSSA INSOLÊNCIA

Eça de Queirós 159
José do Patrocínio 165
Inauguração da Avenida 170

INÉDITOS

Gente elegante 177
O namoro no Rio de Janeiro 182
A eloquência de sobremesa 187
A dança no Rio de Janeiro 192

Os que veem	197
Pianolatria	202
Os mordedores	207
Agência Cook no Brasil	211
Conversa de velhos	215
A Rússia desperta	219
Arquitetura carioca	225
Crônica de Natal	230
Pobre Otelo	233
Guerra e paz	236
Crônica de carnaval	242
João Minhoca	245
O suicídio do espelho	250
Longevidade	255
A linha circular	260
Conferências e cinematógrafo	264
O clima da Terra	268
Uma vida entre duas guerras (Biografia)	273
Bibliografia	285

COLEÇÃO MELHORES CONTOS

Aníbal Machado
Seleção e prefácio de Antonio Dimas

Lygia Fagundes Telles
Seleção e prefácio de Eduardo Portella

Breno Accioly
Seleção e prefácio de Ricardo Ramos

Marques Rebelo
Seleção e prefácio de Ary Quintella

Moacyr Scliar
Seleção e prefácio de Regina Zilbermann

Machado de Assis
Seleção e prefácio de Domício Proença Filho

Herberto Sales
Seleção e prefácio de Judith Grossmann

Rubem Braga
Seleção e prefácio de Davi Arrigucci Jr.

Lima Barreto
Seleção e prefácio de Francisco de Assis Barbosa

João Antônio
Seleção e prefácio de Antônio Hohlfeldt

Eça de Queirós
Seleção e prefácio de Herberto Sales

Mário de Andrade
Seleção e prefácio de Telê Ancona Lopez

Luiz Vilela
Seleção e prefácio de Wilson Martins

J. J. Veiga
Seleção e prefácio de J. Aderaldo Castello

João do Rio
Seleção e prefácio de Helena Parente Cunha

Ignácio de Loyola Brandão
Seleção e prefácio de Deonísio da Silva

LÊDO IVO
Seleção e prefácio de Afrânio Coutinho

RICARDO RAMOS
Seleção e prefácio de Bella Jozef

MARCOS REY
Seleção e prefácio de Fábio Lucas

SIMÕES LOPES NETO
Seleção e prefácio de Dionísio Toledo

HERMILO BORBA FILHO
Seleção e prefácio de Silvio Roberto de Oliveira

BERNARDO ÉLIS
Seleção e prefácio de Gilberto Mendonça Teles

AUTRAN DOURADO
Seleção e prefácio de João Luiz Lafetá

JOEL SILVEIRA
Seleção e prefácio de Lêdo Ivo

JOÃO ALPHONSUS
Seleção e prefácio de Afonso Henriques Neto

ARTUR AZEVEDO
Seleção e prefácio de Antonio Martins de Araujo

RIBEIRO COUTO
Seleção e prefácio de Alberto Venancio Filho

OSMAN LINS
Seleção e prefácio de Sandra Nitrini

ORÍGENES LESSA
Seleção e prefácio de Glória Pondé

DOMINGOS PELLEGRINI
Seleção e prefácio de Miguel Sanches Neto

CAIO FERNANDO ABREU
Seleção e prefácio de Marcelo Secron Bessa

EDLA VAN STEEN
Seleção e prefácio de Antonio Carlos Secchin

FAUSTO WOLFF
Seleção e prefácio de André Seffrin

AURÉLIO BUARQUE DE HOLANDA
Seleção e prefácio de Luciano Rosa

ALUÍSIO AZEVEDO
Seleção e prefácio de Ubiratan Machado

SALIM MIGUEL
Seleção e prefácio de Regina Dalcastagnè

ARY QUINTELLA
Seleção e prefácio de Monica Rector

HÉLIO PÓLVORA
Seleção e prefácio de André Seffrin

WALMIR AYALA
Seleção e prefácio de Maria da Glória Bordini

HUMBERTO DE CAMPOS*
Seleção e prefácio de Evanildo Bechara

*PRELO

COLEÇÃO MELHORES CRÔNICAS

Machado de Assis
Seleção e prefácio de Salete de Almeida Cara

José de Alencar
Seleção e prefácio de João Roberto Faria

Manuel Bandeira
Seleção e prefácio de Eduardo Coelho

Affonso Romano de Sant'Anna
Seleção e prefácio de Letícia Malard

José Castello
Seleção e prefácio de Leyla Perrone-Moisés

Marques Rebelo
Seleção e prefácio de Renato Cordeiro Gomes

Cecília Meireles
Seleção e prefácio de Leodegário A. de Azevedo Filho

Lêdo Ivo
Seleção e prefácio de Gilberto Mendonça Teles

Ignácio de Loyola Brandão
Seleção e prefácio de Cecilia Almeida Salles

Moacyr Scliar
Seleção e prefácio de Luís Augusto Fischer

Zuenir Ventura
Seleção e prefácio de José Carlos de Azeredo

Rachel de Queiroz
Seleção e prefácio de Heloisa Buarque de Hollanda

Ferreira Gullar
Seleção e prefácio de Augusto Sérgio Bastos

Lima Barreto
Seleção e prefácio de Beatriz Resende

Olavo Bilac
Seleção e prefácio de Ubiratan Machado

Roberto Drummond
Seleção e prefácio de Carlos Herculano Lopes

SÉRGIO MILLIET
Seleção e prefácio de Regina Campos

IVAN ANGELO
Seleção e prefácio de Humberto Werneck

AUSTREGÉSILO DE ATHAYDE
Seleção e prefácio de Murilo Melo Filho

HUMBERTO DE CAMPOS
Seleção e prefácio de Gilberto Araújo

JOÃO DO RIO
Seleção e prefácio de Edmundo Bouças e Fred Góes

COELHO NETO
Seleção e prefácio de Ubiratan Machado

JOSUÉ MONTELLO
Seleção e prefácio de Flávia Vieira da Silva do Amparo

GUSTAVO CORÇÃO
Seleção e prefácio de Luiz Paulo Horta

MARCOS REY
Seleção e prefácio de Anna Maria Martins

ÁLVARO MOREYRA
Seleção e prefácio de Mario Moreyra

RAUL POMPEIA
Seleção e prefácio de Cláudio Murilo Leal

ODYLO COSTA FILHO*
Seleção e prefácio de Cecilia Costa

RODOLDO KONDER*

FRANÇA JÚNIOR*

ANTONIO TORRES*

MARINA COLASANTI*

*PRELO

Impresso por:

gráfica e editora

Tel.: 11 2769-9056